祇園社神灯事件簿 五

神書板刻

澤田ふじ子

中央公論新社

目次

装幀　蓬田やすひろ

神書板刻

祇園社神灯事件簿五

醜《しこ》の絵馬

一

「暖こうなってきましたなあ――」

「もう暑いくらいどすがな。富小路の四条からせっせと歩き、祇園社の石段を登ってきましたら、こんなに汗をかいてしもうてます。見ておくんなはれ。ひどうおっしゃろ」

祇園社（八坂神社）の西楼門が、四条通りを遠くに見下ろして建っている。その下で身形《みなり》のいい中年すぎの男が、参拝をすませてきたらしい顔見知りと出会い、ひたいの汗を拭いながらぼやいていた。

「ほんまにそうどすわ。祇園はんへお参りに寄せさせていただくのも、これから朝早いうちにせなあきまへん。うちも汗をかきましたけど、涼しい木の繁みの下を歩いてきて、やっと汗が引いたところどす。毎日のお参り、ご苦労はんどすなあ」

二人は声高に立ち話をしていた。

「もうすぐ祇園まつり、中京の鉾町《ほこまち》では、そろそろ囃子《はやし》の稽古がはじまりまっしゃろ。あの笛やコンチキチンコンチキチンと鳴る鉦《かね》の音はええもんどす。この年になってももう夏やな、祇園まつりやと、心が浮きうきしてきますわ」

「それはわたしかて同じどす。長い間、この京に住まわせていただいている者やったら、みんなそうと違いますか――」

「確かにいえてますなあ」

西楼門を潜り抜ける参詣者の邪魔にならないよう、脇に身を寄せながら、二人はなおも話をしていた。

鴨川を隔て、四条通りにのびる祇園社の〈参詣道〉の両側には、さまざまな店屋が建ち並んでいる。そのあちこちに、商いの荷を積んだ荷車が到着し、小僧たちが忙しげに動いているのが眺められた。

祇園まつりは旧暦の五月一日、現在の暦に直せば六月初旬、吉符入《きっぷい》りで幕が開かれる。町内の行事としては同月十日、函谷鉾《かんこほこ》町で行われる「神事初度の寄合」をもってはじまる。同日から祇園囃子の稽古が開始されるのである。

五月下旬に「地の口《くち》神事」があった。祇園会の警備や、行事の進行にたずさわる四座雑色《しざぞうしき》への知行（地の口米）を納める神事で、これも祇園まつりの行事の一環だった。

祇園社の神灯目付役を勤める植松頼助と孫市たちも、当然、この席に顔をのぞかせた。いつも人出での事故がないように発言を求められていた。

「近年、山鉾巡行を見物する人が増え、四座雑色の方々のいっそうのお力添えがなくては、まつりが無事に果たせませぬ。事故が起こっては難儀。まつりで悲しむ者を出してはなりますまい。何卒、地の口米を少しでも多く賜りとうございまする」

神事に先立つ打ち合わせの場で、頼助の後見人としてひかえる村国惣十郎は、毎年、盲《めし》いた顔を上げ、同じ言葉をのべ立てていた。

六月四日には鉾町の藤本町を最初にして、町木戸の洗いが行われる。

「町木戸をきれいさっぱりと洗い、祇園まつりを迎えるんじゃ。そしたらええこともあるわいさ」

「わしら子どもも、一生懸命に手伝おうやないか。祇園まつりは楽しいさかい。それに町木戸がきれいやったら、神さまもここに福を持ってきたろと、思わはるかもしれへん」

「そうやわいさ。わし、水汲みをしたるさかい——」

「うち、束子《たわし》で洗った後、雑巾《ぞうきん》で拭かせてもらうわ」

子どもたちも大騒ぎで、町木戸の洗いを手伝った。

京都の町木戸は中世以来、町の自治を象徴するものであった。

六月六日、前祭が行われる。

当日、町木戸と町屋の軒先には「ご神灯」が吊られ、日頃は夜の暗い町内も一斉に明るくなる。この夜の宵山《よいやま》の賑わいは、江戸時代中期からで、駒形提灯が鉾町の夜を飾るのも、その頃からだった。

西楼門の脇で立ち話をしていた身形のいい男は、やがて顔見知りと別れた。

参道をたどり、祇園社の境内にやってきた。

拝殿に並んで吊るされた提灯が、思いなしか古びていた。

この提灯も地の口神事の際に、有力な町衆が奉納した新しいものに、一斉に取り替えられるのであった。

男は本殿に近づき、印伝革の財布から小銭を取り出した。それを賽銭箱に投じると、大きく鈴緒を引いて神鈴を鳴らした。ついで拍手《かしわで》を打って頭を垂れた。

このとき、左手に建つ一の摂社《せっしゃ》の辺りでざわめきが起こった。

「なんやこれは、びっくりしてしまうがな。こんなもの、どうしてなんや」

一の摂社にかぎらず、境内摂社の太田白鬚社や疫《えき》神社（蘇民将来社《そみんしょうらいしゃ》）、日吉社などの周りには、榊《さかき》が濃い緑の葉を繁らせている。

その榊の枝に、参拝者たちは引いたお神籤《みくじ》を小さく畳み、結び付けたりするのであった。木によっては、そんなお神籤で白く見えるほどだった。

「小さな絵馬やけど、これは気色の悪い図柄どすなあ」

「一つならともかく、ほかにもまだありますやないか。いったいなんどっしゃろ」

小さな絵馬は、境内の北に構えられる絵馬堂近くの絵馬掛けに、かけられるのが普通だ。それがわざと秘密めかしくここにかけられている。全く内密とは考えられず、いずれ発見されたとき、人を騒がせる意図があるのかもしれなかった。

「ひゃあ、気色《きしょく》悪う。これは血まみれの生首が晒されている絵どすがな――」

「こっちの方は、裸にされた褌《ふんどし》姿の男が、磔《はりつけ》にされてる絵どっせ。こんな絵馬が吊り下げられているのが、いままでどうしてわからなんだんどっしゃろ」

「わしはお神籤を結ぶ枝がないさかい、榊の枝をかき分け、たまたまこれを見付けたんやがな」

若い職人風の男が、気味悪い絵の描かれた絵馬を最初に発見した。自分を非難の目で眺める周りの人々に弁解していた。

それぞれの絵馬は、大人の掌よりひと廻り大きい程度であった。

「そしたらまだほかに、吊り下げられてるかもわかりまへんなあ」

「女子はんどしたら気色《きしょく》悪がり、見付けたかて、誰にも内緒にしはるかもしれまへん」

「そらお人によっては、縁起が悪いさかい、見んかったことにしようと思わはるかもしれまへんわなあ」

「内緒にしたお人や、見んかったことにしたお人。そんなんでこれらの絵馬は、いままでひっそり吊り下げられてましたんやな」

誰かが口を挟んだ。

絵馬は祈願のため社寺に奉納する絵入りの板額をいい、起源は古代、神に生き馬を献上した習俗に発している。

呪術的儀礼として、土馬や木馬の献納が行われ、やがてこれが板絵馬に変わり、室町時代以降には、大形絵馬も作られた。

画題も豊富になり、馬図を一番にして武者絵、歌仙絵、船、生業《なりわい》、風俗、祈願者の姿や干支《えと》の動物など、さまざま描かれた。中には専門絵師の手になるものもあったが、民芸的な画趣をそなえた絵馬が多かった。

たとえば「柘榴《ざくろ》図」（奈良・東大寺）。柘榴は鬼子母神の持物だった。たくさんの実を結ぶため、こんな絵の絵馬は、子授けや安産を願っての奉納と考えられる。

また「母子入浴図」の絵馬は、子どもがおとなしく入浴してくれるのを、親が祈願したものだろう。

「草刈鎌と籠図」(東京・草刈薬師)の絵馬は、瘡《かさ》や腫物を草になぞらえ、平癒を願ってのものに違いなかった。

各地の社寺には、こうした機智に富んだ絵馬が、よく奉納されているのである。

「それにしても、祇園社のご神官さまや神灯目付役さまたちは、こんな気色の悪い絵馬がここにかけられているのに、気付いてはれへんのやろか——」

「そら気付いてはれへんのやわいな。気付かはったら、すぐ取りのぞかはりますわ。いくらお目付役さまかて、こんな榊の繁みの中まで、かき分けてお調べになりまへんやろ」

一の摂社の小さな騒ぎをきき付けたのか、正禰宜《しょうねぎ》の大和内蔵亮《やまとくらのすけ》が、かれらに近づいてきた。

正禰宜は祇園社に数多く仕える禰宜の筆頭に立ち、犬神人《いぬじにん》や下級神官たちを束ねている。大和内蔵亮は五十半ばすぎ、飄々《ひょうひょう》として味わいのある人物だった。

「ご参詣のみなさま、いかがされたのでございます」

白袴姿のかれが、参拝者にたずねかけた。

「これは祇園社のご神官さま——」

かれを迎え、ばらばらになっていた男たち五人が、ひと塊《かたまり》に集まった。中には西楼門で立ち話をしていた男も混じっていた。

「わしは当社の正禰宜・大和内蔵亮ともうす者でございます」

「それは丁度よかった。正禰宜さま、わしは四条の米屋町に住む小弥太《こやた》いう飾り職人どすけど、これを見ておくれやす。お神籤を結ぶ場所がありまへんさかい、榊の枝をかき分けて奥をのぞいたら、こんな気色の悪い絵馬が出てきたんどすわ。悪戯《いたずら》にしても質《たち》が悪おすがな。多分、お気付きではございまへんどしたやろ」

小弥太と名乗った若い飾り職人は、自分が手にした生首が描かれた絵馬を、内蔵亮に差し出した。

中年の男が、礫の絵馬を気味悪そうに身体から離して持ち、震えていた。

「どれどれ、拝見いたしまする」

大和内蔵亮は若い男から絵馬の一つを受け取った。

「これはもうされる通り、気色の悪い。棚に置かれた男の生首から血がしたたり流れ、巧みに生々しく描かれておりますなあ」

「正禰宜さま、感心してはる場合ではございまへんで。ほんまにこんなときに――」

「いやいや、わしは感心しているのではございませぬ。かような神域に不埒《ふらち》なと、あきれているのでございますよ」

内蔵亮は参拝者の憤る声に、辛うじて答えた。

自分が祇園社に仕えてから三十年余り。これはかつてない不吉な出来事だった。

何事が起こったのかと、老若男女の参拝者たちがこちらをうかがっている。

こんな不吉な絵馬を、かれらに見せたくも知られたくもなかった。

内蔵亮はかたわらに落ちていた枯木の枝を拾い、つかつかと前に進むと、砂利の上にすっと結《けっ》界《かい》を引いて歩いた。

結界――とは、修行や修法のため一定区域を限ることをいい、またその区域に障害となるものの入るのを許さない標《しるし》であった。

「正禰宜さまが結界を印さはりましたがな。その中にいるわしらは、どないになるんどっしゃろ」

小弥太がほかの四人を眺め、不安そうにつぶやいた。

「わしらは凡人、すぐ中から出してくれはりますわいな。けどその前に、ほかにもっと不吉な絵馬が、繁みの中にかけられてへんか、探してほしいといわはるのかもしれまへん」

五人の参拝者の中で、一番年嵩に見える老人が、四人をなだめた。

大きく結界を引いた大和内蔵亮は、手に枯木の枝を持ったまま、かれらのそばに引き返してきた。

「みなさまにはもうしわけございませぬが、その不浄の絵馬がここにかけられていた件は、何卒、内密にしていただきとうございます。合わせてお願いいたしまするが、不浄の絵馬がまだ繁みの中にかけられておらぬか、改めて確かめていただけますまいか――」

かれは困惑した顔で、五人に頼んだ。

「祇園社の正禰宜さまがわしらを見込み、こないに仰せどす。どんな忌《い》まわしい絵馬が出てくるかわかりまへんけど、ここは気持ようお引き受けしようやありまへんか」

年嵩の老人の一声に、小弥太たち四人は渋々うなずいた。

かれらは次々にがさごそと繁みをかき分けていった。

「なんでこうも仰山、お神籤が結われてるのやろ。いくらお参りにきたからというて、こないにお神籤を引いて願いごとを頼まれてたら、ご祭神の素戔嗚尊《すさのおのみこと》さまも櫛稲田姫命《くしいなだひめのみこと》さまも、また八柱御子神《やはしらのみこがみ》さまも、一つひとつきいてられへんわなあ」

「そらそうどす。そやけど祇園はんの神さまは、どんなに願い事が多かっても、いずれは順番にきき届けてくれはりますわ。それより正禰宜さまがわしらに頼まはったんどす。無駄口を利いてんと早う探しまひょうな」

これも年嵩の老人の声だった。

「へえ、ではそうしまひょかいな」

誰かの声の後、榊の枝をかき分ける音だけが、ざわざわとつづいた。

そんな頃、緋袴《ひばかま》をはいた若い巫女《みこ》の一人が、村国惣十郎や植松頼助たちの住む寄人《よりうど》長屋に走っていた。

「お火役さま——」

巫女は丁度、表に出て初夏の空を仰いでいた頼助に、息急き切った声をかけた。

「何事でございまする」

たずねたのは、頼助のそばで洗濯をすませた脛巾《はばき》を、竹竿に干していた孫市であった。

惣十郎の住む隣の長屋からは、かれが嫡男の喜平太に、馬庭念流の奥儀を講じるなにやら難しげな声がきこえていた。

頼助も後見人のかれから、かつて教えられた一節だった。

惣十郎は完全に諳《そらん》じているとみえ、澱みなく説いていた。

若い巫女はまだ息を喘《あえ》がせている。

「水をお飲みになられまするか」

「いいえ、もう落ち着きました。お、お騒がせいたしまするが、一の摂社の近くで、なにか妙なことが起こっております」

「妙なことでございまするとーー」

「正禰宜の大和内蔵亮さまがお出かけでございまするが、小枝を用い、結界をお引きになられました」

「小枝で結界を引いてとは、確かに妙じゃな」

頼助は相役《あいやく》の孫市に目を這わせた。

「いかにも、正禰宜の内蔵亮さまらしくもないお振る舞いでございますなあ」

「孫市、すぐさまいってみようぞ」

「はいーー」

二人が一の摂社に向かって走り出したとき、村国惣十郎の声がはたと止んでいた。

寄人長屋から山門を左手にして中門を潜る。

すぐに拝殿が見え、広い境内が広がった。

見渡すと、はるか向こうの一の摂社のそばに、白袴姿の大和内蔵亮がぽつんと立っていた。

伊賀袴姿の頼助と孫市は、かれの方に走った。

――いかがいたされたのでございます。

頼助は内蔵亮に声をかけかけ、はたと足を止め、その声を喉の奥に飲み込んだ。足許に引かれている結界に気付いたからである。

「頼助さま、内蔵亮さまが引かれた結界でございまするな」

「そのようじゃわい」

「どういたされます」

「どうもこうもない」

かれは孫市にいうと、瞑目して姿勢を正し、両手で印を結んだ。

「般若波羅蜜《はんにゃはらみった》 娑婆訶《そわか》、般若波羅蜜娑婆訶――」

頼助は二声呪言を唱えた。

般若波羅蜜（多）は十波羅蜜の一つ。悟りの知恵の完成されたものを指し、娑婆訶とは梵語で円満、成就などと訳されている。真言陀羅尼《だらに》の終わりにつける語で、功徳と成就あれの意。唵阿《おんあ》毘《び》（鼻）羅吽欠《らうんけん》と喝《かつ》を入れたりする。

頼助は「唵阿毘羅吽欠」と唱えて十字を切り、結界に足を踏み込ませた。

これは結界を解く呪言だった。

「おお頼助どの、おいでくだされましたか――」

頼助たちに気付いた大和内蔵亮が、頼もしそうにかれと孫市を眺めた。

お神籤を結び付けた榊の繁みがゆれていた。

内蔵亮の手に、二枚の小絵馬が握られている。

「結界まで設けられ、いったいいかがされたのでございまする」

「頼助どのに孫市、この禍々《まが》しさを見てくだされ。お神籤に混じり、ほかにもまだ榊の繁みに結ばれておるまいかと、これらを見付けた参拝者に、いま一度、探していただいているのでございまする。多くの参拝者にこの不吉を気付かれてはなりませぬゆえ、結界を引きもうした」

大和内蔵亮は手にした小絵馬を、頼助に差し出した。

それにつれ、孫市も絵馬にじっと目を凝らした。

かれは祇園鳥居筋の路上で、絵馬売りをしていた男の娘を母として生まれた。それだけに、いっそう強く目を光らせていた。

祇園鳥居筋とは、祇園社の山門から南にのびる道を指し、祇園鳥居通りともいわれていた。

お茶屋や色茶屋が建ち並び、山門の近くには、絵馬売りが屋台の店を構えていた。客の求めに応え、小絵馬に速筆で絵を描いていたのであった。

かれらの描く絵馬は、規矩準縄《きくじゅんじょう》な絵馬とも、著名な画家の手がけたものとも違い、家内制手工業的な単純化された様式をそなえていた。そのため機知に富み、独自の美しさを持っていたのだ。

主題は多様で、庶民のユーモアや感性がよく表されており、東海道の大津に近い追分や大谷で売られていた〈大津絵〉に似ていた。

孫市はこうした出生のうえ、母親が参議植松雅永《まさなが》の家領に住んでいたため、その血を享《う》ける頼助を、主筋としていまでも崇めている。

「頼助さま、これは――」

「生首に礫の小絵馬とは、忌《い》まわしいとしかもうせぬものじゃなあ」

「はい、足許に叩き付け、踏みにじってやりたくなりまする」

「孫市、早まるではないぞよ。これは忌まわしくとも、物証として大事な絵馬――」

かれは孫市を小声でたしなめた。

「わきまえておりまする」

「や、なんと――」

孫市が慇懃《いんぎん》に答えたとき、頼助が小さく声を奔《はし》らせた。

「頼助さま、いかがいたされました」

「孫市、見てみるがよい。小絵馬の裏に、願主の住む町名とその名前が記されているぞよ」

「さような――」

そんなはずがあるまいといいたげな声色でつぶやき、孫市は頼助の手許に視線を投げた。

ついでこれはと、驚きの声を漏らした。

――上本能寺前町《かみほんのうじまえちょう》　十八屋《じゅうはちや》藤十郎

生首の小絵馬の裏に、こうはっきり記されていたからである。

「十八屋藤十郎とは何者でございましょう。いずれかになにを商いにしているか、書かれておりませぬか」

孫市は気ぜわしくたずねた。

「いや、どの小絵馬にも、十八屋がなにを商うているのかは記されておらぬわい」

頼助はちぇっと舌を鳴らしてつぶやいた。

祇園社に奉納された不吉な絵馬、人を呪っていると考えられる図柄のものに、わざわざ住所と名前を書き込むその真意が、まるで解せなかった。

こうした場合、秘すのが普通だろう。

「頼助どの、絵馬に願主の身許が記されておりましたか。気付かずにいて、失礼いたしましてござる」

驚いた表情で、二人の手許を見ていた大和内蔵亮が、軽く頭を下げていった。

「いやいや、われらに詫びられるには及びませぬ。おそらく内蔵亮さまは、驚天動地の心地でおられたのでございましょう」

「さようにもうしていただいてありがたい。これ以上、人目に触れさせてはならぬと思い、小枝で結界の線を引くのが、やっとでございましたわい」

「いかにも、驚きのほどが察せられまする」

頼助がいうのにつれ、ほかに絵馬が吊るされていないか、内蔵亮に頼まれて探していた五人が、榊の繁みから一人二人と姿をのぞかせた。

「これは神灯目付役さま――」

かれらの一人が、頼助と孫市に一礼した。

「そなたが手にしているのは小絵馬、まだあったのじゃな」

頼助が中年のかれにただした。

「へえっお目付役さま、この絵馬にも不気味な絵が描かれておりますわいな」

かれは頼助にそれを差し出した。

「おのおのがた、ご苦労をおかけもうしました」

「正禰宜さま、これでもうよろしゅうございましょうか」

迷惑顔で内蔵亮に問いかけた初老の男も、ほかの者がいま頼助に手渡した小絵馬に、興味を抱いたようすだった。

「お目付役さま、わしにもちょっと見せとくれやすな」

かれはそこそこ年を取っているだけに、遠慮なく頼助に近づいた。

「ご苦労でござった。さればどうぞ、見てくだされ」

頼助は孫市と顔を見合わせ、小絵馬を白髪混じりのかれに披露した。

それには、褌姿と赤い腰巻姿の男女が、背中合わせに縛られて梁柱に吊るされ、煮えたぎる大釜の中に降ろされる光景が、巧みに描かれていた。

大釜の下の朱色で表された炎が、目の前で赤々と燃えているようだった。

「これは酷《むご》うございますなあ。こんな縁起の悪い絵馬、どこの誰がなんのつもりで、祇園社に奉納しましたんやろ。ほんまに不埒な奴どすわ」

「全くじゃ。一つの小絵馬に上本能寺前町、十八屋藤十郎と書かれておる」

孫市がぶすっとした口調でみんなに伝えた。

「上本能寺前町の十八屋藤十郎——」

「その十八屋藤十郎なる者、何屋を営んでいるか、そなたたちの中で、存じている者はおるまいか」

頼助がかれらの顔を眺め渡してたずねた。

だが明確な声は返ってこなかった。

「上本能寺前町は知ってますけど、十八屋いう店があったかいなあ」

「禍々しい絵馬の一つに、町名と店の屋号、願主の名前まで書くとは、どんな了見なんどっしゃろ」

「これは丑《うし》の刻《とき》参りみたいなもんどっせ」

「ほんまにそうどすわ。はっきり人を呪うてますさかいなあ」

年寄りの言葉に、小弥太が同調した。

丑の刻参りとは、丑の時（いまの午前二時頃）、嫉妬深い女が妬《ねた》ましく思う相手を呪い殺すため、頭上に乗せた鉄輪《かなわ》にろうそくを点し、神社に参詣する行為をいう。

人に見られたら呪いの験《げん》がなくなると信じられ、見た人も不幸になると恐れられていた。

かれらのささやきは、なんの手掛りにもならなかった。

「おお怖《こわ》。こんな妙なことに出会い、不幸になったらかないまへんなあ」

誰かにいわれ、正禰宜の大和内蔵亮は、はっと姿勢を正した。

「祇園社のためにしてくだされた探し物。お祓いをさせていただきますゆえ、どうぞ本殿にお上がりくだされ」

かれは朱色に塗られた荘厳な本殿に、目を投げた。

遠くから数人の参拝者が、不審げにこちらを見ていた。

寄人長屋のほうから、村国惣十郎が前髪姿の喜平太に先導されてやってくる。

「そしたら正禰宜さまに、厄払いをしていただきまひょか。気が晴れますさかい――」

この一声で、かれらは結界のそばにひかえていた神官と巫女の二人に案内され、ぞろぞろと本殿に向かっていった。

「これは村国惣十郎さま――」

「大和内蔵亮どの、仔細は頼助どのからおききいたす。早く参ってくだされ」

重々しい惣十郎の声が、内蔵亮を落ち着かせた。

「惣十郎、全く厄介なことが降りかかってきたわい」

ついで頼助は、一件の概略を手短に惣十郎に説明した。

「いやいや、さようもうされますまい。厄介を取りのぞくのも、神灯目付役のお勤めの一つでございましょう。ついては怪しい小絵馬、いかなるものでございまする」

「生首に磔、それに男女を縛っての釜茹でが、事実そのままのように描かれておる」

「不吉はいうまでもございませぬが、いくら榊の繁みが深いとはもうせ、小絵馬に願主の住む町名と名前が記されているとは、妙でございますなあ」

「相手への怨みが、よほど深いのではございませぬか――」

喜平太が父の惣十郎と頼助にいった。

「そうかもしれませぬ。それにしても惣十郎さまに喜平太どの、これらは南の鳥居界隈に店を出している絵馬屋が、一筆で描いたものではございませぬぞ。一筆一筆念入りに描かれており、町で店を構えている絵屋のものに、相違ございませぬ」

「絵屋に描かせた絵馬とあれば――」

惣十郎は早くもなにか考えたのか、ここでふと言葉を濁した。

「されば直《じか》に上本能寺前町の十八屋をたずね、藤十郎なる男に当たるのが、探索の初めでございまするな」

孫市が惣十郎と頼助に同意をもとめた。

不浄を清め災いを除ける祝詞《のりと》が、本堂であげられており、笙《しょう》と篳篥《ひちりき》の音がのびやかに辺りにひびき渡っていた。

二

「どこであろうなあ――」

河（川）原町を北に進み、本能寺の近くまでくると、頼助は肩を並べる孫市につぶやいた。

本能寺の伽藍《がらん》が大きくそびえている。

「この絵馬には、町名と屋号がはっきり記されてますさかい、手間はかかりまへんわいな。全くの悪戯で、ありもしない屋号が書かれているとは思われしまへんさかい。祇園社の榊の繁みの奥に、あんな不吉な小絵馬を結び付けた当人は、誰にも気付かれへんと考えたんどっしゃろ。そのうち絵が剝げ落ち、なにが描かれているやらわからぬようになると、思うていたのでございましょうな。それとも見付けられたときの驚きを計算してとしたら、ひどく狡賢《ずるがしこ》い奴――」

孫市は本能寺の伽藍を見上げながらいった。

天正十年（一五八二）六月二日の早暁、宿泊していた織田信長が明智光秀の襲撃に遭い、同寺はその兵火によって焼失した。

当時、本能寺は四条坊門西洞院にあった。現在の地に移ったのは、再建の途中、豊臣秀吉の都市計画によるもので、東西六拾七間四尺、南北百四拾五間五尺四寸五分という広大な寺地だった。

本能寺では西洞院の伽藍を火によって失ったのを忌み、「能」の字の旁《つくり》の「ヒヒ」を嫌い、「ムム」と書いている。

ヒは火に通じるからである。

「本能寺は寺名にもヒの字を避け、能の旁にムを用いているそうじゃ。坊主が縁起を担ぐとあらば、庶民はなおさらじゃわなあ。それにしても、そなたが布にくるんで携えている小絵馬の生首の血も、釜茹での火も、まことに色鮮やかじゃわい。生き血はともかくとして、紅蓮《ぐれん》の炎とはあのようなものかな――」

「さて、どうでございましょう。朱は絵具の中でも高価。小絵馬とはもうせ、それが惜しみなく用いられております る」

赤色をあらわす朱は、鉱物性赤色顔料。成分は硫化第二水銀。天然産のものは朱沙（砂）といわれ、中国湖南省辰州のものが良質とされていた。そのため〈辰砂《しんしゃ》〉とも呼ばれたのだ。

これに対し、水銀と硫黄を化合させたものを〈銀朱〉と呼び、古来から温度調節によってさまざまな色調のものが作られた。明代の『天工開物』には、朱の製法がくわしく図解入りでのべられている。

日本では、縄文時代から土器に塗られたほか、古墳壁画にも使用された。水銀の殺菌力を利用しようと、死者を葬る棺内にも塗られたほどだった。

美しいものには毒があるという。

良質の岩絵具で美しい絵を描く絵師たちは、それに含まれる少量の水銀に侵され、だいたい短命であった。

かれらは絵筆の先をしばしば口にふくみ、穂先を整えたからである。

円山応挙は六十三歳で没した。

かれの高弟で奇想の画家の一人に数えられる長沢蘆雪《ろせつ》は、毒殺されたとの説もあるが、四十六歳の若さで没している。

京都に生まれ、奇矯な表現を誇張したため狂人とみられていた曾我蕭白《しょうはく》は享年五十二歳。自ら画壇で無頼を装っていた。

これに較べ、伊藤若冲は八十五歳まで生きた。

奥村政信も若冲と同じく長命であった。

若くして没した画家と長命を保った画家。両者の違いは、顔料を用いた絵と、墨一色で描いた絵の数の違い、また絵筆の穂先を舐める癖があるかどうかによって決まるともいえよう。

良質な岩絵具が含む水銀や鉛などの毒素が、短命に終わった画家の病質を、さらに悪化させたとも考えられる。

人生五十年——といわれた時代にせよ、こうした毒物が、病を進行させたのは確かだろう。

化粧の濃い花街の女性たちの顔色が、やがて黒ずんでくるのは、白粉《おしろい》に含まれる鉛白《えんぱく》の蓄積が原因。遣手婆《やりてばばあ》と称される女性たちのほとんどがそうであった。

「不吉なその小絵馬を描いたのは、絵屋に相違ないが、おそらく並みの絵屋ではなかろう」

「並みの絵屋ではないともうされますと——」

孫市が訝《いぶか》しげな顔できいた。

「京狩野やご禁裏さまの御用絵師の中にも、そこからはみ出し、はぐれ者になってしまう者もいるはずじゃ。この小絵馬は、明らかに土佐派の絵師の筆になるもの。描かれた線の一本一本が、それを示しているわい」

「なるほど、さようでございますか」

孫市が頼助にうなずいた。

絵屋は町の中に店を構え、生業を立てている。客が頼めば、凧《たこ》の絵付けも暖簾《のれん》の下絵でも、絵に属するものならなんでも引き受けた。

桃山時代の画家、海北友松《かいほうゆうしょう》の子・海北忠左衛門は、自ら「絵屋」だと自認していた。

元禄三年（一六九〇）七月、京都の平楽寺・大坂の村上清三郎・江戸の村上五郎兵衛の共版による『人倫訓蒙図彙』には、絵馬を描く絵馬師の図が載せられている。「ゑむ満師、寺社へ絵馬をかくるは諸願成就のためなり、いにしへは絵に馬をかきしゆへにゑむまといふとかや。今の世は物数寄に色々こしらへ商ふなり、寺町二条より三条の間にあり」と記されている。

時代が下がるにつれ、市民の絵の需要も高まり、絵屋は京都の町のどこにでもあった。

またほかに扇絵師も数多くいた。

かれらも正式な絵師ではなく、はぐれ者が多かった。

「おい孫市、あそこに瀬戸物屋、ついで白粉所があり、表具師が看板を出しているぞよ。この辺りが上本能寺前町であろう」

河原町通りから、本能寺と妙満寺の間の小路を抜けてきた頼助が、表情を明るくさせていった。

「ここは竈《へっつい》の辻子《ずし》ともうしますが、いずれかの店で、十八屋をたずねてはいかがでございましよう」

「それがよかろう」

頼助はいい、急に顔を輝かせた。

「孫市、十八屋があったぞよ。小間物屋じゃ。あそこの櫛屋の隣に、小さな看板が見えておる」

「なるほど、確かに『小間物　十八屋』とございますなあ」

「十八屋とは、わかってみればいかにも小間物屋らしい屋号じゃな。いささか艶っぽくもあるわい」

「さようでございます。それで主の藤十郎とは、いかなる男でございましょう」

「まさか濡れ事の妙手、和事《わごと》師の祖・坂田藤十郎のごとき色男ではあるまいな」

「名前が同じでも、そうとはかぎりますまい」

孫市は頼助に向かいにんまりと笑った。

初代坂田藤十郎は歌舞伎役者。作者近松門左衛門を得て、やつし、濡れ、傾城《けいせい》買いなどの和事芸を得意とした人物であった。

小間物屋の十八屋は間口三間余り。店先に女性が用いる化粧品や懐紙の類が、こまごまと並べられていた。

白地に紺で屋号を染め出した暖簾が下がっている。わずかにゆれるその裾を、一羽の燕がさっとかすめ、初夏の空に飛び上がっていった。

「ご免こうむる――」

孫市が編笠をぬぎ、店先から声をかけた。

いつもは塗笠に面垂《おもた》れを付けているが、いまはそれをはずしていた。

それでも筒袖に伊賀袴、黒ずくめの二人の身形は異様だった。

そんな頼助と孫市が店先に立ったため、十八屋の土間で簪《かんざし》を選んでいた若い女客が、腰を浮かせた。また寄せさせていただきますさかいと、番頭らしい男に断り、怯えた表情で店から出ていった。

「商いの邪魔をしてしまったのう」

頼助は微笑して店の者にまず詫びた。

かれが手にした黒い塗笠には、「祇園社神灯目付役」と、赤漆で記された文字がくっきり見えていた。

「おいでなさりませ。気遣いのお言葉を賜りまして、ありがとうございます。けど手前どもには、たいして障りはございまへん」

「なんで障りがないのじゃ」

「うちは小間物屋。お客はんがなにを求め、その中からどれを選ばはるか、じっと堪《こら》えて待ってなあきまへん。女子はんの買い物には、時がかかりますさかい。売るより待つのが商売みたいなもんどすわ。そのうえ、必ず売れるとは決まっていいしまへんさかい。もうし遅れましたが、てまえは十八屋の番頭で宗兵衛ともうします」

かれは実直な男らしく、頼助に両手をついて深々と挨拶した。

「明け透けにもうせば、女客はなべてそうじゃわなあ。男ならなにいたせ、さっさと物を買う。銭を惜しむわけではなかろうが、女子の客は品物の吟味が長いわい」

「銭を惜しむわけではなかろうがと、きれいごとにして、上手にいわはりますなあ。けどほんまのところ、そうは思うてはらしまへんやろ」

「宗兵衛とやら、そなたお店者《たなもの》にしては、随分、ずけずけと胸の思いをもうすのじゃな」

「女子はんはお寺や神社に詣でるときでも、巾着の中からじっくり小銭を選び出し、賽銭箱に投げはらしまへんか。祇園社にお仕えどしたら、そんな光景をしばしば見てはるはずどすけど、どうどす」

番頭の宗兵衛は、頼助に対しても臆したようすがなかった。

「前後してしもうたが、わしは祇園社の神灯目付役・植松頼助ともうす」

「わしは孫市じゃ」

かれにつづき、孫市が苦笑して名乗った。

「身形をうかがい、初めから祇園社のお火役さまとわかっておりました。それでわざわざおいでのご用は、なんでございまっしゃろ。どうぞ、きかせておくんなはれ」

十八屋の番頭宗兵衛は、実直なだけではなく、腹も据わっていそうだった。

祇園社の神灯目付役は、京都の町の人々から〈お火役〉ともいわれ、なにかと恐れられていた。だが宗兵衛は少しも怯まず、親しみを込めてお火役さまと呼んでいた。

「宗兵衛、祇園社のお火役さまに店先ではなんやろし、奥の座敷にでも上がっていただいたらどうえ。そこでゆっくりお話をおききしなはれ」

　このとき一人の若い女が、店内《みせうち》にかかる中暖簾の下で両手をついて頼助たちに低頭し、宗兵衛に声をかけてきた。

「へえ、そうさせていただきます」

　宗兵衛は項《うなじ》をまわして彼女に答え、どうぞそないにしておくれやすと、頼助と孫市をうながした。

「孫市、店先ではなにかと人ぎきも悪かろう。そうさせてもらうか――」

　かれの言葉に、孫市もうなずいた。

「番頭どの、ではお言葉に従わさせていただこう。案内を頼む」

　頼助は宗兵衛にいい、腰から刀を抜くと、店の上がり框に腰を下ろし、草鞋《わらじ》の紐を解きにかかった。

　番頭の宗兵衛や、先ほどの若い女の丁寧で好感の持てる態度から、かれの胸には疑問が大きくわき起こっていた。

　主の藤十郎がどんな人物かは不明だが、宗兵衛や彼女の物腰からうかがうかぎり、主とてそれほど無茶をする男ではないと、考えられたからである。

「番頭どの、主の藤十郎どのは店においでになるのか」

　草鞋を脱ぎながら、頼助は後ろにひかえる宗兵衛にたずねた。

「いいえ、丁度、手代を連れてお得意さま廻りにお出かけでございます。けどもうそろそろお戻りのはずでございますさかい、なにはともあれ、座敷に通っておくれやす」

かれにはやはり、臆したところが少しもなかった。

「いまわしらに声をかけ、奥に引っ込まれたのはどなたさまじゃ」

頼助は立ち上がって宗兵衛にきいた。

「はい、旦那さまの妹さまで、お珠《たま》さまといわはります。てまえどもにも、それはお優しいお人でございまして――」

「藤十郎どののご妻女は、いかがされているのじゃ」

「二年前、産後の肥立ちが悪く、亡くならはりました。そやさかい、旦那さまやお店が難儀やろうと、お珠さまがちょいちょいこの店のお手伝いに、顔をのぞかせてはるんどす」

宗兵衛は頼助と孫市を奥座敷に案内しながら答えた。

「孫市、これはどうやら違うな――」

かれは小声で孫市にささやいた。

「十八屋の藤十郎は、商売仇からなにかひどく怨まれているのかもしれませぬな」

孫市の思いは、頼助の考えと同じだった。

座敷に通された二人は、宗兵衛に勧められ、床を背に坐った。

床には中古伝世、観阿弥筆の「竹林兎図」がかけられ、備前の花生けにあやめが瑞々《みず》しく活けられていた。

小さな庭が右手に広がっている。

奇峭《きしょう》な石が巧みに配され、苔のむし付き工合もよく、なかなかの眺めだった。

「床の掛け物も品があり、佳《よ》い庭じゃな」

「ありがたい仰せ、かたじけのうございます。庭は旦那さまがご自分で水をお打ちになり、てまえどもは拝見するだけでございます」

こうした風情と、祇園社に奉納された禍々しい小絵馬とは、どうしても結び付かなかった。だが小絵馬には、はっきりと十八屋藤十郎と記されている。

頼助と孫市の二人が、計らずも同じことを考えているとき、歩廊に静かな足音がひびき、お珠が茶を運んできた。

「お茶はいただくが、あとの振る舞いはなにもいたしてくださるまい。われらは役儀でまいりましたのじゃ」

「役儀と仰せでございますか——」

「祇園社のお火役が、紅・鉄漿《かね》や簪を買い求めにまいるはずがなかろう」

「いや頼助さま、われらが歯に鉄漿を付けて歩いたら、人が気味悪がり、それなりの効があるやもしれませぬ。堂上公家《どうじょうくげ》の方々の中には、白粉を塗って眉を引き、紅・鉄漿を付けておいでのお人もございまする。社参の折、警固に付くわれらに愛想のつもりでか、お笑いになられまするが、その気味悪いこと、あれ以上のものはなかなかございませぬ」

孫市がいうのにまかせ、頼助は黙って両手で茶を喫していた。

「いや、これは頼助さまに、不調法なことをもうしました。お許しくださりませ」

かれは全く反応のない頼助を一瞥《いちべつ》し、かすかに狼狽して詫びた。

頼助が庶子とはいえ、村上源氏久我家の庶流、権大納言千種有能の末男・参議雅永《まさなが》の血を享ける人物だと、改めて思い出したからだった。

主筋の頼助と相役、そのうえかれが貴賤にこだわらない気性のため、つい気安くなってしまっている自分に、はっと気付いたのである。

「なにをもうす孫市、わしとてあれは気味が悪いと思うているわい」

二人のやり取りを見て、お珠が顔を伏せてそっと微笑した。座敷から静かに退いていった。

直後、表からただいま戻りましたとの声がきこえてきた。

「お火役さま、どうやら主の藤十郎が、お得意先さま廻りから戻ったようでございます。てまえはちょっと失礼して、主をここにお連れしてまいります」

「おお、そうしてくれればありがたい――」

宗兵衛に孫市がうなずいた。

かれの姿が座敷から消え、頼助と孫市はお互いにしみじみと顔を見合わせた。

「孫市、この十八屋のお人たちは、番頭の宗兵衛も主の妹のお珠どのも、人柄が良さそうじゃ。主の藤十郎とて、おそらくそうであろう。さればそこの小絵馬を祇園社に奉納したのは、十八屋の当主とは考えられぬな」

「はい、わたくしもさように思うておりまする。これなる小絵馬の奉納は、おそらく小間物屋・十八屋藤十郎を怨む者の仕業。陰湿な謀《はかりごと》に相違ございますまい」

かれも膝許に置いた布包みに目を落とし、確信にみちた表情でいった。

歩廊にまたいくつかの足音が起こった。

番頭の宗兵衛が先に立ち、主の藤十郎が座敷に急いでいるようすだった。

すぐ二人の姿が歩廊に現れた。

「これはお待たせいたしました。わたくしがこの家の主十八屋藤十郎でございます。留守をいたしておりました失礼の段、平にお許しくださりませ」

宗兵衛を後ろにひかえさせ、藤十郎は敷居際に正座した。床を背に坐る頼助と孫市に、両手をつかえて平伏した。

さして好男子ではないが、人の好さが顔にあらわれ、端整といえる顔立ちであった。

男女のいずれでも、目鼻立ちが整っていながら、醜く感じられる人々がいるものだ。

それは驕慢《きょうまん》や当人の考えていることの卑しさが、自ずと表情に出るからで、歳月を経るごとに、これは顕著になる。

十八屋藤十郎の顔には、一点の曇りも感じられなかった。

見る人によっては、歌舞伎役者の坂田藤十郎より、好男子だと評するに違いない。

頼助は、自分の後見人として苦楽を共にしてきた村国惣十郎の、盲《めし》いてはいるが精悍を静かに秘めた美しい顔を、ふと思い出した。

「わしは祇園社の神灯目付役の植松頼助ともうす者じゃ。本日は役儀に従い、お訪ねもうした」

「わしは頼助さまの相役。同じく神灯目付役の孫市ともうす。そこでは話ができかねる。部屋の中に入っていただきたい。頼助さまもさように願っておいでじゃ」

　孫市の口調は、誰がきいても頼助に臣従するものだった。

「はい、かしこまりました。ではお言葉に従いまして、失礼いたします」

　十八屋藤十郎は立ち上がると小腰を折り、低い姿勢で二人の前に移った。

　宗兵衛は再び主の後ろにひかえた。

「わしらがここにまいったのは、そなたにちょっとたずねねばならぬことがあるからじゃ。見てもらいたい物があってなあ」

　頼助は藤十郎の顔色の変化を、寸毫も見逃すまいと鋭い視線をくれていった。

「わたくしに見てもらいたい物とは、いったい何でございましょう」

　いくら好人物に見え、いい印象をあたえても、それが本当の姿とはかぎらない。化けの皮をしっかりかぶっていれば、人を欺き通せる。頼助の視線は、真実を見極めようとするものだった。かれと同じく孫市の目も、油断なく藤十郎の挙措をうかがっていた。

「一つこれをご覧いただきたい――」

　孫市は持参した布包みを膝許から取り上げ、それを開いて藤十郎の前に押しやった。

　三枚の一番上に生首の絵馬、次に磔の絵馬、最後には背中合わせに縛られて吊るされ、これから釜茹でにされる男女の絵馬が、重ねられていた。

「こ、これはなんでございます。もうすのも憚《はばか》られますが、邪悪な小絵馬でございますなあ」

　十八屋藤十郎は、二人の顔を仰いでつぶやいた。

こんな不吉な小絵馬を、どうして祇園社のお火役が、わざわざ自分に見せにやってきたのか。その疑問がはっきり顔に刻まれていた。

「主どの、次の小絵馬もご覧になられるがよい。最後まで見られたら裏返し、そこに記された奉納者の町名と名前を、お確かめいただきたい」

頼助は柔和な表情でいった。

男女が縛られて釜茹でにされる小絵馬は、藤十郎と妹・お珠の不運を、示唆《しさ》する図柄に違いなかった。

十八屋藤十郎が背中を丸め、小絵馬を一つずつ改め、ついで裏返した。

そして生首を描いた小絵馬の裏、「願主　上本能寺前町　十八屋藤十郎」と書かれた文字を見るなり、あっと小さく声を迸《ほとばし》らせた。

「願主がわたくしとは、全く驚きました。それをお確かめのため、神灯目付役さまがおいでになったのでございましょうが、このような不埒な小絵馬、わたくしは祇園社に奉納いたしておりません。まるで身に覚えのないことでございます。この文字もわたくしが書いたものではございませんわ。なんでしたら、硯《すずり》と筆を運ばせますゆえ、この場で改めていただいても結構でございます。わたくしが書いた帳面やほかのものも、持ってこさせてもようございますが——」

落ち着いていた藤十郎が、狼狽気味になっていた。

「いや、それにはおよぶまい。されば藤十郎どの、そなた人からかように怨まれる覚えはござるまいか。またそなたを陥《おとし》いれようとする人物に心当たりはないか、思い出していただきたい」

頼助は冷静な声でたずねた。

「いやお火役さま、わたくしにはさような覚えは全くございまへん。商いは順調。どう考えたかて、なんの不都合もあらしまへん」

祇園社の神灯目付役を迎えて堅くなっていたかれの口調が、思わず京言葉に変わっていた。

「藤十郎どの、その順調な商い、何事もうまくいっていることが、妬《ねた》みや怨みを買うこともありまするぞ。人の妬みや怨みほど怖いものはないぐらい、ご承知でござろう」

「はい、それはわきまえておりますが――」

ここまでいい、藤十郎は言葉をふと濁らせた。

「なにか思い当たる節でもございますのか。遠慮なくもうされるがよい」

孫市がかれに続きをうながした。

藤十郎の後ろでは、番頭の宗兵衛がわなわなと身体を震わせていた。

「ほな、番頭のてまえからいわさせていただきます。手代の吾市がご贔屓《ひいき》さまの許にお訪ねしたところ、二軒ほどお出入りを断られたお家がございました。理由はきっとこれどすわ」

不吉な小絵馬を榊の繁みの中で見た人物が、それをそっと人に伝える。こうした噂は、ひっそり広まるものだった。

「そういえば番頭はん、近頃、お客はんがなんとなく少のうなってますなあ」

「はい、その通りでございます」

「こんな気味の悪い小絵馬が祇園社に奉納され、その願主がわたくしだと人さまに知られたら、そらお客はんも減りますわなあ」

「主どの、この小絵馬は並みの絵馬屋が描いたものではなく、正式に絵を学んだ絵師か、あるいは絵師崩れの絵屋が描いたものと推察いたす。しかもこの描線は、明らかに土佐絵を学んだ絵師の筆。それにも心当たりはございませぬか――」

頼助は鋭く藤十郎を見つめて問いただした。

「いえ、土佐絵を描くそんな絵師にも、全く心当たりはございまへん」

かれはどこか虚《うつ》ろな目を庭に投げて答えた。

庭の青苔が、明るい陽射しに美しく映えていた。

三

「どちらにまいられまする――」

小間物屋十八屋《じゅうはちや》の店先で、主の藤十郎や番頭の宗兵衛たちに見送られ、寺町筋に出ると、植松頼助は北に向かって歩きはじめた。

藤十郎の妹お珠《たま》が、二人の後ろにひかえ、両手を膝にして慎ましやかに辞儀をしていた。

「なにか思い出したら、祇園社のわれらの許まで、面倒でもすぐ知らせてもらいたい。わが身に関わることとゆえ、それくらい容易であろう。詮議のほどは、われらがいたしてくれる。この件は絵馬をもってそなたたちを呪うだけで、ほかにさしたる厄介は起こるまい。されど何事にいたせ、今後、用心堅固に商いをいたすのじゃな」

十八屋の奥座敷から辞すとき、頼助は主の藤十郎と番頭の宗兵衛にこう言葉をかけ、差料に手をのばした。

襖《ふすま》の向こうでは、お珠もきいているはずだった。

「ありがたいお指図をいただき、かたじけのうございます。お火役さまがもうされる通り、用心堅固、正直に商いをいたし、お客さまからさらにご贔屓《ひいき》にしていただくよう心掛けまする」

「ああ、そういたせ。人は幸せな者を妬《ねた》み、よその店の商いが順調なれば、いっそ潰れてしまえばよいがと、ついつい考えるものじゃ。同業者は笑い合うて話をしていようとも、まことは外面菩薩内心如夜叉。相手の不幸を心の隅で願っているものよ。人とはじつに難儀な生き物じゃわい。せめて己だけはさように考えぬことじゃな」

孫市が気楽に主従にいいかけ、頼助の後につづいたのであった。

「孫市、どこにまいるとたずねられたとて、わしにさしずめ当てなどないぞよ」

「さりながらこの寺町筋の北、丸太町の下御霊《しもごりょう》社の先には、宮中絵所預《えどころあずかり》の土佐さまのお屋敷がございまするが——」

孫市は目的はそこだろうといわんばかりに答えた。

土佐派は平安後期から江戸末期までつづいた大和絵の中心的画系。南北朝期に藤原行光《ゆきみつ》が出て宮中絵所預となり、光重・光国を経て、室町初期の行広が土佐を号してから、土佐派を公称した。

行広の孫光信は、平明・温和な画風をうち立て、土佐派の社会的地位を確立した。光信の子光《みつ》茂《もち》は、狩野派とよく対抗して画系を保った。

ところがその子の光元以降、画系は絶え衰微したが、一族の光吉が江戸に出て、土佐派を継承した。その子の光起《みつおき》が名手として、狩野派の様式を取り入れて土佐様式を確立し、再興された宮廷の絵所預の地位に復したのであった。

当代は光芳、画流の隆盛は昔に戻っていた。

「土佐家の屋敷にまいっていかがいたすのじゃ」

「しれたこと、この不気味な絵馬を描いた絵師に心当たりはないか、たずねてみるのでございます」

孫市は頼助の問いに、意外な表情を浮かべた。

かれは頼助が北に向かっているのは、そうするためだとばかり思っていたからだった。

「愚かじゃぞ孫市。土佐家にたずねたとて、宮中の絵所預に不埒な質問、さような絵師など存ぜぬと、塩を撒《ま》いて追い散らされるに決まっているわい。敢えて恥を明らかにするとは考えられぬ。なにしろ格式のある家じゃでなあ」

嘲笑気味に頼助はいった。

「それでは、絵馬は十八屋の預かり知らぬこととわかっただけで、いまのところ、なんの手掛りも得られていないといわざるをえませぬな」

「ばかな。絵が土佐様であるからには、それを描いた絵師の手掛りぐらい、祇園社の周りで絵馬屋を営んでいる者から、必ずききだせるはずじゃ。わしは当初からそのつもりでいたぞよ」

「なるほど、頼助さまのもうされる通りでございまする。わたくしとしたことがそれに気付かず、はなはだ迂闊《うかつ》でございました」

「それより孫市、わしたちはいま十八屋の主や番頭に見送られて北に向かい、さながら土佐家を訪れるかのような体《てい》を装っている。それにしても、あの主の藤十郎と妹お珠、さらには番頭の宗兵衛の三人、いささかの難もなく、まるで円満具足に見えはしなかったか――」

頼助は十八屋から遠ざかり、行願寺（革堂）の近くまできたせいか、後ろを振り返り、いきなり思いがけぬ言葉を、孫市に投げかけた。

「はい、藤十郎もお珠も宗兵衛も、われらに対して非の打ちようのない対応でございました。それがどうかいたされましたか――」

孫市は足を止め、頼助の顔をうかがった。

「あまりにもそつのない対応が、わしにむしろ不審を抱かせているのじゃ。当初は穏やかそうな三人、一件とは全く無関係と思えたがなあ。とはもうせ、わしはあの藤十郎やお珠を、悪党ともうしているのではないぞ。番頭の宗兵衛とて、店への忠義は疑う余地がない。しかしながら、あのそつのない円満具足が曲者《くせもの》。息がぴったり合いすぎているのよ」

浮かぬ表情で頼助はつぶやいた。

「頼助さまはなにを仰せられたいのでございまする」

孫市にはかれの心中《しんちゅう》が計りかねた。

「そなたにどう説明すればわかってもらえるのか、わしにも適当な言葉が見つからぬわい。されども、円満具足で悪もなさず、さりとてすすんで善もいたさぬような十八屋の連中のそつのなさが、気持に引っ掛かってならぬのじゃ。なればこそわしは、旦那の藤十郎や店が難儀だろうと、十八屋へちょいちょい手伝いにきている妹お珠のいまの身の上や、二年前に産後の肥立ちが悪くて死んだともうす藤十郎の妻女、その子どもについても、敢えてなにもきかなんだのよ」

「わたくしは頼助さまがなにゆえそれらをおたずねにならぬのか、不審に思うておりました。しかし祇園社に奉納された縁起の悪い絵馬は、あの場では同業者の妬みとして、片付けられた観がございまするが――」

「ああ、店が繁盛して商売仇から怨まれているのではないかだの、十八屋の者たちの人柄がよすぎるからだのと、わしらは褒め千切ってまいった。されどわしにかぎっては、すべからくそう思うていたわけではないぞよ」

頼助は顔に晦渋《かいじゅう》な微笑をにじませていた。

「これは頼助さまもお人が悪い――」

「口も方便ともうすでなあ。だが本当のところ、縁起の悪い絵馬を誰が祇園社の榊の繁みに掛けたのか、はっきりわかったとて、咎め立てる術《すべ》はあるまい。神仏は善人の願いばかりを、成就させるとはかぎらぬ。ときには旋毛《つむじ》を曲げ、悪党の願いをきき届けられることもあるやもしれぬわ。それにしても、男女二人を縄で縛り釜茹でにせんとしているその絵馬、明らかに十八屋の藤十郎と妹お珠の姿だわなあ」

頼助は行願寺の境内に足を踏み入れながら、孫市につぶやいた。

境内で餌をついばんでいた鳩が、初夏の空にぱっと飛び立っていった。

「頼助さま、わたくしもさように思うておりますが、頼助さまはいまいったいなにを考えておいでございまする。あるいは十八屋の三人は、人に呪われてしかるべき僻事《ひがごと》を秘しているとでも――」

孫市は戸惑い顔を隠さなかった。

「わしは先ほどから思うていたことを口にしたまでで、さしてなにも考えておらぬぞ。いまはこの絵馬を祇園社に持ち帰り、お社の周りで絵馬を商うている連中に、これを描いた絵師に心当たりはないか、念入りにたずねてみようと考えているだけじゃ。それよりほかに道はなかろう」

「はい、絵所預の土佐家を頼らぬのなら、そうでございましょう」

「さらには藤十郎の死んだ連れ合いの身許や、妹お珠の嫁ぎ先なども探らねばなるまい。探ってどうなるわけでもなかろうが、行きがかりから仕方がないわい」

頼助はあまり気乗りのしない顔でいった。

「切った張ったの物騒な事件なら、なんとしても探索せねばなりませぬが、ただ不埒極まる絵馬が、祇園社に奉納されていたというだけで、あまり仕甲斐のない一件。いっそ捨てておかれてはいかがでございましょう」

「なにをもうすのじゃ。わしとてさような気持にならぬでもないが、正禰宜《しょうねぎ》の大和内蔵亮《やまとくらのすけ》どのや、村国惣十郎の手前もある。また奇怪な絵馬が、祇園社の榊の奥深くに掛かっていたそうなとの噂は、すでに町中に広まっておろう。詮索して区切りをつけねば、京の町の人たちも納得いたすまい。ここがまことに厄介なのじゃ。わしらは人をしっかり見ているつもりだが、実は反対に人にも厳しく見られているのだともうせよう」

頼助は唾棄《だき》せんばかりにいった。

「頼助さまにいわれてみれば、その通りでございまする。かように些細な一件で、祇園社へ参詣にまいる人々に侮《あなど》られてはなりますまい」

今更のように孫市が気色ばんだ。

かれはそんなふうに考えもしなかった。

祇園社の威厳や権威を絶対に護らねばならぬ神灯目付役の自分たちにとって、些細な事でありながら、実は衆目を集めている大きな事件なのだと、孫市はいまになって気付かされたのである。

「さればお社に戻りましょうぞ」

「ああ、そして絵馬屋たちにたずねてみるのじゃ」

「小間物屋の十八屋に対しては、いかがしておきましょうや」

「当人たちは驚いたであろうが、十八屋の藤十郎は、さしたる動きもいたすまい。放っておけばいいのよ。尤も解決が着くまで、ときどき店の工合をうかがうにかぎろうが——」

頼助は、初夏の空に飛び立った鳩が青空を一周し、また境内に降り立つようすに目をなごませ、無造作に答えた。

「ではお社に向かいまする」

孫市の声に無言でうなずき、頼助は行願寺と下御霊社の間の道を東に進んだ。

河原町を越えると、摂関家の九条・鷹司・近衛各家の別邸が、鴨川沿いに並んでいた。二条の仮橋を渡って川端道に出る。

東山の南の遠くに、知恩院の伽藍や祇園社の朱塗りの建物が見えていた。

二人は身形《みなり》が身形のため、人目を避けるようにして、鴨東の道を祇園社に急いだ。

それでも二人の異様な姿に気付き、はっと道の片側に身を寄せ、頭を垂れる老若男女も見られた。

「あれは祇園社のお火役さまやないか――」

「こんな真昼間から、なにかあったんやろか」

「面垂れも付けてはらへんさかい、たいしたことやないやろ。ご禁裏さまへなにかのご用で、お出かけになったんとちゃうか」

「それやったらええのやけど、筒袖に伊賀袴のあのお姿を見ると、わしはどうも背筋がぞくっと粟立つわいな。町奉行所の定町廻《じょうまちまわ》りの姿は、どうもあらへんのになあ」

「昼すぎ、棒手振《ぼてふ》りからちょっときいたんやけど、今朝、祇園社でなんやけったい(奇妙)なことがあったらしいわ。そやさかい、常には昼間あんまり見かけへんお火役さまが、ああして動いてはるのやろ」

「祇園社であったけったいなことというのは、なんやいな」

「わしも詳しくは知らんわい」

噂は風より早い――との諺《ことわざ》がある。

さすが祇園社で起こった奇妙なできごとだけに、早くも一部が町の人たちの間に広まっていた。これは明日にはかなり正確な話に整えられ、市中で噂されるはずだった。

「孫市、十八屋藤十郎とお珠のようすを、まず惣十郎に伝えねばなるまいわなあ」

祇園社に近づくと、頼助は孫市に意見をもとめた。

「頼助さま、そんなん後でもかまへんのと違いますか。絵馬を商っているお人たちから、この絵馬を描いた者の名をきき出すのが、先どっしゃろ」

「されば南門の周りで店を張っている絵馬屋に、それをたずねるとするか——」

「そうしまひょ。意外に早く、不吉な絵馬を描いた不埒者がわかるかもしれまへん」

「とはもうせ、これを描いたのは、お社の周りで店を構える絵馬屋ではあるまい」

「そら、そうに決まってます。いくら客からの注文でも、こんな気色の悪い絵馬を、お社の周りで生業《なりわい》を立てている絵馬屋が、黙って引き受けるはずがありまへん。ご祭神さまにはばかられますさかい。ただ絵馬屋は、どこの絵馬屋や絵屋が、どんな絵を得意とするかぐらい、互いにだいたい知ってます。餅は餅屋どすさかい。この絵馬を描いた奴は、おそらく早うにわかりまっしゃろ」

孫市は祇園社の西楼門を仰ぎ、俗に〈くちなわの辻子《ずし》〉といわれる細道を、南門のほうにたどりながらいった。

くちなわ——とは街娼の俗称。夜、どこの色茶屋にも抱えられない娼婦たちが出没するため、この界隈は誰がいうともなくそう呼ばれていたのである。

なだらかな坂道をたどりはじめると、すぐ祇園社の正門、石の鳥居と南楼門が見えてきた。鳥居の両脇には、参道を挟んで柏屋と藤屋が茶屋を構え、客を盛大に呼び込んでいた。この二つは、祇園社参拝の人々の腰掛茶屋からはじまったと伝えられている。

東の柏屋、西の藤屋、合わせて二軒茶屋といわれていた。ともに田楽豆腐《でんがくどうふ》と菜飯が名物。それらを寄人長屋に住む頼助の許に、朗らかな声を上げながらたびたび運んでくるうず女は、柏屋の一人娘だった。

西の藤屋は明治になって廃業したが、柏屋は中村楼と屋号を改め、現在でも商いをつづけている。

南画家で、池大雅《いけのたいが》の妻でもあった池玉瀾《ぎょくらん》は、柏屋で茶汲みをしていたといわれている。

池大雅は、柳沢淇園《きえん》や祇園南海《なんかい》に南画を学んだ。

三十歳頃、祇園の茶屋の娘町《まち》、後の玉瀾と結婚し、真葛ヶ原に草庵を結んで住んだ。上田秋成によれば、当時、大雅夫婦は、茶屋の掛行灯《かけあんどん》や祇園町の芸妓の煙草入れ、扇面にも絵を描いていたそうだ。

祇園社に近いだけに、頼まれれば絵馬も描いたに違いない。妻の玉瀾が茶汲みをしていたというのも、二軒茶屋の人出が足りない折、頼まれて手伝いに出かけていたのだろう。

祇園社で稼ぐ絵馬屋は、西楼門の脇にも店を出していたが、頼助と孫市は、社の絵馬屋を束ねる南正門前の絵馬屋の淨味《じょうみ》に、まずたずねようとしたのであった。

淨味の店は葦簀《よしず》囲いにされ、通りに面した表に、十数枚の絵馬がぶら下げられていた。

冬にはこの葦簀は板戸に替えられる。

浄味は狭い店の奥で、高台子《たかだいす》を前に床几に坐り、所在なさそうに鼻毛を抜いていた。

「絵馬屋の浄味、わしじゃ――」

頼助は店の前に立つなり、五十すぎのかれに声をかけた。

「これはお火役の頼助さま、いずれはここにおいでになろうと思うておりました」

「不吉な絵馬の噂は、すでにそなたの耳にも届いているのじゃな」

頼助は苦笑を浮かべていった。

「もうすまでもございませぬ。血を噴いた生首に磔《はりつけ》、それに男女の釜茹での絵馬とは、凄《すさ》まじゅうございますなあ。わたくしも一目見とうございましたわい」

かれは長年、ここで絵馬屋を営んでいる古株。頼助に対しても臆するところがなかった。

「その絵馬を誰が描いたのか、わしらにはわかりかねる。土佐派の絵師とだけは判じられるが、土佐家を訪れてたずねるのもいまいましい。心当たりがあったとて、わが門人にあらずと、どうせ白を切るだろうからじゃ。そこで浄味、そなたならおよその見当が付くのではないかと、やってきた次第じゃ」

「絵馬の裏に、願主の屋号と名前が記されているそうでございますが、そこは確かめられましたか――」

「確かめていま戻ったところじゃが、願主には全く心覚えがないそうで、絵馬を気味悪がっていたわい」

「それは当然でございましょう。その絵馬は、人を呪詛するものでございますからなあ。頼まれて描いた絵師は、そこそこの金子を依頼者から貰うたに相違ございませぬ。しかし土佐絵だともうされましたが、この界隈に土佐派の絵を描く絵馬屋は、一人もおりませぬぞ」

「うむ、界隈にはおらぬか。されど町中の絵屋の中に、こんな奇怪な絵を描く土佐派からはみ出した絵師もいるのではないか。ともかく鑑定を頼みたい」

「はてさて、わたくしにそれがわかりますかのう。京の絵屋や扇絵師は数百人。北野や松尾大社などの門前で、絵馬屋を営む者もふくめれば、さらに多くなります」

小さな髷を結んだ浄味は、孫市が手に持つ布包みを、興味深そうに見ながら答えた。

浄味は京狩野——の狩野山楽・山雪の流れを汲む絵師だった。

だが狩野派の絵が規矩《きく》にはまっていくのに嫌気がさし、一門から離れた。祇園社の門前にきて、ただの絵馬屋になったのであった。

かれの描く絵馬は単純化、様式化されており、独自の美しさをそなえ、熟達した腕のほどが感じられた。

浄味の許に祇園社の神灯目付役が訪れているのを知り、近くで店を張る絵馬屋たちが、店を放ったらかしにし、何人も集まってきた。

みんな朝に起こった祇園社の珍事に、興味を抱いていたのだ。

「浄味の親父《おや》っさん、お火役さまから問題の絵馬を、早う見せてもらわはったらどないどす」

「わしらも商売柄、見てみとうおすわ」

浄味の店の前はざわついていた。

「そうじゃなあ。では頼助さま、その不吉な絵馬を、わしらに見せておくれやすか」

かれにうながされ、孫市が三枚の絵馬を包んだ布包みを、浄味に差し出した。

浄味の許に集まった絵馬屋たちの目が、一斉にかれの手許に注がれた。

「なるほど、話にきいた通り、気色の悪い絵馬どすなあ」

「わしらが使うている安物の絵具とは違い、高価な岩絵具が用いられてます。そやさかい、色もあんまり剝げんと、絵がしっかり残ってますのやな」

「これは銭のかかった絵馬やで。そやけど絵柄は三つとも、酔狂にもほどがある嫌な絵やわいな」

「生首に磔、それに男女を背中合わせにした釜茹でとは、怨念がこもってるやないか」

浄味の周りに集まった絵馬屋たちは、かれの手許を覗き込み、それぞれいい合っていた。

「おまえたち、客から頼まれ、こんな絵馬を描いてへんやろなあ」

浄味がそばに集まったみんなの顔を、見上げてたずねた。

「浄味の親父っさん、こんな気味の悪い絵馬、いくら銭を貰うたかて、絶対に描かしまへんわいな。第一、こんな絵を描くほどの腕を、ここにいる誰も持ち合わせていいしまへん」

「それは卯蔵はんのいわはる通りどす。わしかてどれだけ頼まれても、こんな絵馬、よう描かしまへん。やがては自分に降りかかってくる禍《わざわい》が、恐ろしゅうおすさかい。ましてやそれを、祇園はんに奉納して自分の呪いを果たそうとは、とんでもない話どすわ」

中年すぎの絵馬屋が、強い口調でいった。

「お火役の頼助さま、ここに書かれている上本能寺前町　十八屋藤十郎いう願主には、先程、会ってきはったんどすなあ」

「ああ、身に覚えがないと、はっきり否定されたわい。こんな絵馬が祇園社に奉納されているのが、一部の女子たちの噂になっているらしく、店から客足が遠のいたと、いまになり気付いたようすじゃ」

「するとこれは、商売仇の嫌がらせでございましょうか」

浄味が頼助の顔をじっとうかがった。

「それはそうかもしれぬが、わしはなぜともなく、そんな簡単な意図からではないと思うている」

「ではその意図とはなんどす」

「それがわかれば、埒もないこんな騒ぎに煩《わずら》わされておらぬわい。絵馬を描いた絵師を探し、その奴からそれを頼んだ奴をきき出してくれる。なんのつもりで祇園社に不埒な絵馬を奉納したのか、厳しくただしてくれるわい」

「そんなん、いっそ放っておかれたらいかがでございます」

「孫市にもさようにいわれたが、人の口に戸は立てられぬものじゃ。わしら神灯目付役が詮議を等閑《なおざり》にいたせば、自らその面目を潰すことになるのよ。小さなことじゃが、同時に大きなこと。わしらには極めて迷惑な難儀じゃ」

頼助は厄介に巻き込まれ、本当に困ったといいたげな顔でつぶやいた。

「そしたらわたくしは正直にもうし上げななりまへんなあ。金次第でこんな絵馬を描きそうな町絵師を、一人知っておりますわい。かつては土佐家の門人だった男。酒と女子遊びにうつつを抜かし、枕絵をおおっぴらに描いたのが露《ば》れ、破門されたのでございます。名前は田積重十九《たづみしげとく》。仏光寺門前に、絵屋の店を構えているときいております」

さすがに浄味は、絵馬屋の古株だけのことはあった。

「もとは土佐家の門人で、田積重十九ともうすのじゃな」

「はい、されど念のためにもうし添えさせていただけば、枕絵なるものは、絵師なら誰でも描いておりますわい。宮中絵所預の土佐家でも、ご禁裏さまから内々の命を受け、年に一巻や二巻は描いておりましょう。幕府御用絵師の狩野探幽が描いた春画さえ、わたくしは見たことがございますわい。田積重十九が土佐家から破門されたのは、そこに描かれた交媾図《こうごうず》の男の顔が、土佐家のご当代にあまりにも似ていたため、ご立腹を招いたからだときいております」

浄味は自分がもしやと思っている人物について語った。

絵師なら春画のいくらかを多くが描いていた。春画にほとんど落款《らっかん》や印章がないのは、それを恥じる気持が絵師にあるからであろう。

「田積重十九か。確かにその名をきいた。さっそく明日にでも、仏光寺の門前町を訪ねるといたそう」

「たずねたかて、重十九は依頼者の名を吐くかどうかわかりまへんで。けど癖のある町絵師どすさかい、ききようによっては、意外にあっさり明かすかもしれまへん。まあ脅したりすかしたりして、きき出さはるのどすなあ」

「これ浄味、頼助さまに脅したりすかしたりなどと、不埒な指嗾《しそう》をいたすではないわ。わしもお供するからには、まっとうにぶち当たっていただくわい」

「ならばそういたされませ。この奇怪な絵馬、田積重十九が描いたに相違なく、ほかには考えられませぬ」

浄味は仲間の絵馬屋が自分の手許を覗き込む中で、三枚の絵馬を布に包み込んだ。

口辺に笑みをにじませ、孫市の顔を眺め上げた。

祇園社の本殿のほうから、神鈴の音がかすかにとどいてきた。

四

軒先に「絵屋　重十九」の看板が下がっていた。

間口は三間ほど、奥行きもさして深そうではなかった。

土間の右に二階へ登る階段があり、中暖簾で隔てられた奥には、竈《かまど》や内井戸、水屋などがのぞいていた。

高倉通りに面した仏光寺の門前だけに、参詣客が絶えず山門を出入し、辺りは賑やかだった。

仏光寺の寺域は、北は仏光寺通りから南は高辻通りまで。正面は東を向き、高倉通りに面している。開基は親鸞上人。それだけに天皇や歴代将軍の庇護も厚く、洛中では京都五山や東西両本願寺、妙覚寺などにつぐ大寺であった。

絵屋の重十九は、客に頼まれればなんでも描くとみえ、道に面した土間のそばに、看板絵、染め絵、凧絵、扇絵などが無造作に置かれていた。

さらに「なんの絵なりとも描きもうそう」と記された二枚折りの屏風が、表部屋の隅に立てられているほどだった。

昨夜、頼助と孫市は惣十郎にだいたいの経過をのべた。絵馬を描いた人物が、宮中絵所預の土佐家から破門され、いまは仏光寺門前で絵屋を営んでいるらしいと告げると、惣十郎は盲《めし》いた目をしばたたかせ、それは厄介じゃなとまずつぶやいた。

「どうして厄介なのじゃ。まだ会うてもおらぬのに、それがわかるのか――」

頼助が不審な顔でただした。

「それくらい容易に察せられますわい。およそ絵馬とは、己の都合のよい願をかけ、人に描いてもらうもの。自ずと絵には制限がくわえられましょう。しかれど祇園社に奉納されていた三枚は、いずれも人目をはばかるものばかり。自分で描くのならともかく、さような絵馬を絵屋に描かせるとは、その客は相当な奴と考えられまする。また頼まれて描いたその重十九とやらもうす絵屋も、一筋縄ではいかぬ男と見ねばなりませぬ。その折、大枚の金で、客から堅く口止めされているに相違ございませぬでなあ」

「すると惣十郎さまは、重十九は易々とは口を割るまいと、仰せられるのでございまするな」

頼助の後ろにひかえていた孫市が、膝を乗り出した。

「孫市どの、いかにもじゃ。いくら問うたとて、自分の描いた絵馬ではないと、白を切り通すであろう。依頼者からそんな事態も考えたうえでの金を、おそらく掴まされていようでな。口を割れば、身の破滅になるやもしれぬ」

「それほど大袈裟に考えずともよいのではないか――」

「いやいや、人を呪詛することに加担し、不吉な絵馬を描いたほどの絵屋。相当、てこずると心得られませ」

「頼助さま、惣十郎さまがもうされる通りかもしれませぬな。お定書《さだめがき》のどこにも、不吉な絵馬を描いてはならぬとか、それを社寺に奉納してはならぬとは、書かれておりませぬわなあ。この種の絵馬は、万一、立願者や絵師が知れたとて、丑《うし》の刻《とき》参りと同じで心の問題。当人たちは世間からそしられて非難されるだけで、町奉行所や寺社奉行所から、明確なお咎めを受けるわけではございませぬ。これほどの非道をやってのける者ども、蛙に水かけ石に灸《きゅう》をすえるに、どこか似ておりまする」

「蛙に水かけ石に灸をすえるとは、孫市、そなたは面白いことをもうすのじゃなあ。しかしながら惣十郎、祇園社の神域が不浄に穢されたとわかったかぎり、われら神灯目付役としては、黙って見過すわけにはまいらぬぞよ。絵筆を揮《ふる》う右腕の一本ぐらい叩き斬ってつかわさねば、気持が収まらぬわい」

頼助が声を荒げた。

「頼助どの、お腹立ちはご尤もでございまするが、物騒なことをもうされてはなりませぬ。一つ二つ撲るぐらいで、我慢していただかねばなりますまい。それより、どうして十八屋藤十郎の名をもって絵馬を描いたのか、この点を厳しく詮議するのが肝要でございましょう。目的を誤られまするな」

惣十郎に制され、頼助はにやっと笑った。

「わしがそうもうせば、惣十郎はおそらくさように諫言するだろうと思うていたわい。しかと承知した。絵屋の田積重十九、どのように癖のある奴でも、腕をへし折ってくれるとでももうし、後ろに捻《ひね》り上げて事実を吐かせてくれる。少々の手荒は、目をつぶってもらわねばならぬ。喜平太も後学のため、明日はともにまいるのじゃな」

頼助は自分たちが寄人《よりうど》長屋に戻ったときき、境内の見廻りを急いですませてきた喜平太が、土間で片膝をついているのを見ていった。

「かしこまりました。明日は頼助さまのお供をいたし、その絵屋へまいりまする」

若い喜平太には、さまざまな場数を踏ませておかねばならない。父親の惣十郎もそれを望んでいた。

「されば喜平太、場合によればそなたが、自ら事態を処置いたすのじゃ。頼助どののお手を、汚していただかなくともよいようになあ」

惣十郎は土間に向かい不穏な声を浴びせかけた。

「はい、かしこまりました。いかなることでもさせていただきまする」

喜平太が惣十郎にいい、つぎには頼助と孫市に低頭した。

「ご免こうむる――」

主の重十九らしい男が腹這いの姿勢で、木枠に張った大きな木綿の布に、絵筆を揮っていた。

声をかけたのは、喜平太であった。

かれの後ろに、頼助と孫市が並んで立っていた。

内弟子らしい若者が、木枠のそばに置かれた大硯《おおすずり》で墨を磨り下ろしていた。

田積重十九がいま描いているのは、墨一色の鍾馗図幟《しょうきずのぼり》だった。

鍾馗は魔除けの神。それを墨一色で描くのは、よほど注文主が変わっているのと、重十九の腕が確かだと見込まれてだろう。

絵布は主に絹だが、幟の類には、織りの厚い木綿布が用いられる。

これを木枠に張るのは、専門の木枠屋に委されていた。絵絹（布）が均等に張られていなければならないだけに、絵師や絵屋には贔屓の木枠屋が付いていたのだ。

「ご免こうむるとは誰やいな――」

かれはあごを上げて三人を眺めた。

内弟子は頼助たちの異様な姿に気付き、墨を磨る手を止め、怖気付いたようすだった。

「それがしたちは祇園社の神灯目付役、わしは植松頼助ともうす。ほか二人は名乗らずともよかろう」

「そんなもん、きかせていただかんでも結構どす。いずれも祇園社のお火役さまだけでよろしゅうおすわ」

かれは腹這いの姿勢から普通に坐り直し、大硯に筆を置いた。

偏屈者特有のどこか尊大な態度だった。

「そなたがいま描いている鍾馗も、わしらにそう太々《ふてぶて》しくもうしているわい。まことのところ、名前など告げられてもどうということはないからなあ。ところでそなたは土佐派の絵を学んできたはずじゃが、この鍾馗図は自由闊達に描かれ、実にのびやかじゃのう」

「絵屋を営んでいたら、一つの流派の筆法だけで絵を描いてられしまへん。いろいろな流派の画法を取り入れ、お客はんに気に入っていただける絵を描かな、食っていかれしまへんのや。この鍾馗図、のびやかに描かれているとお褒めくださいましたけど、ほんまは憎々しげにわしらを見ておると、いいとうおすのやろ」

田積重十九は頼助や孫市の胸の気持を、ずばりといい当てた。

「そうではないともうしたいところだが、実はその通りじゃ。尤も、人を優しい目で見る鍾馗図などあるまい。憎々しげに睨み付けていてこそ、鍾馗としての験《げん》があるのよ。そなたの遠慮のない口利きにも、いかほどかの貫禄がうかがわれる。土佐家を破門され、絵屋になって食っていく絵師だけの気骨が感じられるわい」

孫市を制し、頼助が皮肉った。

「わしの手筋が土佐絵、かつて土佐家から破門されたことをご存知なら、わしの身の上ぐらい逐

一、ご承知のはず。わしも覚悟して対応せなあきまへんな」
かれは四十をだいぶすぎた人物。気の強さを顔にあからさまにはのぞかせていないが、言葉の一つひとつが棘《とげ》をふくみ、芯があった。

「絵屋の重十九とやら、そなたは神灯目付役のわしらがなぜここに参ったのか、どうやら察しているとみえるなあ」

孫市が身体をぐっと乗り出してかれにいった。

内弟子の若者が恐れて身をのけぞらせた。

「このど阿呆《あほ》、それくらいで怯《ひる》んでどないするねん。腹に力を入れ、もっとしゃんとしなはれ」

かれは孫市をちらっと眺め、内弟子の若者を叱り付けた。

「弟子の見苦しいさまをお見せしてすんまへん。どうぞ、堪忍しとくれやす。お火役さま、そらだいたい察しを付けてますわいな。そやけどあの生首に磔、それに男と女子を背中合わせに縛り付けて釜茹でにしかけている絵馬、まさか祇園社に奉納されるとは、思うてもおりまへんどした。どこの社寺にしたところで、人目に付かん場所にひっそり奉納されると思うてましたけど、祇園社とは全く意外どしたわ。験が早うにあるのを願ったんか、思い切ったことをしたもんどすなあ。それにしても、どこに吊るされていたんどす。きかせとくれやすか——」

「そのようにいうからには、そなた、この三枚の絵馬を、自分が描いたと認めるのじゃな」

「絵馬は土佐絵の筆法で描かれ、祇園社のお火役さまが、その目星をわしに付け、身許を洗ったうえで店にきはったんどすさかい、今更、知らぬとはいえしまへんわいな。その三枚の絵馬は、確かにわしが描きました。そやけど、誰に頼まれたのかは、決していいしまへんでえ。これだけはしっかり胸に刻み付けておいておくれやっしゃ」

重十九は頼助を見上げ、あっさり白状したが、依頼者については、口外せぬと断言した。

そのかれから、苦渋の色らしいものはうかがえなかった。

「さればわしらももうさねばならぬ。この絵馬三枚はさすがに人目をはばかり、一の摂社の後ろに繁る榊の奥深くに吊るされていたわい。見付け出されたのが、不思議なほどじゃ。祇園社の神々に、己の不埒もかえりみず大胆な絵馬を奉納いたすとは、よほど常軌を逸した奴。そなたは大金を受け取り、精魂をつくして描き上げたのであろう。依頼者からはその身許を明かさぬよう、堅く口止めを約束させられたに相違あるまい」

「ようわかってはりますがな。けど大金いうても、それほど多くは貰うてしまへんで。なぜなら、上本能寺前町の小間物屋・十八屋藤十郎とお珠兄妹、外からは人柄がようて正直そうに見えてます。そやけどわしが依頼者からきかされた限り、犬畜生にも劣る賤しい奴ら。あんな絵馬を描かれて呪詛されても仕方のない、獣みたいな兄妹やからどすわ。人はほんまに見掛けによりまへんねんで。お火役さまたちは、大勢のお人を見てはりますやろけど、世の中にはおぞましい奴らが仰山《ぎょうさん》いてますのやわいな」

「おぞましい奴らじゃと。そなたにあの絵馬を依頼した人物が、まさか祇園社に吊るすとは思うてもいなかったかもしれぬが、どこかの社寺に願掛けいたすのは明白。しかも絵を描いたのはそなたに間違いない。たったいまそなたはわれらに、誰に頼まれたのかは決していわぬ、しっかり胸に刻んでおくがよいと、憎々しげな面でもうしおったな」

頼助が孫市と喜平太から離れ、肩の力を抜いてささやくように重十九にいった。

「へえっ、いいましたで――」

重十九がにやっと笑い、かれの顔を見上げた。

「さすがに見事な春画を描き、土佐家から破門されただけあり、立派な開き直りじゃ。されど、わしらとて祇園社の神灯目付役。不浄な絵馬を描いた絵師を見付け出したからには、ただで放っておくわけにはまいらぬぞ。ましてやそ奴が不逞な口を利き、われらに挑んでおるのでなあ。覚悟せいよ。この旨、わかるであろうな」

頼助は重十九にこの言葉を叩き付けると同時に、後ろにひかえる喜平太を振り返った。

「喜平太――」

「はい頼助さま、なんでございましょう」

喜平太は一歩前に進んでかれにたずねかけた。

「この絵屋は表が蔀戸《しとみど》になっておる。そなた、店先の床をすべて上げ、表にわしの編み笠を引っ掛けてまいれ。内には厳重に閂《かんぬき》をかけるのじゃ」

喜平太にこういい、頼助は手早く足許から木片を拾った。

蔀戸を支えている突っ支い棒に向かい、鋭い気合を発してその木片を飛ばした。

蔀戸の一つが、ばたんと音をたてて閉まった。

蔀戸は寝殿造の邸宅における屏障具の一つ。格子組の裏に板を張り、風雨を防ぐ戸として用いられている。

多くは上下二枚に分かれ、上一枚は金具で吊り下げ、下一枚は立てて二つを閂で結ぶのである。中世から近世にかけての絵画資料によれば、京の商舗には、こんな店が多く見かけられる。また蔀戸の上半分はともかく、下半分を現在でも通りに面した外床として、用いている家もある。

「かしこまりました」

蔀戸の一枚がばたんと閉まるのを見るやいなや、喜平太が表に走り出した。

腰から刀を抜き、その峰で蔀戸の突っ支い棒を一気に薙ぎ倒していった。

店先が急に暗くなった。

田積重十九が驚いて腰を浮かせた。

「な、なにをしはりますのや。あんまり乱暴やおへんか」

「なにが乱暴じゃ。表には人が通っておる。人が店の騒ぎを見る中で、そなたを斬りたくないからじゃ。店を閉じた闇の中で斬ってくれる。されど、内弟子の若者の命までは奪わぬゆえ、安心いたせ」

「な、なんでございますと。わしを斬るといわはりますのかいな」

「そうじゃ。斬ることにあっさり決めた」

「そ、そんな無茶な――」

重十九は四つ這いになり、狼狽して逃げかけた。

「なにが無茶じゃ。忌まわしい絵馬を描いた絵師を突きとめながら、依頼者の名すらきき出せぬとは、われらの名折れ。世間の噂となれば、われらの不名誉どころか、祇園社の名も地に落ちるわい。それゆえそなたを討ったうえで、わしら三人もここで腹をかっさばき、あの世にまいるのじゃ。さすれば、祇園社を崇める京の町の人たちも納得いたされよう」

頼助は猿臂《えんぴ》をのばして重十九の襟首を摑み取り、かれにいいきかせた。

「そ、そんな、あんまり――」

「そんなもあんまりもない。そうでもいたさねば、もはやどうにもならぬのじゃ」

頼助の態度はほとんど恫喝《どうかつ》だった。

だが孫市には、頼助がいま芝居を打っていることぐらいわかっていた。

田積重十九という絵師は、こんなふうにしてでも脅さなければ、正直になにもかも吐かないだろう。その偏屈さは目に見えていた。

祇園社へ参詣にくる人々は、正邪合わせ、さまざまな祈念を持っている。

本殿の賽銭箱に、少しの金銀でも投じられたからには、神仏といえども、かれや彼女はお客さまだった。

その結果、験があれば寄進が多くなるのは、世俗的事実であろう。

世の中には「医者が取るか坊主が取るか」とか、「医者が取らねば坊主が取る」という凄まじい諺がある。

二つは本来、あの世まで金は持っていけないと、守銭奴に向かっていう皮肉の言葉。または病気や死には金がかかるものだといっているのだろうが、現実世界では、医者は別にして、神仏ほどいかがわしく、金を欲しがるものはないといえよう。

誤解を恐れずにはっきりいえば、神仏を作り出してその名を借り、それに関わる人々が食うためであった。

これは時代を追うごとに明確化し、いまや二つの諺は顕著になっている。

祇園社の神灯目付役としては、社の清浄さや京都市民の社への尊崇を、少しでも損なわせてはならなかった。

孫市も頼助も、現実と想念のその微妙な境界を、よくわきまえていたのである。

「ど、どうか、な、なんとかなりまへんやろか——」

重十九は頼助に襟首を摑まれながら叫んだ。

先ほどの尊大さはまるで消え失せていた。

表の蔀戸が閉められたため、店の中は薄暗くなっている。

板戸の隙間や節穴から、わずかに陽が射し込むだけだった。

「祇園社の神灯目付役さまがなにかお怒りになり、この絵屋で大暴れしてはるそうやわ」

「わし、そのわけを知ってるわい。きっとあの気色の悪い絵馬のことでやろ」

「その絵馬いうのはなんやいな。わしにもきかせとくれやすな——」

重十九の店の外には人だかりができ、こんな声もきこえてきた。

「そなたはいま哀れな声で、なんとかならぬかとわしらに訴えたが、それはそなたの心掛け次第じゃ。誰に頼まれて描いたのか、それを明かすのが第一。つぎには客に頼まれたからといい、忌まわしい絵馬を描いたのを深く悔いねばならぬ。その旨の祭文を、祇園社の神前で奉上もうし上げ、自ら手鎖をかけ、境内の二見岩の注連縄《しめなわ》に、三日二晩ぐらい繋《つな》がれていることじゃな」

孫市は、外を覗くため表戸の節穴に近づいていった頼助の後ろ姿をうかがい、小声で重十九にいいきかせた。

「連れのお火役は、まこと厄介にも糞真面目な男でなあ。そなたを討って自分たちも腹をかっさばくともうしたからには、おそらくその通りにいたすであろうよ。さすれば、わしも表の蔀戸を叩き落とした若いお火役も、お供をいたさねばなるまい。お互い難儀なことじゃ」

孫市はここで大きな溜息をふうっとついた。

かれと頼助の二人は、以心伝心、互いの意図を読み合っていた。

かれらにとって、小間物屋十八屋藤十郎と妹のお珠など、本当をいえばどうでもよかった。

祇園社の境内に忌まわしい絵馬が掛けられたのが大きな問題。それに対して、みんなが納得できるようにどう処理するかが、唯一絶対の課題であった。

祇園社の尊厳だけは、どうしても守らねばならなかったのだ。

「あの頼助さまは表に集まった人々を、いっそ店の土間に招き入れ、みんなの見ている前でそなたの首を討とうとでも、改めて思案なされているようじゃ。ご自分もその場で腹を召されるお覚悟とみえる」

孫市はわざと声を低めて重十九につぶやいた。

「そんなん、思い止《とど》まっていただかななりまへん。こうなったら、誰に頼まれて描いたのか、すぐにでも正直に白状しますがな。ご神前で詫び、二見岩の注連縄に手鎖を掛け、三日でも四日でも過ごさせてもらいますわいな」

重十九は泣きっ面で孫市を見上げて訴えた。

祇園社は古い社だけに、口承として不思議な話がいろいろ伝わり、祇園社七不思議といわれている。

それは必ずしも七つに限らないが、主だつものをいくつか紹介すれば、西楼門では雨垂れの窪地ができず、蜘蛛の巣が張られないという。また本殿の下にある龍穴と呼ばれる深い井戸は、龍宮に通じているそうである。さらに舞殿の東側にある二見岩は、地軸芯に達しているともいう。

龍穴について書けば、近年、地質学は京都市中の地下数十キロに、琵琶湖の三分の二ほどの深い水をたたえた層があるのを明らかにした。そこでは冷たい水が、北東（比叡山の辺り）から南西の男山八幡宮のほうに、ゆっくり流れているという。

古人たちが龍宮に通じるといっていたのを、これに擬すこともできる。

真冬、足許からじわっと這い上がってくる京都の底冷えは、この水のせいだともいわれている。

「頼助さま、絵師の重十九の奴が、すべてを正直に吐くともうしておりまするが、いかがいたしましょうや」

孫市は、なおも表戸の節穴から外を覗いている頼助に問いかけた。

「なんじゃと。重十九はまこと悔いているのか。まさか命を惜しみ、その場逃れをもうしているのではあるまいな」

「いささか疑われぬでもございませぬ。されど改心して、今後、不埒な客の注文には、断固として乗らぬようにいたせば、それでよろしゅうございましょう」

「まあ、いわれてみればそうじゃな。やい田積重十九、あの忌まわしい三枚の絵馬は、どこの誰に頼まれた。またそなたにあれを描かせた依頼者には、十八屋になんの意趣があったのじゃ」

頼助は重十九のそばに近づくと、胡坐《あぐら》をかいてきき質《ただ》した。

「はい、あれを一枚一両の金でわしに描かせたのは、下京・中金仏町の針屋竹田屋六左衛門はん。同業者の口利きで、妹のお糸はんを十八屋に嫁がせはったんどす。そやけど十八屋藤十郎の奴は、世間に向けてる顔はようても、女房のお糸はんに見せるのは鬼の面《つら》。妹のお珠は、父親・先代藤十郎の後妻の連れ子。血の繋がってへん妹やそうで、あの兄妹は世間面はともかく、ほんまはずっと惚れ合うた夫婦なんどすわ」

重十九は禍々《まが》しい絵馬を描いたおぞましい事情を語りつづけた。

「その妹お珠が世間の手前、一旦、西陣の織屋に嫁いだもんの、旦那とあまり仲がようないとか。いずれは離縁して、十八屋に戻ってくるはずやそうどす。お糸はんは産後の肥立ちが悪うて死なはりました。そのうえ折角、生れた女の子も、なんやすぐ死んでしまったといいます。そやけど竹田屋の身内の間では、手伝いにきていたお珠が、胸でもぐっと押さえて殺したんやと、確信をもってささやかれてました。もともと邪魔者やった不幸な母娘の弔いは、そらひっそりして寂しいものやったそうどす。お糸はんは、竹田屋六左衛門はんにはたった一人の妹。十八屋藤十郎とお珠を呪い殺せなんだら、二人が裸で抱き合うてる現場に踏み込み、自分の手で斬り殺したると怒ってはりました。なにも知らなんだお糸はんは、そら辛い暮らしを強いられましたやろ。そんな訳で、わしもあんな絵馬を描くのを断われなんだんどす。それにしてもこの後は、いったいどうなりまっしゃろ。祇園社のお火役さまのお力添えで、なんとか血生臭い事件にだけは発展せんように、計ろうてもらえしまへんやろか――」

重十九は肩を落としてうなだれた。

「人は見掛けによらぬともうすが、まことにその通りじゃ。わしらも人を見る目を、もっと養わねばならぬわい。さりながら藤十郎とお珠に、世間と向き合う別の勇気があったなら、かように多くの人々を傷付けなんだのになあ。まあ、これは屈折した色事だけに、わしらにはどうしようもないぞよ」

頼助が重い口調でつぶやいた。

しばらく後、田積重十九は祇園社に祭文で詫びを入れ、三日二晩、自ら二見岩で手鎖に繋がれた。

その最中、十八屋藤十郎とお珠の二人が、上本能寺前町の店をあわただしく売り払い、京都から忽然と姿を晦《くら》ませた。

番頭の宗兵衛は金を持たされ、郷里に帰らされていた。

「江戸にでも行き、二人は正式の夫婦になり、改めてやり直すのであろう。せめて死なれたご妻女と赤児の菩提を弔うためにも、それがよいのではあるまいかな」

事情を報告された正禰宜の大和内蔵亮が、複雑な顔で孫市につぶやいたそうだった。

奈落の鍵

一

紅白の布で綯《な》われた太い布縄が垂れている。

祇園社の拝殿前、お志穂《しほ》はそこに置かれた大きな賽銭箱《さいせんばこ》に小銭を投げ入れると、頭上の鉦鼓《しょうこ》を見上げた。

つぎに重い布縄を摑み、それを力いっぱいにゆすった。

鈍いが、澄んだ音が辺りに幾度もひびいた。

彼女は小ぶりな島田髷《まげ》の頭《こうべ》を垂れ、十拍ほどの間、両手を合わせ、なにか真剣に祈りつづけていた。

「祇園社の拝殿にかけられている鉦鼓は、奈良の東大寺と手向山《たむけやま》八幡宮にある二つと同じなんやてなあ。なんでも東大寺の別当職やった定海という位の高いお坊さまが、鋳物師《いもじ》に特別に造らせたものやそうや。鉦鼓の横側に長承三年（一一三四）の銘と四口之内四《よんくちのうちよん》と記されてるときいたわ」

「四口之内四とは、どういうこっちゃ」

「四つ鉦鼓を鋳造したなかの一つという意味じゃ」

「へえっ、そしたら大変な代物《しろもの》なんやなあ」

「わしらそんな貴重な物で、祇園社の神さまにお祈りをさせていただいているんじゃ。重々、ありがたいと思わなならへん」

長承三年は平安時代末期になる。

この年は諸国に飢饉《ききん》がつづき、疫病が流行した。左兵衛尉《さひょうえのじょう》平家貞が、海賊追捕の功で左衛《さえ》門尉《もんのじょう》に叙せられ、翌年四月には、平忠盛が海賊追討使に任命され、六月、かれは海賊の首領を捕らえている。

いよいよ武士が勃興してきたのである。

祇園社の鉦鼓は円盤形の青銅製。いまは神社で奉納する舞楽舞の伴奏に用いられているが、幕末の廃仏毀釈《はいぶつきしゃく》の折には拝殿から下ろされ、宝蔵に収納されていた。

打楽器として日本最古級のものである。

拝殿にかけられた鉦鼓は、参拝者が紅白の布縄を打ち振るたび、その上に結ばれた小さな撞木《しゅもく》で、打ち鳴らされるのであった。

祇園社の神官や僧たちは、毎日、参拝にくる老若男女の顔を、なんとなく覚えている。

神灯目付役の植松頼助《よりすけ》や孫市たちも、同じだった。

「なにか願いごとがあるらしく、近頃、あの娘はよく見受けられまするなあ」

「若い娘の願いごとともうせば、大概、親の病の平癒か、好きな男と添うことであろうな」

「はてさて、そのいずれでございましょう」

「さあなあ——」

境内を横切りながら孫市は、頼助の軽く微笑する横顔を眺めた。

南鳥居内に店を構える二軒茶屋の一つ中村屋の娘〈うず女《め》〉は、頼助に胸を焦《こ》がしつづけている。

その彼女が毎朝、どんな思いで祭神に手を合わせているやらと思うと、孫市は一言、彼女の熱い胸の内について、頼助に伝えてやりたかった。

頼助はそれに気付かないわけでもなかろうが、ずっと知らぬ素振りでいる状態だった。

孫市が中村屋の女子衆《おなごし》からきいたところによれば、うず女はあちこちから寄せられてくる縁談を、すべて頑《かたく》なに断り、父親の重郎兵衛《じゅうろうべえ》を困らせているそうであった。

頼助の父元従三位左中将《さちゅうじょう》植松雅久《まさひさ》から、頼助の後見人に任じられている村国惣十郎も、ひそかに胸を痛めている。

孫市にはそれぐらいはっきりわかっていた。

――ちぇっ、わしになんたるお惚《とぼ》けぶりじゃ。

孫市が胸の中で舌を鳴らし、再び若い娘の姿を眺めたとき、彼女の髷に挿した銀の平打ちの簪《かんざし》が、秋の薄陽を受け、きらりと光った。

お参りを終えたお志穂は、西楼門に向かい歩きはじめたが、すぐ自分の名を呼ぶ大声に気付き、振り返った。

「お志穂の姉ちゃん――」

誰かがつづけざまに呼んでいた。

同時に祇園社の東門のほうから、七、八歳の男の子たちが数人、小走りに近づいてきた。

「お志穂の姉ちゃん、待ってえなあ」

このはっきりした声は、お志穂と同じ宮川筋・弓矢町の長屋に住んでいる重松《しげまつ》であった。

子どもたちは腰紐結びの膝切りに草鞋《わらじ》履き。それぞれ腰に巻いた麻縄に、小さな竹籠をくくり付けていた。

弓矢町は古くは祇園感神院《かんしんいん》の犬神人《つるめそ》(下級神官)たちの居住地。いまも祇園社に仕える一部の人々が住んでいた。

往古、ここに居住した犬神人たちは、弓矢の製造に従事し、祇園会にはその弓矢をたずさえ、神事の護衛に当たるのを恒例とした。またなかには頼助や孫市たちと同様、祇園社境内の警護や清掃に当たる者たちもいる。

本来、犬神人は祇園社に隷属して専《もっぱ》ら革製品を作り、室町時代末頃から、それを生業《なりわい》としていた。宮本武蔵との決闘で敗れたと伝えられる吉岡一門の出自は、冑《かぶと》や鎧《よろい》に用いられる華麗な染革《そめかわ》を作る犬神人だった。

冑や鎧の染革は型染《かたぞ》め。これが衣服の染めに転用されて〈憲法《けんぽう》小紋〉となり、平和な時代を迎え、江戸小紋として発展していったのである。

犬神人は祇園社の警護にも当たっていただけに、当然、武術に秀《ひい》でた人物も出てきた。

それが吉岡流小太刀の名手として知られた吉岡直元だった。かれは足利十二代将軍義晴に仕え、幕臣への兵法指南のため、兵法所まで設けさせられた。

代々、憲法を称していたが、足利将軍家が瓦解したあと、時代の風潮を敏感に察知し、町中《まちなか》の西洞院川沿いに移住した。もともと家職としてきた型染めを転用した小紋染めと、墨染めを行う染屋となったのだ。

そして不幸なことに、狂悖《きょうはい》の武芸者宮本武蔵からの挑戦を受けたのであった。

そのとき、宮本武蔵は二十一歳。慶長九年（一六〇四）春だったという。『二天記』は武蔵が勝ったと記しているが、吉岡側の記録『吉岡伝』では、初度の試合は武蔵が眉間を打たれて出血多量で敗れた、再度の試合には、武蔵が姿を晦《くら》ませてしまったと記されている。

こうした記録は、身贔屓《みびいき》や都合のよいように書かれており、本当のところ、不明な点が多いといえよう。

「重松ちゃんたち、どないしたん——」

お志穂は小さな声でたずね、下駄の足を止め、そこで子どもたちを待ち受けた。

この季節、かれらが竹籠をたずさえているだけで、彼女には重松たちが、どこに出かけていたかがわかっていた。

「わしらどないもしてへんでえ。お志穂の姉ちゃん、今日は遅いお参りなんやなあ」

近づいてきた重松が、小生意気な口調できいた。

「越後屋さまから頼まれていた急ぎの仕立物をやっと仕上げ、それをお店にお届けしたあと、お参りにきたんどす」

「そうかあ。うちのおかん（母親）が、お志穂はんは働き者、仕立てもしっかりしてると、褒《ほ》めてはったわ」

お志穂は町廻りの下駄の歯入れ屋をしている老父の勘助と、母親おさだの三人暮らし。十九歳であった。

四条・富小路の呉服屋「越後屋」の仕立物ばかりを委されていた。

「それより、今日は仰山採《と》れたんか。ちょっとうちにも見せとみ」

重松が腰に帯びた竹籠の中を、お志穂は覗き込んだ。

「あんまりええ松茸が探せへんかった。ほとんど笠の開いたやつで、姿のええのは三本ぐらいやわ」

「重ちゃんはそれでもまあまあやけど、ほかはあかんたればっかしや。これではうどん屋に買い叩かれてしまうやろ。こん畜生――」

同じ長屋に住む安吉が、お志穂に竹籠の中を見せて愚痴った。

かれの竹籠を覗くと、すっかり笠の開いた松茸が、五、六本あるだけだった。

しかもそれらはみな痩せていた。

弓矢町に住むかれらは、小遣い稼ぎのため、秋になると東山に登り、松茸探しに出かけるのであった。

洛東の吉田山でも松茸は採れたが、江戸時代の中期から後期にかけ、ここは吉田村や岡崎村によって、松茸の時期にかぎり、留め山にされていた。

重松や安吉たちは東山で採った松茸を、界隈のうどん屋や、ときには居酒屋や引き売り屋に持ち込んだ。

「おっちゃん、これ買うてくれるかあ」

「おお、買うたらんでもないけど、高うにはあかんでえ。ちょっとしか要らへんさかい――」

「そんなん、承知のうえやわい」

「おっちゃんとこみたいなうどん屋では、素うどんやけつね（狐）うどんを頼む客はあったかて、松茸うどんを注文する客は、少ないやろしなあ」

「この餓鬼、わしんとこに来る客は、しみったれてるのやなあ」

「おっちゃんとここの客に、いちゃもんを付ける気かいな。それやったらもう買うたらへん。しみったれた客とは、ばかにしてけつかる。よその店へ去《い》んでくれ」

うどん屋の親父が、急に不機嫌になる。

するとほかの子どもの一人が、あわてて謝りにかかった。

「おっちゃん、こいつ口が悪いさかい、つい口を滑らせただけのこっちゃ。この間こいつ、おっちゃんとこのうどんは出し汁がうまいさかい、客の評判がええのやというてたわ。まあ、勘弁してえな」

「そんな見え透いたお世辞をいいおってからに。ええい面倒臭《めんどうくさ》。そんならおまえの苦しまぎれの取り成しに免じ、その松茸を買うたるわい。それでも高うにはあかんで。わかってるやろなあ」

「おっちゃん、機嫌を直してくれはって、おおきに。明日もまたわしらが松茸を採ってきたら、頼みますわ」

「おまえはなんとも目端の利く餓鬼やなあ。わしんとこを得意先の一つに、取り込んでおくつもりでいうてるんやろ」

こんなやり取りはいつもだった。

売り込み先に文句を付けたのは安吉。お世辞をいい主の機嫌を取り結ぶのは、重松であった。

かれらの中には、こうして稼いだわずかな銭を、暮らしの足しにと、母親に渡す子どももいた。

松茸がにわかに大量に姿を見せる折もある。

重松や安吉たちは、籠いっぱいになった松茸を、家に持ち帰るときもあった。

「匂い松茸味しめじときいてるけど、いったい松茸のどこが旨いのやろ。こんな匂いを嗅いだかて、腹なんか少しも膨れへんのになあ。大人はこれを焼いて食うたり、土瓶《どびん》蒸しにして、旨そうに酒を飲んでるやないか」

「それはわしら子どもにはわからへん味なんとちゃうか。大人になり、酒を飲むようになったら、きっとわかるのやろ」

松茸を採るため祇園社の境内を通り、円山から東山の斜面を登りながら、かれらがいつか交わしていた会話だった。

「それでもまるで駄目やったのとは違い、ちょっとは採れたんやさかい、よかったやないか。明日には、大きな松茸が生え出してきてるかもわかりまへん」

「そうやなあ、お志穂の姉ちゃんがいわはる通りかもしれへんわ。あんまり採れへん採れへんと文句をいうてると、東山の頂《いただき》に埋められている将軍さまが、怒らはるわなあ。あの将軍塚の周りには、大きな松茸がよう生えてるさかい」

重松が顔をほころばせていった。

祇園社の東の山名は華頂山。将軍塚は祇園社の境内から、ほぼ真上に眺め上げられる。径七間余り、高さ一間余りの円墳だが、『拾遺都名所図会』には、「塚上凹にして老松四五株あり」と書かれている。

桓武天皇が平安遷都に際し、王城守護のため八尺の土人形に鉄の甲冑を着せ、弓矢を持たせて埋めたといわれている。天下に事変の起こるとき、この塚が鳴動して前兆を告げると信じられていた。

「ほんまにそうやわ。わしあの将軍塚で、大きな松茸を二本も採ったことがあるさかいなあ。こん畜生いうたんは取り消しじゃ」

安吉は悪びれた表情でいい、麻縄に紐で縛り付けた竹籠の中をまた覗き込んだ。

「姉ちゃん、一緒に戻ろか」

「ああ、戻りまひょ」

「重ちゃん、この松茸どっかへ売りに行かへんのか——」

「今日は止めとくわ。一本をお志穂の姉ちゃんにもろうてもらう。あとはお父《とう》とおかんに食べてもらおうと思うてるのや。わしんとこのお父は、ときどき酒を飲むのを楽しみにしてはるさかい、今夜はこの松茸で、いっぱい飲んでもらうねん」

「重ちゃんがそないにするのやったら、わしもそうしようかなあ。うちのおかんは、年に一度ぐらい松茸御飯を食いたいと、こぼしてはったさかい」

安吉は思案の声を漏らした。

ほかの二人も売りに行く気勢を殺《そ》がれた感じであった。

京都の洛北から洛西にかけ、特に嵯峨、竜安寺、高雄の山々で採れる松茸は、伏見・稲荷山産のそれとともに、風味と香りに優れていた。地方産のものは「田舎松茸」と軽く見られ、これらには遠くおよばなかった。

近くに山をひかえる仁和寺、大覚寺、三宝院などの門主たちは、毎年、禁裏と院中に松茸を献上しており、町方でも松茸は進物用として用いられていた。

「重松ちゃん、それやったらうち、松茸を遠慮するわ。お父はんに仰山食べておもらいやす」

かれらと西楼門をくぐりながら、お志穂は重松に断った。

「お志穂の姉ちゃん、なにをいうてるねん。わしはまだ八つやけど、これでも男なんやで。一度、口にしたかぎり、その言葉を引っ込められへんわい」

かれが頬をふくらませて力《りき》んだ。

「重ちゃんが売りに行かへんのやったら、わしもやっぱり止めとくわ。虫喰いの松茸やけど、わしもお志穂の姉ちゃんに一本もろうてもらう。姉ちゃんとこのおっちゃんに、おかんがいつもただで下駄の歯入れをしてもろうてるさかい、ほんのお礼や」

「重松ちゃんに安吉ちゃん、そんなんあかんわ。うちになんかやったら、どうでもええのえ。親孝行するつもりで、お家の人に仰山食べてもらいなはれ――」

「親孝行するつもりでというて、安吉ちゃん、わしらいつもそないに親不孝してるのかなあ」

「お志穂の姉ちゃん、そらないで。わしら腕白かもしれへんけど、お父やおかんに心配かけたことなんか、あんまりあらへん。重ちゃん、そうやわなあ。ついでに、そろそろ重ちゃんやお志穂の姉ちゃんにもいわなならんと思うてたけど、わし、来年八つになったら、五条の畳屋へ小僧奉公に行くことに決めたんや」

「五条の畳屋へ――」

重松が驚いた顔でかれに問い返した。

「そうやがな。五条の畳屋へやわ。わし今年の春、おかんに連れられ、東本願寺さまの阿弥陀堂（本堂）と御影堂へ行ったんや。そうしてびっくりしたわいな。阿弥陀堂に敷かれている畳の数は四百一枚。御影堂のそれは、九百二十七枚もあるというのやで。広いのなんの、見渡すかぎり畳々、畳ばっかしや。そら壮観やったで。そのときわしはきっぱり決めたんやわ。よっし、わしは将来、畳屋の職人になったろ。阿弥陀堂や御影堂の畳替えのとき、ここに敷かれる畳を五枚か十枚、拵《こしら》えさせてもらおうと思うたんじゃ。重ちゃん、悪い思い付きではないやろな」

「おおさ。安吉ちゃんは、そないな夢を持っていたんかいな」

重松は一つ年下の安吉に打ち明けられ、いくらか衝撃を受けたようだった。

東本願寺の広い御影堂。安吉が自分の作った青畳の上で大の字になり、思い切り手足をのばしている。高い天井を見上げている光景が、重松の胸裏に浮かんできた。

なにか先を越された感じだった。

「わしが先々、東本願寺さまの阿弥陀堂か御影堂の畳を、縫えるような畳職人になりたいというたら、お父もおかんも大喜び、頭をなでてくれたわ。それでもう決まったようなもんや」

「安吉ちゃんが畳屋になあ――」

お志穂が感心してつぶやいた。

幼馴染みとして育ち、自分が添いたいと思っている彦七は、いまも同じ長屋に住み、三条・木屋町の川魚料理屋「坂本屋」で、包丁人として働いている。

だが近頃、なにか危なかしげな生活態度であった。

それにくらべ、まだ七つの安吉は、しっかり自分の将来を見つめている。

彼女の顔がふと翳《かげ》った。

「重ちゃん、おまえは将来、なにになる気でいるねん」

安吉は急に真面目な顔でかれにきいた。

「わしかあ。まだそんなん、あんまり考えたことがないわ。そやけど、安吉ちゃんがそないに決めたからには、わしもそろそろ本気で考えなあかんなあ」

「重ちゃんはなにになりたいねん。まさか剣術使いかぼろんじ（虚無僧）はんというのやないやろなあ。あれはどっちもあかんで。わしのお父とおかんがいうてたわ。人間、自分がやりたいものをやるのが一番なんやと。嫌いなことをしたかて、しょうがないさかいな」

「そしたらわし、絵屋にでも奉公させてもらおうかなあ。実をいえばわし、絵を描くのが好きやねん」

「重ちゃん、わしはおまえがそないにいうのやないかと思うてたわ。重ちゃんは絵を描くのが上手やさかい。町の絵屋ではのうて、いっそご禁裏さまのご用を果たしている土佐さまへでも、弟子入りさせていただいたらどないや。京狩野さまでもかまへんわい。ほんまの絵師になるのも、ええかもしれへんで」

「阿呆なこというたらあかん。弓矢町の長屋に住んでる貧乏人の子どもが、どうして絵所《えどころ》の土佐さまや京狩野さまのお弟子にしてもらえるねん。せいぜい町の絵屋に奉公させてもらうのが、関の山やろ」

「気弱やなあ。絵屋に奉公し、凧《たこ》絵や看板の絵、短冊や扇絵なんかを描いて、一生をすごすのかいな。わしはなにも絵屋が、しょうもないというてるんやないねんで。どんな仕事でも世の中には必要や。そやけどなあ重ちゃん、希望だけは大きいほうがええのとちゃうか。東本願寺さまの畳のついでにいうけど、西本願寺さまには、徳力《とくりき》さまいう御用絵師が付いてはるそうやわ。なんとかその徳力さまのお弟子に入れてもらい、おまえが仰山ある襖絵の一つでも描かせていただけるようになったら、ええのやけどなあ。畳はわしが拵えたるさかい」

安吉は溜息混じりの声でいった。

かれが口にした徳力家は、狩野探幽に絵を学んだ徳力善雪を家祖とし、いまは西本願寺の絵所をつとめ、代々がその御用を果たしていた。

絵所は禁裏や有名社寺に所属し、絵画関係のすべてを委されている。画所《えどころ》とも表記され、ほとんどが世襲だった。

絵屋は安土・桃山時代から、京都、堺、大坂などの町ではじまった。町中に店を構え、絵画はもちろん、染織の下絵や人形の意匠まで、美術工芸品一切の制作に当たっていた。

戦国武士として名の知られた海北友松《かいほうゆうしょう》は、一流の画家でもあった。かれの子の友雪は、父の没後の一時期、絵屋忠左衛門と称して絵屋を営んでいたといい、俵屋宗達も「俵屋」を屋号とする絵屋だった。

格式を重んじる絵所とは異なり、こうした絵屋は多くの町人を顧客とし、ほとんどの者が無名のまま生涯を終えている。だがかれらの工芸的な絵画の手法は、近世絵画に大きな影響をあたえたのである。

「安吉ちゃん、わしのことをそうまで心配してくれて、おおきに。お礼をいうとくわ。そやけどなあ――」

今度は重松が溜息混じりだった。

「そやけどなあとは、なんやねん。望みだけは大きく持たなあかんのとちゃうか。なあお志穂の姉ちゃん――」

かれは自分たちの後ろを歩くお志穂に同意を求めた。

「重松ちゃん、そうどす。安吉ちゃんのいう通りやわ」

彦七のことを考えながら、ぼんやり安吉の話をきいていたお志穂は、いきなり安吉からたずねられ、あわててうなずくのがやっとだった。

そんなお志穂や安吉たちの後ろを、筒袴に脇指を帯びた若い侍が、微笑を浮かべて歩いている。

祇園社の前を南に進み、くちなわ道から珍皇寺に向かう道だった。

村国惣十郎の嫡男・神灯目付役見習いの喜平太であった。

かれは父惣十郎から命じられ、東山五条の研師《とぎし》の許まで、研ぎに出していた備えの差料を、受け取りに行くところだった。

「そなたたち、今日の松茸狩りはどうだったのじゃ。採れたのかな――」

喜平太は安吉の竹籠の中を覗き込んだ。

「お侍さま、まあこんなもんどすわ」

侍ながら相手が若いのと、気安くたずねられたため、安吉は即座に答えた。

「それではよい収穫とはもうせぬな。まあ、そんな場合もときにはあるものさ。望みだけは捨ててはならぬぞよ」

重松と安吉の話をきいていたのか、喜平太は二人を交互に眺めていった。お志穂に軽く低頭し、足を速め追い越していった。

「あの若いお侍さま、祇園社にお仕えしているお人みたいやけど、望みだけは捨ててはならぬぞといわはったなあ。あれは松茸についてやろか、それともわしと重松ちゃんの話を、きいてはったんやろか――」

「さあ、どっちやろ。どっちとも取れるいいかたやったなあ」

安吉の言葉に、重松がつづけた。

喜平太がお志穂や安吉たちを追い越していった場所から、弓矢町まではすぐだった。

長屋の木戸門をくぐると、ほかの二人は、それぞれ短い挨拶の言葉を残し、駆け去っていった。

重松と安吉の二人は竹籠の中を覗き込み、姿の良さそうな松茸を、一本ずつ取り出した。

「お志穂の姉ちゃん、これ持っていきいな」

「そしたら重松ちゃんに安吉ちゃん、遠慮のうもろうておきます。おおきに――」

彼女は彦七が両親と住む長屋の一軒にちらっと目を這わせた。そしてすぐただいまと声をかけ、自分の家の腰板障子戸を開けた。

「お志穂か、ああお戻り――」

母親おさだの声が彼女を迎えた。

「なんや、ええ香りがしてるけど、それ松茸やないか。どないしたんえ」

奥の部屋からおさだが現れてたずねた。

「越後屋さまへ縫い物をお届けしたあと、祇園さんへお参りに行き、境内で重松ちゃんや安吉ちゃんたちに出会うたんどす。今日の松茸採りはようなかったそうどすけど、お父はんとお母はんにといい、うちにそれぞれ一本ずつくれはったんどす」

「へえっ、それはそれは。あの子たちは二人とも親を助けての孝行者。そんなん、気楽にもろうてきてええのんか――」

「お父はんがいつもただで下駄の歯入れをして上げるお礼やそうどす」

「小ちゃな子どもながら、よう気の付くことどすなあ。親御はんたちと顔を合わせたら、お礼をいわなあきまへん。そしたら今夜は、お父はんにお銚子を一本付け、松茸を焼いて食べていただきまひょか」

「そうしまひょ。うち井戸端にいき、この松茸を洗うてきます」

お志穂は二本の松茸を見下ろしている母親に告げた。

「ほな、そうしてくれるか。うちは徳利を持ち、酒屋までいってくるさかい——」

母親の声をきき、お志穂は台所に向かい、松茸を笊《ざる》に入れた。

襷《たすき》をかけ平盥《ひらだらい》を持ち、長屋の奥に構えられる井戸に急いだ。

彼女につづき、重松と安吉の母親たちも家から出てきた。

「先ほど重松ちゃんと安吉ちゃんから、こんなありがたい物をもろうてしまい、すんまへん」

「なんや、たったの二本。あの二人はほんまにけちなんやなあ。うち恥ずかしおすわ」

「お志穂はん、これをもう一本どうぞ」

重松の母親が、笠の開いた小さな松茸を一本差し出した。

そのとき、お志穂は釣瓶《つるべ》の縄を手で摑んでいた。

「おおきに、そやけどそんなん——」

彼女が断りに頭を大きく横に振ったため、髪に挿していた銀の平打ちの簪が、弾みで井戸の中にぽちゃんと抜け落ちてしまった。

「あれっ、簪が——」

お志穂の口から短い声が迸《ほとばし》った。

丁度、彦七の家の表戸ががらっと開き、陰鬱そうな顔のかれが現れた。

「彦はん、お出かけどすか——」

「へえ、そうどすわ」

かれはこれから仕事だった。

彦七が陰鬱な顔をしているのは、四半刻（三十分）ほど前、子どもの頃、同じ長屋に住んでいた幼友だちの宗助が、質《たち》のよくない相談を持ちかけてきたからだった。

二

「もらい水をするなら別やけど——」

「今日はどの家でも飯が焚けへんさかいなあ。そのつもりでいてや」

「もうみんなその段取りで、仰山、御飯を焚いてるわいな」

「飲み水は汲んであるやろなあ」

「ああ、大きな桶にたっぷり汲んだる」

「この季節に井戸浚《さら》えとは、どういうこっちゃな。井戸浚えはだいたいどこの町内でも長屋でも、七夕《たなばた》の前後と相場が決まってるやろ」

「勘助はんとこのお志穂はんが、銀の平打ちの簪を、誤って井戸の中に落としてしまったそうなんや。銀なら錆《さ》びも腐りもせえへん。来年の井戸浚えまで待ったらええのやけど、それができへんというのやわ。仕立物をするたび、溜め込んできた銭を洗いざらい出しますさかいと、長屋中に頭を下げて頼み、簪一本を拾い上げるため、井戸浚えをすることになったんやわい」

「簪一本のために井戸浚えとは、大層なこっちゃなあ。お志穂はんには、相当、大切な簪いうこっちゃな」

「この前、井戸浚えをしてから、どれだけも月日が経ってえへん。井戸の底はまだきれいやのに、勿体ないわい」

「なにが勿体ないのやな——」

「そら井戸浚え人足の手間賃に決まってるがな」

朝早くから弓矢町の長屋は大騒ぎであった。

長屋の人々のこんなやりとりは、彦七の耳にも届いていた。

お志穂が少しずつ溜めた銭を全部はたき、井戸の底から拾い上げようとしている銀の平打ちの簪とは、三月ほど前、自分が彼女に買ってやったものに違いなかった。

自分とお志穂は五つ歳が離れている。

子どもの頃は、一番年下の幼馴染みとして、よく一緒に遊んでいた。

この間からしきりに、自分が働く三条木屋町の小料理屋や家にやってくる同い年の宗助も、その遊び仲間だった。

宗助の父親市助は、夜鳴そば屋を営んでいたが、十数年前、町内のあちこちに不義理を作り、夜逃げしてしまったのである。

不義理の原因は博奕《ばくち》からの借金。人柄は悪くなかったが、貧乏から抜け出したいと博奕に手を染め、ずるずると奈落の底に落ち込んでいったのだときいていた。

両親とともに姿を晦ませた宗助も自分も、小さなときからお志穂に、特別な好意を抱いていた。彼女に気に入られようと、互いに競い合っていたことを、いまでもはっきり覚えている。

誰かがお志穂を泣かせたりすると、二人はその相手をすぐに撲り付け、軽い怪我をさせたのもたびたびだった。

「うちの宗助の奴は、まだ子どもの癖に、大きくなったらお志穂ちゃんをお嫁さんにもらうのやと望んでます」

かれの母親のお芳は、笑っていっていた。

「あれ、うちの彦七も、同じことをいうてますえ。子どものことどすさかい、やがてはどうなるやらわからしまへんのになあ。そこがまだ子どもどすわ」

彦七の母親おくみの言葉に、お芳も同感だった。

「二人ともまだまだ子どもどすさかい、なんとでも好き勝手をいえますわ」

「お志穂ちゃんがもっと大きゅうなってこれをきいたら、どないに思わはりまっしゃろ。身体が二つあったらええなあとか、あるいはどっちも迷惑なことやと、思わはりますやろか」

「さあなあ。ともかくあの子はうちらと違うて器量がええさかい、きっと玉の輿《こし》に乗らはりますわ」

おくみとお芳の間では、だいたいこんなところで話が終わりになっていた。

恋敵《こいがたき》というにはまだ幼すぎる宗助が、両親とともに長屋から忽然《こつぜん》と姿を消したとき、彦七は悲しいのと同時に、なぜかほっとしたことを覚えている。

お志穂がどう思っているのか、きいてみたいほどだった。

「市助はんは、秋から春までは夜鳴そば屋、夏には金魚売りをしてはった。そやけど夜逃げしはった時分には、商いに行く振りで、その実はあちこちの賭場に出入してはったんやて――」

「その頃、お芳はんとよう夫婦喧嘩をしてはりましたけど、きっとそれがばれてどすわ。二人とも近江の高島から京都に出てきて、当時からこの弓矢町の長屋に住みつかはった。宗助ちゃんが二つか三つの頃までは、人が羨《うらや》むほど仲のええ夫婦やったのになあ。ほんまに気の毒なことどす」

「よそできいたところによれば、夫婦のどっちかわかりまへんけど、高島の親許に、仕送りをしてはったんやて」

「夜鳴そば屋や金魚売りでは、それは無理やわ。お芳はんも片時も休まんと、あれこれ内職をしてはったけどなあ」

ここで長屋の女たちは、にわかに黙り込むのであった。

自分たちの身の上にも、いつそんな不幸が襲いかかってくるか、しれたものではなかったからである。

病や火事、身内の不幸。蓄えのあるはずもなく、稼ぎ頭の夫に大怪我でもされれば、すぐ貧乏のどん底に陥《おちい》るのは確実だった。

「どっかで巧くやってはったらええのになあ」

こんな声に、女たちは黙ってうなずいた。

こうして両親とともに消息を断った宗助が、どこで彦七の働き先を知ったのか、三条木屋町の坂本屋にやってきたのは、一年ほど前だった。

「二階のお客はんが、この店に彦七いう料理人が働いているはずや。わたしは幼馴染み。座敷まで顔をのぞかせるよう、伝えてもらえしまへんかと、頼まはるんどすけど——」

店の女中が、駄賃としてもらった小粒銀を、調理場にいる彦七に見せながら伝えた。

「わしの幼馴染み。いったい誰やろ——」

彦七は一瞬、混乱した頭の中で考えた。

だが相手は全く思い当たらなかった。

「二階のお座敷のお客はんの中に、うちの店にちょいちょい来てくれてはるお人がいてはります。そのお連れはんどすわ」

中年の女中は彦七に説明した。

「おい彦、お客はんが心付けまで渡し、顔をのぞかせてほしいというてはるんや。ちょっと手を休め、行ってこいや」

彦七は十七のときに坂本屋で働きはじめ、女中たちからは彦はん、調理場の古株からは彦と呼ばれていた。

板場頭にうながされ、彦七は襷と前掛けをはずした。

この坂本屋の料理人になるまで、かれは錦小路の川魚問屋で、小僧奉公をしていたのであった。

「それではご無礼させていただきます」

「おう行ってこいや。幼馴染みといわはる相手さまは、どんなお人かわからへん。けどおまえもやがては、坂本屋の調理場を委されるほどの料理人になるんや。どれだけでも見栄を張っていったらええんじゃ。なにも遠慮することはないねんで――」

幼馴染みの呼び出しだときいた板場頭の佐兵衛は、彦七に自信を持たせるようにうながした。

「てまえがこの坂本屋の料理人彦七でございます」

かれが二階に上がり、敷居際で手をついて挨拶すると、百匁《ひゃくめ》ろうそくに煌々《こうこう》と照らされた座敷では、身形《みなり》のいい客たちが七人ほど、膳を前に歓談していた。

床の間を背にした恰幅のいい五十すぎの人物が、どうやら客たちの要《かなめ》のようだった。

「おまえさんが、宗助と幼馴染みという彦七はんどすか」

かれはこっちにお入りやすといい、彦七に言葉をかけた。

彦七はかれの言葉で顔を上げ、自分を笑顔で眺めている周りの客たちを見廻した。

「そ、宗助――」

「彦ちゃん、いや彦七はん、わしやわしや」

末席に坐っていた若い客が、身体を乗り出し、彦七に顔を突き出した。

そのかれは、十歳をすぎた頃、別れた宗助であった。

少年時代の面影が、わずかに残っている。だが彦七の前で笑顔を見せている宗助は、大店《おおだな》に奉公する手代風の身形をし、金のかかっていそうなものを身に付けていた。

「宗ちゃん、確かに宗ちゃんや。いや、もういまでは、宗助はんといわないかんかも知れまへんなあ」

彦七は手をついていた身体を起こし、宗助につぶやいた。

「彦ちゃん、おまえなにをいうてるねん。昔通りに宗ちゃんで、わしはかまへんねんで。宗助はんと呼ばれたりすると、背中がむず痒《かゆ》うなってくるわい。わしかて昔通りに彦ちゃんと呼んだほうがええなあ。彦ちゃんではおかしかったら、彦はんや。そしたらわしは宗はんやな。なあ、これから互いにそう呼ぶことにしようやないか」

かれは立ち上がってくると、彦七の両手を握っていった。

十数年を経た幼友だちの再会。一座の人々は二人に目を注いでいた。

「おまえも立派になりおってからに。おじちゃんやおばちゃんと一緒に、おまえが長屋から消えてしまったあと、わしは随分、心配したんやで。あれからどうしたんやな」

幼友だちだけに、二人の間では、十数年の歳月が一瞬のうちに消し飛んでいた。

「親父がわしとおかんを連れて長屋から消えたのは夜逃げ、夜逃げどしたんや」

「おじちゃんもおばちゃんも、元気でいてはるやろうなあ」

「阿呆《あほ》らし。弓矢町の長屋から大坂に向かって夜逃げした翌日には、二人とも淀川で土左衛門《どざえもん》になってたわい。わしは水から引き上げられ、死にそうになってたのを助けられた。丁度、通りかからはったあの旦那さまに、可哀そうな子やと引き取られ、いまにいたりましたのや。旦那さまは、大坂の堂島で米問屋をしてはる淀屋六左衛門さま。ここにおいでの衆は、その下で働かせていただいているお人たちどす」

　宗助は床の間を背に坐る恰幅のいい淀屋六左衛門を、彦七に引き合わせるようにいい、居並んだ人々にも軽く頭を下げた。

「宗助、ここではまあそれくらいにしておきなはれ。彦七はんの仕事がすんだら、二人でどっかへ出かけ、いっぱい飲みながら、積もる話をじっくりしたらどうどす。なあ、そうしなはれ」

　淀屋六左衛門が重々しい声で勧めた。

「へえっ、ほなそうさせていただきます」

　宗助が両膝に手を置き、かれに低頭した。

　その夜、彦七は仕事を終えると、宗助と待ち合わせた三条小橋に出かけ、近くの居酒屋に入った。

「おまえ、立派になったなあ。こうして見ると、どこか大店の若旦那みたいやがな。米問屋の淀屋で、なにをしてるねん」

　彦七は、宗助が傾ける銚子を盃に受けながらたずねた。

「わしか。わしは淀屋で手代見習いをさせてもろうてるんや」

　なぜか宗助はいささか口籠って答えた。

「米問屋の手代見習い。そら、たいしたもんやないか――」

　彦七は目を輝かせてかれを眺めた。

「それほどでもないわい」

「そやけど、手代見習いから正式に手代になり、やがては番頭に格上げされる。米問屋でのうても、望んだら米屋の一軒も、持たせてもらえるのやろ」

「そうと決まったわけでもないけどなあ。それにしても、人間の運いうのは、わからんもんじゃ。いまわしが懐《ふところ》の財布に入れてる半分の銭でもあったら、親父も弓矢町の長屋から、夜逃げせんでもすんだやろ。あげく淀川に身投げして、死んでしもうた。そんなん考えると、なんや真面目に生きるのが、阿呆らしゅうなってくるわい」

宗助のその奇妙な言葉が、彦七の耳をすっと通りすぎてしまったのは、再会の感激と淡い感傷に、まだ浸っていたせいかもしれなかった。

「彦はん、おまえもう世帯を持ったんか——」

つぎに宗助がたずねてきた。

「いや、まだやけど、夫婦約束だけはできてる」

かれはお志穂の優しげな顔を、胸裏に浮かべていった。

「どこのどんな女子はんやねん」

「そら、弓矢町の長屋のお志穂はんに決まっているがな」

かれは深い意味もなく、ごく自然に伝えた。

「あ、あのお志穂はんが、おまえの嫁はんに——」

宗助は一瞬、絶句したあと、辛うじてつぶやいた。

かれの顔が少し引き攣《つ》ったことに、彦七は迂闊《うかつ》にも気付かなかった。

彦七はまだ少年の頃から、将来、お志穂と夫婦になりたいとずっと思いつづけていたくせに、宗助もその気でいたことなど、すっかり忘れてしまっていた。

「同じ長屋に住んでるお志穂はんかいな。そらええこっちゃなあ。ところでお志穂はんは、幾つにならはったんや」

「十九やそうやわ」

「すると、わしらとは五つ歳が違うのやなあ」

「お志穂はんとこの親っさんは、まだ町廻りの下駄の歯入れ屋をぼちぼちしてはる。けどやがてはわしが、面倒を見なならんことになるやろ。そやけどお志穂はんが、呉服屋の針仕事をして稼いでくれるさかい、まあなんとかやっていけるはずや」

「そういうてるおまえんとこの親っさんは、いまどうやな」

彦七の父親十次郎は、若いときから三条大橋かたわらの鍛冶屋で働き、馬の足に蹄鉄《ていてつ》を打ち付けていた。

蹄鉄とは馬蹄。ひづめの磨滅や損傷を防ぐための鉄具をいい、U字形のそれを馬のひづめに装着するのである。

「まあ元気でいるけど、三年前、飛び散った真っ赤な鉄粒で左目をやられてしもうた。仕事も昔のように十分にやれんと、不機嫌な顔で、酒を飲んでる日が多いわいな」

「おばちゃんは元気でいてはるんか――」

「わしんとこのお袋は、昔から身体があんまり丈夫やなかったさかいなあ。寝たり起きたりやわ」

「そら、悪いこっちゃなあ。そやけど、みんながまああでよかったがな。親っさんたちが、老いて稼げんようになるのは当たり前のことで、おまえが川魚料理屋でいっぱしの料理人になってるのを見て、わしは安心したわい」

この頃から宗助の言葉遣いが、どうしてか粘液質《ねんえきしつ》な調子に変わってきた。

「それにしても宗はん、わしがあの坂本屋で働いているのを、どうして知っていたんじゃ」

当初から感じていた疑問だった。

「そんなん、なんでもないことやわ。わしは淀屋の手代見習いとして、大坂からちょいちょい京都にきているさかいなあ。そんなとき、三条小橋でおまえの姿をふと見掛けたんや。こっそり跡を付け、坂本屋で料理人として働いているのを、確かめたのやがな。おまえはなにも知らずにいたやろけど、今夜だけではのうて、わしは坂本屋に客として何遍も行っていたんやで。そこで今夜は、淀屋の旦那さまに思い切ってそれをもうし上げ、おまえを座敷に呼んだというわけや」

宗助は秘密を打ち明けるように、低い声でいった。薄ら笑いを浮かべ、彦七の顔を下から掬《すく》い上げて眺めた。

明らかに癖のある態度だった。

「そうか、そうやったんかいな。わしはなにも知らなんだわい」

「そんなん、あっさりわかってたまるかいな。商いにも人に知られたらあかんことが、いろいろ多くあるわいな。それと同じこっちゃ」

「商いでもそんなんかいな」

「ところでおまえ、お志穂はんと世帯を持つというてるけど、いまどこまで行ってるのや。手ぐらい握ってるやろなあ」

宗助は明け透けにきいてきた。

その顔には、はっきり羨望《せんぼう》の色がにじんでいた。

「そんなことあるかいな。お志穂はんは物堅い娘で、まだなにもしてへんわい」

「へえっ、そうなんか。わしは夫婦約束をしているからには、それくらいとっくにしてると思うたけど、まだ手一つ握ってへんのかいな。そしたら、口を吸い合うたこともないのやな」

宗助は彦七を嘲笑するようにいった。

昏《くら》くなっていた顔が、急に輝いたようだった。

「おまえ、下卑《げび》たことをいうのやな。わしら同じ長屋に住んでるけど、浮わついた気持で付き合うてるのやないのやで。お互い世帯を持つまで、清い身体でいようなと、誓い合うてるんじゃ」

彦七は急に腹立たしげな表情になり、声を荒らげた。

「彦はん、なにも怒らんでもええやろ。それはともかくとして、まあめでたいこっちゃ。そやけど、ここでおまえに頼んでおくわ。今夜わしと十何年振りかで会うたことを、長屋の人たちはいうまでもなく、お志穂はんにも黙っててほしいのや。なにしろわしの親父は、夜逃げしたあと、子どものわしを道連れに、一家心中しようとしたんやさかいなあ。わしはあれから生まれ変わったつもりで、淀屋の旦那さまに仕えているんじゃ。誰にも正確に身許を明かしてへん。この世でわしはわし一人。強《し》いて身寄りがあるとすれば、それは淀屋の旦那さまだけの気持でいてるんじゃわい」

かれの言葉遣いは、いつの間にやら米問屋の手代見習いのものではなく、ならず者めいていた。

彦七はそれについても、自分たちが幼馴染みのせいだろうとしか思っていなかった。

「そしたら今夜のところは、これで別れよか。また気が向いたら、坂本屋に寄せさせてもらうさかい。これ、たいした銭やないけど、おまえんとこのお父はんとお母はんに、なにか旨い物でも買うてやってんか」

懐から財布を取り出し、宗助は二朱銀を二つ、彦七の手に握らせた。

「おまえ、これっ——」

「驚かんでもええがな。冷たい川の中で、死んでしもうたお父やおかんには、なにもしてやれへん。二人の供養のつもりで、わしが出した銭やと、思うてくれたらええのやわ。な、そうやろ」

かれの顔は微笑していたが、その目は冷たく、少しも笑ってはいなかった。

その夜を最初にして、宗助はときどき彦七の前に顔を見せるようになったのである。

一人のときも、身形のいい客と一緒に、坂本屋を訪れる折もあり、宗助は決まって彦七を呼び出した。

そのたびに、両親の供養のつもりだといわれ、小銭を摑まされた。いまではその金を合わせると、六、七両にものぼっていた。

彦七がお志穂にやった銀の平打ちの簪も、その金で買ったものだった。

坂本屋からもらう給金は、まだそれほど多くはない。彦七はいつしか宗助と会うたびに手渡される金を、それとなく当てにするようになっていた。

自分が卑屈に変わってきている。宗助がどこかいかがわしいのにも、もうはっきり気付いていた。

だが彦七は、いかがわしい宗助の手に掴み取られたような自分を、忌《い》ま忌《い》ましく思いながらも、その手を強く払い除けられない気持だった。

布団の上で横になり、あれこれ考えていた彦七の耳に、長屋の井戸のほうから、わあっと子どもたちの喚声がきこえてきた。

井戸浚い職人が到着し、足場を組んだうえ、一人が井戸の中に下りていったようすだった。

井戸浚いは四、五人の職人が、一団となって行う。

命綱を腰に付けた一人が井戸の中に下り、滑車の麻綱に結び付けられた桶に、手早く水を汲み取る。井戸枠のそばで待ち構える職人が、それを次々に引き上げ、井戸端の溝《みぞ》に水をぶちまけるのである。

空になった桶は、また井戸の中に消えて行き、新たに井戸水を汲み上げてくる。

湧き出てくる地下水、急いで汲み上げられる井戸水。その二つの量の競い合いであり、職人たちの俊敏な動きが、なにより必要とされていた。

幸い弓矢町の長屋の井戸は、水面から底までそれほど深くはなかった。

「おっちゃんたち、わしらも手伝うさかい、なんでもいうてや——」

「そうや。わしら子どもやけど、簡単なことならできるさかい――」

井戸浚いの職人たちに大声で伝えているのは、安吉と重松に相違なかった。

「おまえたち、面白そうに見て、偉そうにいうてくれるけど、手伝いは結構やわ。それより井戸枠のそばには、近づかんといてくれや。仕事の邪魔になるのでなあ。ここの井戸は底が浅いさかい、四半刻もあればすんでしまうわい」

兄貴分らしい職人が、子どもたちにいいきかせるやいなや、すぐ滑車のきしむ音がひびき、桶の水を溝に流すらしい激しい音がつづいた。

「せいのう、せいのう――」

二人の職人が、同じ掛け声を上げながら、滑車にかけられた太い麻綱を引き上げる。もう一人が、井戸の底から汲み上げられてくる桶の水を、かたわらの溝にぶちまけている。

「おうい、水の工合はどうじゃ」

職人たちの動きに、しばらく監視の目を向けていた兄貴分が、井戸枠に両手を付き、中に向かって叫んだ。

「兄貴、調子ようい ってますさかい、安心しとくれやす」

「無理せんと、手早にするこっちゃ」

「へえ、わかってますわいな」

井戸底から叫び声がぐわんとひびいてきた。

井戸の周りは水びたしになっている。

長屋の女たちは、そんなかれらを遠巻きにして見ていた。

お志穂の不安そうな顔がその中にあった。

「無理せんと手早にせいとは、どういうこっちゃな。手早に水を汲んでたら、無理せなあかんのとちゃうか」

「井戸の中は危ないさかいなあ。周りに積んだ石が、崩れてくることもあるわい」

「そしたら無理せんとというのは、危ないと思ったら、すぐ命綱を引き上げるさかい、合図せいいうことやろか」

「そういうこっちゃろなあ」

安吉と重松がささやき合っている。

「せいのう、せいのう――」

水桶を引き上げるのは、同時に空桶を井戸の中に送り込む行為になっている。

かれらの掛け声には少しの澱《よど》みもなかった。

その機敏な動きを、安吉と重松の二人は、呆気にとられて見惚れていた。

「おうい、井戸神さまに上がってもらうさかい――」

間もなく、井戸底から濁声がひびいてきた。

井戸神さま――とは、どこの井戸でも一匹は飼われている鯉か大鮒。井戸に落ちた虫や水草を食い、水を浄化してくれるため、井戸神さまとか井戸主と呼ばれている鯉魚の類だった。

長屋の井戸に大きな鯉が住んでいるのは、誰でも知っていた。

「ああ、井戸神さまやわ」

「いきなり井戸を浚えられ、今年の一年はなんとも早かったなあと、思うてはるかもしれまへん」

おくみやおさだたちのささやく声がきかれた。

大きな黒い鯉が水桶の中で跳ねていた。

兄貴分の男が、すでに水を張って用意していた大盥の中に、その鯉をそっと入れた。

大鯉は尾鰭《おひれ》でばちゃっと水を飛ばした。

「兄貴、これでもう終わりじゃわい」

「簪はあったのやろなあ」

生臭い手を井戸枠に置き、かれは井戸底に向かいまた叫んだ。

「ああ、拾い上げましたわいな」

「そしたら上がってこいや」

滑車の綱を持つ二人が、この声で足をぐっと踏ん張った。

頭から足の先まで濡れ鼠になった男が、綱を伝い、そろりそろりと姿を覗かせた。

水びたしの前掛け袋がふくらんでいた。

「ご苦労さまやったなあ」

兄貴分の男が、かれに声をかけるのと同時に、お志穂が泣きそうな顔で井戸枠に近づいた。

「これどっしゃろ――」

井戸の中から出てきた男は、前掛け袋に手を入れると、お志穂に平打ちの簪を突き出した。

「へえ、それどす。あ、ありがとうございました」

彼女は拝むようにして簪を受け取った。

「井戸の中に変な物が落ちてましたわ」

かれは再び前掛け袋の中に手を突っ込み、まだ錆のきていない大きな錠前を摑み出した。

「なんじゃ、これは――」

「錠前どすがな」

「こんな物、誰が落としたんやろ」

兄貴分の男は、黒光りする錠前を手にして辺りを眺めたが、誰もが不審そうな顔をするだけで、声を上げる者はいなかった。

「通りがかった誰かが、悪戯《いたずら》半分に放り込んだのやろ。おい坊主、おまえ、わしらの仕事を手伝うといいおったさかい、これをやるわ」

かれは安吉に目を止めると、その錠前をかれに手渡した。

「おおきに。なんや思いがけず、どえらい物をもろうてしもうたなあ。立派なもんやがな」

安吉はうれしそうに顔を輝かせた。

大盥の中で、黒鯉がばちゃっとまた水を跳ね上げた。

三

「ぼん、ええ香りをさせてるやないか――」

「今日は松茸を仰山《ぎょうさん》、採ってきたらしいなあ」

「どれどれわたしにも見せてくんなはれ」

重松や安吉たちが、東山を下りて真葛ヶ原《まくずがはら》から祇園社の東門をへて、同社の境内を通りすぎかけた。

すると参拝をすませた職人風の二人連れと、商家の隠居らしい年寄りが、かれらに声をかけてきた。

子どもたちは膝切りに草鞋《わらじ》履き、腰に巻いた麻縄に、小さな竹籠をくくり付けている。山に入るいつもの格好だった。

松茸の芳香が辺りに濃くただよっていた。

「一昨日《おととい》は雨で昨日は上天気。そやさかい松茸の出がええのどすやろ。これ見とくれやす。こんなに採ってきましてん」

安吉が自慢そうに腰を突き出し、麻縄に結び付けた竹籠の中を大人たちに披露した。

「ひゃあ、これは笠も開いてんと、形のええ松茸ばっかしやないか。極上の松茸といえますがな」

「四人とも竹籠の中は同じぐらいいっぱい。東山にこんなに生えてたんか――」

職人風の一人が安吉にたずねた。

「おっちゃん、そんなんあたりまえやがな。わしらいま東山から下りてきたところで、南の稲荷山や北の吉田山には行ってへん。まだまだよう探したら、どっかに生えてるかもしれへんわ」

「そら今日はしっかり稼げてよかったなあ。わしらこうして松茸の匂いを嗅がせてもろうてるだけで、食うたような気分になって結構やわい」

「そないにいうてくれはって、おおきに。そしたら仰山ありますさかい、一本ずつ持って帰り、松茸御飯でも炊いておくれやす」

安吉は自分の竹籠をのぞいてかれらに勧めた。

それをきき、重松もその気になって微笑みながら、竹籠を前に突き出した。

ほかの二人も同じであった。

「わしらの松茸も持っていっておくれやす」

「ご隠居さまも太い奴を一本どうどす」

感心した顔で竹籠の中をのぞいている商家の隠居風の男に、重松がうながした。

松茸御飯は松茸と油揚げを小さく刻み、味付けをした御飯の中に炊き込んで作る。

松茸のどこが旨いのかわからないといっている安吉や重松たちも、松茸御飯だけはいつも何杯もお代わりをして食べていた。

それに土瓶《どびん》蒸しも旨かったが、こちらには海老《えび》や銀杏《ぎんなん》、鱧《はも》、百合根《ゆりね》、三葉《みつば》などを入れねばならない。銭がかかるため贅沢《ぜいたく》だとして、母親たちはあまり作ってくれなかった。

「わしらに勧めてくれるけど、おまえらこの松茸を、どっかのうどん屋か小料理屋にでも持っていき、買うてもらうのやろ——」

「へえ、そうどす」

「どこの子どもも、親の暮らしの足しにならんかと思うて、健気《けなげ》なこっちゃ。それを横取りなんかできへんわ」

「これだけ仰山、しかも只《ただ》で採ってきたんやさかい、そんなん気にせんといておくれやす。いまもみんなで東山から下りてくる途中、祇園社は東山の主みたいなもんやさかい、禰宜《ねぎ》（神官）はんにでも届け、神さんにお供えしてもろうたらどうやろと、話をしてたとこなんどすわ。五、六本減ったかて、どうということはあらしまへん。どうぞもろうておくれやす」

安吉が三人の大人にませた口調でいい、さあとまた竹籠を突き出した。

重松たちあとの三人も、惜しそうな顔を見せなかった。

「それではこうしまひょか——」

隠居風の年寄りが、遠慮気味にしている職人たちにいい出した。

「ご隠居さま、どないにしはるんどす」

「それは簡単、松茸を一本ずついただき、わたしがご苦労賃として、この子たちに小銭をもろうてもらうのどす。只でと勧めてくれるその気持を、別にありがたく頂戴しといたらええのどすがな」

隠居は早くも懐から印伝革の財布を取り出しかけた。

「ご隠居さま、そらあきまへんわ。わしなんや誤魔化されているみたいで、承知できしまへん」

安吉が怪訝《けげん》な顔になっていった。

「わたしは誤魔化してなんかいいしまへんえ。おまえたちの気持を、ありがたく頂戴するといいましたやろ。その気持が一番ありがたいんどす。この祇園社さまに祀られている神さんの姿なんか、ほんまのところ見えしまへん。人の気持もそうどすわなあ。そやけどご利益があってありがたい神さんどすさかい、こうしてみんながお参りにきているんどす。それと同じやと考えたら、ええのと違いますか――」

「そやけどわしの耳には、ご隠居さまがわしらを誤魔化すために、いうてはるようにしかきこえしまへん」

安吉にはやはり納得ができなかった。

「おい安吉ちゃん、わしらにご苦労賃をくださるいうてはるのやさかい、四の五のと御託《ごたく》を並べてんと、それこそありがたくいただいといたらどないなんや。だいたい誤魔化すのどうのという話やないやろな。話をややこしくせんでもええがな」

「そうやそうや。ご隠居さまが折角、ご苦労賃をくれはるいうてはるねんで――」

「安吉ちゃん、文句を付けてお断りしたら罰《ばち》が当たるわ。もろうておこうな」

重松につぎ、同じ弓矢町に住む多助も市太郎も安吉にいい募った。

「そしたらそうさせていただいとこか。ご隠居さま、わし変な文句を付けてすんまへん」

安吉は初老の男に向かい素直に詫びた。

「詫びることなんかあらしまへん。すぐきき分けてくれはっておおきに。それでは松茸を四人から一本ずついただかしてもらいまひょか。あとはここにいてはるおっちゃんたちと、適当に分けさせてもらいますさかい」

安吉と重松たちは、腰から竹籠をはずして屈《かが》み込み、松茸を選り出しにかかった。

「そんな太い松茸を、わしらにくれんでもええわ。小ちゃいので十分やわい」

「そうどす。大きな松茸は、祇園社さまのお供えとして禰宜はんにお渡ししやす」

境内の地面に安吉たちが並べた松茸を見て、職人風の男たちが狼狽気味に制し、気品をそなえた隠居が、安吉たちに重々しい口振りでいった。

隠居は、安吉が腰の別の麻縄に結び付けている大きな錠前に、先ほどから目を留めていた。

その錠前は大きさが四寸五分（約十四センチ）ほど、黄金色の立派な物だった。

閂《かんぬき》がかかったまま、そこに麻縄が通されている。普通、蔵などに用いられる南京錠とは違い、型に意匠が凝らされているのが、魅力的だった。

それは真鍮《しんちゅう》でできており、意匠は狐であった。耳と突き出した面相で、それとすぐ判じられた。

真鍮は銅と亜鉛との合金。本来は黄色で、錆びにくく展性・延性に富むため、機械・器具の部品などに用いられている。

日常生活で最も親しまれているのは、江戸中・後期の「寛永通宝」の真鍮四文銭。豊臣秀吉が天正十四年（一五八六）、京都の三十三間堂近くに建立した方広寺・大仏殿の盧舎那仏《るしゃなぶつ》は、高さ六丈三尺（約十九メートル）と大きかったが、かれの死後の寛文二年（一六六二）五月、地震のため倒壊してしまった。

徳川幕府はこれを真鍮銭として、銀座の後藤庄三郎に命じて鋳造させている。成分比は百分中銅六十八・亜鉛二十四・錫《すず》八であった。

錠前とはいうまでもなく、鍵で開閉する金属製の器具。古くから蔵などに戸締りのため用いられてきた。

鍵は中国では鍵《けん》とか鑰《やく》といわれ、周や漢の文献にみえている。漢や唐代になると、青銅製金《きん》鍍金《めっき》や銀製の物まで作られはじめた。それが日本に請来され、正倉院でも見られる通り、身の周りに置く手箱や厨子《ずし》の鍵として、毛彫りなどをほどこした美しいものになっていった。

門扉の錠前は鉄製で大きいが、構造はみんな同じ。錠前の一端に穴や切り込みがあり、そこに単純な形の鍵を強く差し入れ、〈ばね〉をすぼめたり開けたりして開閉するのだ。

南京錠は、ヨーロッパの影響でこれに改良が加えられたもので、ばねの棒がまがり、鍵が中で一回転して開閉できるようになっている。

古代、中国やローマでは、鍵は主婦の地位の象徴だった。新婦は結婚すると鍵をあたえられ、離婚した女性はその返還を要求された。

イプセンの「人形の家」に登場するノラは、鍵を置いて夫の家を去り、チェーホフの「桜の園」でも、鍵を捨てることは主婦の地位を去ることとして描かれている。

隠居風の年寄りは松茸に目をくれながら、安吉が腰に結び付けた狐型の錠前にちらっと視線を這わせ、不審そうに眉をひそめた。

その錠前には、狐の目や鼻毛が毛彫りで細かく彫られていた。

この手の錠前は、朝鮮国・李朝の家具につけられている細工物に似ており、江戸や京大坂でも裕福な商家では、職人に特別に拵えさせ、厨子や特殊な家具に使用されていた。

「ぼん、その腰に付けている錠前、珍しいもんどすなあ」

隠居は安吉に興味深そうにたずねた。

「うん、これかいな。この錠前、狐みたいな形に拵えられてるやろ。狐はお稲荷さま。信心してると金持ちになるのやて。金持ちや物持ちになったら、錠前をしっかりかけ、身代《しんだい》を守ってもらわなあきまへんわなあ」

「ああ、伏見稲荷のお狐さまはその通りどす」

「わしのお父はんは指物職人どすけど、わしは来年にも、畳屋へ奉公に行くつもりでいてます。いずれは立派な職人に、つぎには大きな畳屋になりたいと思うてます。そやさかいお侍さまが刀を差してはるような気持で、この錠前を腰にぶら下げているんどすわ」

「そらええ心掛けどすなあ」

隠居は半ば感嘆していったが、これほど立派な錠前を、まだ七、八歳の子どもがどうして所持しているかについてはきかなかった。

こんな悪童めいた子どもたちが、優しい心をそなえ、健気にも己の将来に大きな夢を抱いている。

自分の孫なら、抱きしめてやりたい気持だった。

「さて、そしたらここに並べた松茸をもろうてもらい、わしらは祇園社の神さんにお供えする松茸を、禰宜はんとこに届けに行こかいな」

重松が竹籠を腰の麻縄にまた結び付け、立ち上がった。

「頼助さま、子どもたちがご境内で、なにやら店を開いているようでございます」

「子どもたちが境内で店をじゃと――」

筒袴姿の喜平太が、摂社からろうそくの燃え滓《かす》を集めるため、赤銅《あかがね》造りの手桶を下げ、頼助とともに寄人《よりうど》長屋から出てきた。

重松につづいて立ち上がった安吉たちの姿を見て、笑顔でつぶやいた。

かれには五日ほど前、祇園社西楼門を出てすぐのくちなわ道で、言葉をかけた子どもたちだとわかっていた。

「いや、店を開いているとはいいすぎ。東山で採ってきた松茸を、参拝者に自慢して見せているのでございましょう。もしかすれば、売ってくれまいかと頼まれたのかもしれませぬ。あのようすではさようでございましょう」

「わしも鞍馬の奥の百井《ももい》村に住んでいた子どもの頃、秋になると、村童《そんどう》たちとともに、松茸採りによく山に入ったものじゃ。さらにはわしが過って盲《めし》いにしてしもうた惣十郎と、若狭の神宮寺に身を隠していた頃、惣十郎の手を引き、寺の裏山へ松茸を採りにまいったわい。盲いになられたお父上どのはなあ、ことのほか匂いに敏感であった。鼻をうごめかせ、これ頼助どの、その辺りに松茸が生えているはずともうされ、わしより多く松茸を探し当てられていた」

「頼助さま、頼助さまはいまわしが過って父上どのを盲いにしてしまったと仰せになりました。されど父上は頼助さまを討つため、百井村に向かい、幼い頼助さまから撓《しな》わせた竹の一撃を食らい、盲いてしまったのだときいておりまする。そんな父上を返り討ちにもいたされず、労《いたわ》りながら若狭の神宮寺にお連れくだされたのは頼助さま。そこを正しくもうされねば、きき苦しゅうございます」

喜平太は凜然とした声で頼助を諭した。

「そんなわしを許してくれているようで、ありがたい。若狭の神宮寺では、お父上から毎日、馬庭念流の剣法を授けられ、野盗を討てるまでになった。いまでは深く感謝しておる」

頼助は往時をしのぶように、鰯雲《いわしぐも》の浮かぶ空を見上げた。

この間、子どもたちは一旦、本堂のほうに向かい、その後、祇園社境内を再び通り、西楼門を目指していた。

祇園社と関わりの深い弓矢町の長屋に住む子どもたち。弓矢町に戻るのなら、祇園社の正門、南楼門をくぐって外に出たほうが、近いのはわかっているはずだ。

それをわざとしないのは、祇園社に遠慮しての廻り道なのであろう。

隠居風の人物と職人風の男たちの三人が、松茸を持って四方山話《よもやまばなし》をしている。

一見して授受のようすがうかがわれた。

「気を付けるのやで。病気せんようになあ」

「おじいちゃんたち、おおきに。長生きしてくんなはれ。またお会いしたら、声をかけておくれやす」

「ああ、そうさせてもらうわ。ほんまに気前のええ子どもたちや」

大人と子どもたちの間で、別れの挨拶が交わされている。

椿事《ちんじ》が突発したのは、このときだった。

丁度、町廻りの途中、祇園社へお参りに立ち寄ったらしい町奉行所の同心が、安吉が腰に帯びる狐型の錠前に目を留めたのである。

かれは中年の下っ引き（岡っ引き）を従えていた。

二人が顔を寄せ、なにかささやき合った。

ついで股引き姿の下っ引きが、つかつかと安吉に近づいた。

安吉はそばに寄ってきた目付きの鋭い下っ引きを見て、ぐっと身構えた。

松茸の芳香もかれの意識から遠のいた。

「おい餓鬼《がき》、ちょっとおまえにたずねたいことがあると、わしがお仕えするあそこにおいでの旦那さまがいうてはるのや」

かれは十手をひけらかして告げた。

「なんの用かわしにはわかりまへんけど、餓鬼呼ばわりは止めておくれやすか」

「なんやと――」

右手の十手で左の掌を軽く叩いていたかれは、自分を見る三人の大人を気にしてか、その後の言葉をふとひかえた。

「わしの名前は安吉いうんどす。わしを呼ぶなら餓鬼ではなしに、安吉いうてくんなはれ」

「安吉やと、安吉やったらどこにでもある名前やわいな」

「わしは弓矢町の長屋に住んでる指物職人文蔵の子どもの安吉どす。とにかくそう呼んでおくれやす」

安吉はまだ七つながら、顔を紅潮させて抗弁した。

「安吉ちゃん、相手はお上《かみ》から十手を預こうていはるお人や。町廻りのお侍さまもいてはるさかい、もうちょっと素直にせなあかんがな」

「重松ちゃん、おまえの気弱にはあきれるわ。いくら町奉行所から十手を預こうていはるお人でも、餓鬼呼ばわりされることはないやろな。そんなん、わしのことや。放っといてんか」

かれは自分に注意をうながす重松に、反発して答えた。

「安吉はん、そうやそうや。その意気で生きていかななりまへん」

松茸を一本うらじろに包んで持った隠居が、懐に財布を仕舞って励ました。

かれが四人で分けてくれといい、安吉や重松たちに手渡したのは、一分金一枚だった。

「それなら弓矢町の安吉、旦那さまのところにちょっときてくれるか――」

下っ引きは気品をそなえた隠居の顔色をうかがい、今度は安吉に柔らかく声をかけた。

かれがうんとうなずくのを見て、町奉行所の同心が足を速め、つかつかとこちらにやってきた。

「安吉ともうすのじゃな」

「へえ、安吉どす」

「東山で仰山の松茸を採ってきたものじゃなあ」

「それをお咎めどすのか――」

「いやいや、さようなつもりはいささかもないぞよ。わしは東町奉行所・吟味役同心の久隅半九郎ともうす者じゃが、そなたが腰に付けておる錠前について、問いたいことがある。このまま東町奉行所まで、一緒にきてくれまいか」

「いきなり無茶をいわはるんどすなあ。この錠前はわしの宝物。どこかから盗んできた物ではありまへん」

「わしはそなたがそれを盗んできたとはもうしておらぬ。大人しく町奉行所まで付いてくればよいのじゃ。少々、吟味いたさねばならぬ事情があってなあ」

「吟味、吟味いわはりますのか――」

「ああ、さようじゃ」

「お、恐ろしいことを。わしがこの錠前を持っているさかい、町奉行所で痛め付けはりますのやな。そ、そんなんかないまへん」

町奉行所ときけば、臑《すね》に傷を持たぬ者でも怖《お》じけてしまう。誰でも避けたい場所で、ましてや吟味役同心となれば、子どもの安吉や重松には、鬼のように恐ろしい存在だった。

「安吉ちゃん、なんやわからへんけど、逃げろ――」

突然、重松がかれに向かって叫んだ。

「おのれら、子どもの分際で、わしのもうし付けに逆らうのか——」

久隅半九郎と名乗った同心は猿臂《えんぴ》をのばし、安吉の膝切りの襟をぐっと摑んだ。

「頼助さま、あれはどうしたことでございましょう」

それまで安吉や大人たちの姿を静かに眺めていた喜平太は、いきなり目前で展開した騒ぎに驚き、頼助に迫った。

拝殿で両手を合わせていた参拝者も、境内を歩いていた老若男女も、にわかに起こった騒動に気づいた。一斉に足を止め、興味深そうな目をかれらに向けた。

「あの童たちが、なにをしたわけでもなかろうに。逃げかけているのを、腕をのばして捕らえるとは横着な。どうやら町奉行所の同心らしいが、ここがどこか、なにも心得ぬ厄介な奴じゃわい」

「まいりましょうぞよ」

「いかにもじゃ」

喜平太に答える声が消えぬ間に、二人はかれらのそばに走り寄っていた。

頼助も喜平太も筒袴姿。腰に脇差を帯びている。一見して祇園社に仕える犬神人《つるめそ》とわかる姿であった。

「そなた、町奉行所の同心らしいが、ここは祇園社の境内。神域でなにをいたすのじゃ」

頼助が久隅半九郎に一喝を食らわせた。

「そなたは何者——」

「わしはこの祇園社で神灯目付役を勤める植松頼助ともうす者じゃ」

「同じく村国喜平太でござる」

「なにっ、神灯目付役だと――」

久隅半九郎は面倒な奴らの目に触れたといいたげな顔で、安吉の襟首から手を離した。

「いかなる仔細がござってこの童を捕らえようとされるのか、それをおたずねいたしたい。これ童たち、こちらにまいるがよい」

かれの一声で、安吉や重松たちがすぐ頼助の後ろに廻り込んだ。

「餓鬼を捕らえる仔細をもうせじゃと――」

「ああ、さようじゃ。この神域を護るのは神灯目付役の役目。弱い者に猿臂をのばすとは不埒。われらがこの目で直《じか》に見たかぎり、町奉行所の者とて容赦はいたしませぬぞよ」

頼助は涼しい声でいい放った。

「これはこれは植松頼助さま。あの暑い夏の祇園まつりから、一別以来でございますなあ」

松茸を持った隠居が、二者の緊張をゆるめるように進み出てきた。

「なんと、浄妙山のご支配、松屋徳右衛門どのではございませぬか――」

浄妙山のご支配ときき、久隅半九郎の表情がふと改まった。

浄妙山は祇園まつりに欠かせない山鉾の一つ。今でいえば中京区六角通烏丸西入骨屋町の山鉾。町は東西に通る六角通りを挟む両側町とされている。

祇園まつりの山鉾巡行の順番を決める籤取《くじと》り式は、毎年、町衆の集会所的な役割を果たしてきた六角堂（頂法寺）で行われていた。祇園社の古記録に「今日、於六角堂、山鉾ノ行列鬮《くじ》ヲ取、次第ヲ定ム」と記されている。

祇園まつりに際し、神灯目付役と山鉾町の支配たちは、なにかにつけ顔を合わせねばならなかった。

まつりは山鉾巡行で最高潮に達する。

祇園囃子がひびく中で引き廻される山鉾には、中国や日本の故事、有名な人物に因む物語が、ご神体や人形で華やかに表されていた。豪華な綴織《つづれおり》などで飾られた山鉾は、動く美術館ともてはやされている。

浄妙山の飾りは、宇治川の合戦で三井寺の僧兵筒井浄妙と一来《いちらい》法師の奮戦振りの一瞬を、見事な人形組みで表したものであった。

そんな山鉾町を支配する松屋は白生地問屋を営み、代々が町役を務め、徳右衛門を襲名していたのだった。

徳右衛門は町内からも人望の厚い大店《おおだな》の隠居。その名は久隅半九郎も知っていた。それだけに、かれの威勢が急に殺《そ》がれた。

植松頼助、村国喜平太と名乗った神灯目付役たちが、並の腕ではかなわない相手であるぐらい、半九郎にもすぐわかった。

「祇園社へお参りにまいりましたからには、予測はしておりましたけど、こうして早々に頼助さまにお会いするとは、思いもよりまへんどした。あなたさまの後ろに逃れた子どもたちが、東山で松茸を仰山採ってきたんどす。わたしにも只でくれ、祇園社へもお供えとして太い松茸を選び出しましたさかい、褒美の金を渡したんどすわ。そしたら東町奉行所の久隅半九郎さまが、安吉というその子に用があるとかで、こんな騒ぎになりました。頼助さまがおいでくださり、ほんまにようございましたわ。そこの子どもたちは、そら賢いええ子らどす」

松屋徳右衛門は安堵した顔で頼助に伝えた。

「わしら気軽に話をしてたけど、このご隠居さまは山鉾町・浄妙山のご支配さまなんやて――」

「どないしよう。ご無礼してしもうて――」

「こうなったらもう仕方ないわい。ただ神妙にしてるしかあらへん」

徳右衛門の後ろで、松茸を手にした二人が、怖じけてささやいていた。

「山鉾町のご支配とは存ぜず、失礼つかまつりました。また神灯目付役の方々にも、すぐに仔細をもうし上げず、平にご容赦願いまする」

「その仔細とはなんどす。そこにおいでの神灯目付役の植松頼助さまは、情の厚いお人で馬庭念流の達人。厄介なことでお困りどしたら、なんでも親切にご相談に乗ってくれはります。気負わんと、事情を打ち明けはったらいかがどす」

徳右衛門は柔和な声で半九郎をうながした。

「それがしが仔細ともうしているのは、安吉と名乗った子どもが、腰の麻縄に付けている狐型の錠前。それは上京・下立売《しもたちうり》の油問屋三島屋休伯の店の品に相違ございませぬ。押し入った盗賊が、室内に置かれた厨子簞笥《だんす》にかかっていたものを、持ち去ったのでござる。三島屋休伯は朝鮮の李朝とやらの品々に魅せられ、狐に似せた真鍮の錠前を、鋳物師《いもじ》に造らせたそうでございまする。盗賊の目当ては金でござるが、珍しい錠前を目にし、ふと持ち去る気になったのでございましょう。その品に間違いなく、されば盗賊詮議のため、それなる子どもに事情をききたいともうしたのでございます」

久隅半九郎の口調が改まっている。

安吉をもう餓鬼とは呼ばなかった。

「へえっ、そうどしたんか——」

松屋徳右衛門が驚きの声を発した。

頼助は項《うなじ》を廻すと、安吉の腰に無言で目を這わせた。

安吉が急に不安そうな顔になった。

「その錠前、どうして手に入れたのか、安吉ちゃん、みんなにきいてもらいいな——」

重松が泣きそうな声で叫んだ。

「うん、わかった。町奉行所のお役人さまに祇園社のお目付役さま、わしが腰に付けている錠前は、弓矢町の長屋の井戸の底から、井戸浚《さら》えのおっちゃんが拾い上げてきはった物。それをわしにくれはったんどす。どこかから盗んできた物ではありまへん」

「井戸の底からじゃと——」

久隅半九郎は安吉を見てつぶやいた。

「さればわれらの住居にまいられ、もっと詳《くわ》しく事情をたずねられるがよかろう」

頼助がかれに勧めた。

「頼助さま、そしたら子どもたちが山で採ってきた松茸を、すぐ売りに行けしまへんさかい、わたしが全部買わせていただきまひょ。安吉はんもほかのみんなも、それでよろしゅうおすわなあ」

松屋徳右衛門がにこやかな顔で提案した。

「ああうれし——」

「これでやれやれやわな」

安吉と重松は渋い顔のままだったが、ほかの子どもたちが、ほっとした声を同時に漏らした。

境内で餌を拾っていた鳩が、なにに驚いたのか、秋の空にぱっと飛び立っていった。

四

「今日も秋晴れのええお天気どしたけど、夜には曇りになるかもしれまへんなあ」

「そしたら折角の美しい月も雲隠れ。月見る楽しみが無うなりますやないか。うちきれいな月を見てると、世帯の苦労が忘れられますねん」

「お妙はんは銭のかからん楽しみがあってええなあ」

弓矢町の長屋の井戸端で、女たちの声が喧《かまびす》しかった。

襷《たすき》掛けで米を磨《と》いでいる中年すぎの女、野菜を洗う初老の女。夕飯の支度がぼつぼつはじまっていたのである。

ついで釣瓶の麻縄がきしみ、桶に水をあける音がひびいた。

その中には、安吉や重松の母親たちもおり、お志穂の姿もみられた。

お志穂は聖護院大根を束子《たわし》で洗っていた。

彼女の髪にはいつも通り、平打ちの簪《かんざし》が挿されていたが、それを一度、過って井戸に落として以来、釣瓶を扱うときも慎重になっていた。簪は髪の中に深く挿し込まれているのだった。

「あの簪、よっぽど大事なお人に買うてもろうたにちがいないわ」

「大事なお人というと誰どす」

「井戸浚いをしてあれを拾い上げたとき、うち冷やかし半分にたずねたけど、お志穂はん、顔を赤うして小さく笑うだけ。誰とはいわはらへんだわ」

「あんたも不粋なことを、ようきいたもんやなあ。年頃の娘はんを、そんなんで苛《いじ》めたらあかんがな」

お志穂が髪に挿す平打ちの簪について、長屋の女たちの間で一時、こんなやり取りもされたが、いまでは誰も話題にしなくなっていた。

「お志穂はん、その大根どないするつもりえ」

桶職人の女房のお妙が、彼女にたずねた。

「油揚げと一緒に炊こうと思うてますねん」

「見るからによさそうな大根やさかい、そらうもう炊けるわ。あんたも針仕事をしながら家事を果たし、親孝行な娘はんやなあ」

「この大根、越後屋のお店《たな》（女主）さまがくれはりましてん」

「へえっ、そらよかったやないか――」

お志穂は四条・富小路に店を構える呉服屋越後屋のほとんど丸抱えで、縫い仕事をしていた。

彼女がそう答えたとき、彦七の家の表戸がいきなりがらっと開けられた。

紺縞の袷《あわせ》を着たかれが表に出てきた。

三条木屋町の川魚料理屋坂本屋へ仕事に行くにしては、時刻がまだ早かった。

「彦七はん、もうお出かけどすか――」

鋳掛け屋の女房お豊が、遠慮なくたずねた。

お志穂は濡れた手の甲で、乱れた髪を撫で上げ、かれにそっと目を投げた。

誰も気付かなかったが、一瞬だけかれとお志穂の間に、互いを思いやる視線が交わされた。

「へえ、ちょっと早うおすけど、ほかに用事もございますさかい、出かけさせていただきます。

わしが留守している間、お袋をどうぞよろしゅうにお頼みします」

「おくみはんは寝てはるのやなあ」

「へえ、横になっております。今日、親父は早う帰ってくるはずどすさかい――」

「彦七はん、そんなん心配せんかて、うちらがちょいちょい工合を覗きに行かせてもらいます。

安心して稼ぎに行っといやす。お志穂はんなんか、実の親みたいに一番せっせと面倒を見てはりますえ」

お妙が洗い桶の前に屈んだままのお志穂に、目を向けていった。

事実、これから油揚げと炊くため洗っている大根も、彦七の両親に届けるつもりだった。

「ほな、出かけさせていただきます」

彦七は井戸端に集まる女たちに軽く頭を下げ、長屋の木戸門から出ていった。

女たちはすぐまたもとの仕事に戻ったが、安吉の母親お種だけは、浮かぬ顔でかれを見送っている。

それがお志穂にはちょっと気にかかった。

数日前、東山へ松茸採りに行ったお種の息子の安吉と、いま井戸端に顔を見せていないが、かれと仲良しのお民の子の重松が、浮かぬ顔で長屋に戻ってきた。

「いったい二人ともどないしたん――」

取り入れた干し物を抱え、家に入りかけていたお種が、安吉と重松の戻りに気付き、訝《いぶか》しげな声をかけた。

「おばちゃん、どないもしてへん。そやけど安吉ちゃんが腰にぶら下げていた錠前、祇園はんの境内で、お奉行所のお役人さまに見咎められ、取り上げられてしもうたんや。長屋の井戸から出てきた物を、井戸浚いの職人はんからもろうたんやというたら、承知してくれはった。けどあんな錠前、子どもが持ってたらあかんのやて。祇園はんの神灯目付役さまも、そないにいうてはったわ。それにしても、あれはちょっとおかしいで。盗賊がどうのこうのというてはったさかい。なあ安吉ちゃん」

重松は不服そうな顔でかれに同意を求めた。

「わざわざ祇園はんの寄人長屋に連れていかれ、それをもろうた事情を根掘り葉掘りきかれた。そのうえわしが大事にしていた物を、こんな古鍔《ふるつば》と勝手に取り替えてしまうとは、いくら町奉行所のお役人さまでも、あんまりやわ。わしはやっぱり承知できへん。けどそれも、仕方のないことなんやろなあ」

両頬をふくらませ、安吉がつぶやいた。

かれが腰に巻いた麻縄には、鉄鍔が一つ結び付けられていた。

「あんな閂のかかったままの大きな錠前より、こっちの鉄鍔のほうがええがな。錠前を腰に結び付けているより、鉄鍔のほうが安吉には似合うてるえ」

「お母はん、それほんまか。それやったらええねんけど。これをくれはった神灯目付役さまも、錠前より古鍔のほうが魔除けになるというてはったわ」

安吉は母親のお種に褒められ、いくらか気を良くしたようだった。

表でひびいているわが子の声をきき付け、お民も家の中から出てきた。

二人が腰に結び付けていた竹籠は、空になっていた。

お民がその空籠をしげしげと見つめ、驚いた顔だった。

「重松、今日松茸はどうしたんや。一本も採れなんだのか。それとも家に持って帰る分も、いつものうどん屋はんが引き取ってくれたんかいな。まさかそれまで、町奉行所のお役人さまに召し上げられたのやないやろ」

母親にたずねられ、重松が顔をぱっと輝やかせた。

「そのどっちでもあらへんねん。今日はどうしたわけか、仰山採れたんやわ。それを丁度、祇園さんへお参りにきてはった山鉾町のご支配さまが、全部きれいに買うてくれはったんや。最初はもろうてもらうつもりやったんやけど、わしらに仰山の銭をくれはってなあ。神さんへのお供えは別にして、あれには驚いたわ。なあ安吉ちゃん」

「あれでよかったんやろか」

安吉は四人で分けた多くの銭を握りしめ、虚ろな表情でつぶやいた。

あの日、祇園社の寄人長屋に連れられていった子どもたち四人は、四半刻ほど盲目の侍のそばで待たされた。

盲目の侍とは、頼助の後見人の村国惣十郎だった。

かれは絵馬の穴に躊躇《ためら》いもなく、すっと紐を通していた。

——目が見えへんはずやのに、あんなんがほんまにできるんやなあ。

——祇園はんの神灯目付役さまの中には、物凄い術を使わはるお人がいるのやわ。

安吉や重松たちは胸裏で驚いていた。

その寄人長屋の隣では、頼助をはじめ喜平太や東町奉行所同心の久隅半九郎たちが、ひたいを寄せ、相談に耽《ふけ》っていたのであった。

「先ほどももうし上げました通り、あの狐型の錠前は、下立売の油問屋三島屋休伯が、鋳物師に造らせた品に相違ございませぬ。それがどうして弓矢町の井戸から出てきたのか、不思議でなりませぬわ。それがしの推察をここで述べさせていただけば、三島屋に押し入った盗賊は、その長屋となにがしかの関わりを持つ輩《やから》。あの子どもから錠前を取り上げ、長屋を厳しく詮議いたせば、やがては盗賊の一味にたどり着けぬでもございますまい」

これが久隅半九郎の意見であった。

「久隅さま、それはおひかえいただきとうございまする。あの錠前と弓矢町の長屋に住む誰かとは、確かに関わりがあろうと察せられまする。されど隣で待たせている子どもや長屋の人たちに、それを明かして詮議いたせば、捕らえるべき盗賊に気付かれ、逃げられてしまいましょう」

孫市と名乗った神灯目付役の一人が、断じてといいたげな口調で、半九郎を制した。

そばで頼助と喜平太がうなずいていた。

「錠前については、子どもがかような代物を腰に帯びていてはならぬともうし、とりあえず話を曖昧《あいまい》にして去らせるのが、思案と存ずる。これは祇園社の境内において起こったこと。われらがまず探索に当たりまする。半九郎どの、さようなところでいかがでござろう」

頼助や孫市たちの提案に、久隅半九郎はなるほどとうなずいた。油問屋三島屋を襲った盗賊の詮議から自分たちは一歩退き、祇園社の神灯目付役に役立ってもらうことを内諾した。

「町奉行所の上役方にご相談いたされれば、あれこれと横槍が入り、難儀になりもうそう。それがしたちに、功を競う気持はいささかもござらぬ。その旨をしかとお心におとどめいただきたい」

頼助が隣で安吉たちを預かっていてくれる惣十郎をこちらの家に伴い、かれの意見もきき、半九郎にもうし入れた。

半九郎は、目前で静かに微笑している村国惣十郎に、畏怖すら感じはじめていた。

東町奉行所ではみんなが集ったときなど、情報の交換として、町の噂が話題に出たりしていた。

そんな折、目前に坐る盲いた人物の話が不意に語られることがあった。

「祇園社には、盲いながら馬庭念流の秘剣を使う凄腕の剣士がいる。当人はもと篠山藩士。剣だけではなく、手裏剣の腕も確かで、相手の目や足首などを狙って打ち、そ奴の闘志を損わせるそうじゃ」

「盲いていて、手裏剣が打てるのか――」

「百発百中、その人物の狙いには寸毫《すんごう》の狂いもないともうすぞ」

「いつか祇園社の東の真葛ヶ原で、尾張藩士六十余人を相手にした仇討ちが行われた。その折、幼少の仇討ち人に味方し、手裏剣を矢継ぎ早に飛ばし、敵方の助太刀六十余人の気勢を殺いだという、盲いの目付役のことをもうしているのじゃな」

「いかにも、その神灯目付役は、空飛ぶ鳥さえ手裏剣を打って落とすときいたわい」

「それでは、わしら町奉行所の与力同心が束になってかかったとて、とても勝てぬなあ」

「さよう、そんな人物が祇園社にひっそりいるというだけで、神灯目付役はなにやら妖気めいて感じられる。わしなど役儀で町廻りをしている夜中、面垂れで顔を隠した神灯目付役に出会うと、恥ずかしいことだが、思わず立ち止まって低頭してしまうわい」

「祇園社の神灯目付役が、町の治安維持にどれだけ役立ってくれているやら。社に凄腕の人物たちがいるとの噂だけで、人は恐れをなしているわい。まあ、わしたちには心強い助っ人といえよう」

かれらが話題にした仇討ちの一件とは、かつて於稲と喜平太母子が住んでいた長屋、そこにいた少年中川卯之助と新兵衛父子のことだった。

父親の新兵衛は、仇討ちのため国を出て十五年になりながら、労咳《ろうがい》で寝ついてしまった。やっと探し当てた敵から、逆に命を狙われるありさまとなった。

惣十郎や頼助たち神灯目付役四人は、そのため助太刀を決意し、真葛ヶ原で仇討ちを決行したのである。

その日、知恩院に近い真葛ヶ原には、何百人もの見物人が押しかけた。

仇討ちは凄まじいものになるかと思われたが、惣十郎が手裏剣を飛ばして相手の気勢を殺ぎ、わずかな時刻で終えられた。

これによって祇園社・神灯目付役の名はさらに有名となり、洛中洛外の人々の心に、深く刻み込まれたのであった。

京都では、大きな社寺ならどこでも警護の寺侍や、古くは僧兵を擁していた。

いまでいえばガード・マン。それが古くからの信仰に支えられ、場合によれば幕府の出先機関の所司代や町奉行所にも、匹敵する力をそなえていたのである。

その象徴的存在が、東西両本願寺の寺侍であり、室町時代以降、発達した半官半民の自治組織、雑色《ぞうしき》、見座《けんざ》、中座の人々によって行われる牢屋敷の運営や、行刑、警察の補助的役割を上げてもよかろう。

「さればこの一件、それがしとあれなる以蔵のほか、しばらく誰にも口外いたしませぬ」

半九郎は長屋の土間にひかえる股引き姿の男を一瞥《いちべつ》していった。

「さように願えれば、ありがたい。もし盗賊一味を捕らえられたら、そこもと一人のお手柄にいたされませ。功名などわれらには無縁でございますれば——」

こうした結果、弓矢町の長屋の人々がなにも知らない間に、神灯目付役によって探索がはじめられたのであった。

「わたくしには、弓矢町の長屋に住む誰かが盗賊の一味とは、どうしても考えられませぬ。弓矢町についてなら、これでもわたくしが一番よく存じているつもりでございまする」

「弓矢町は祇園社とは古くから縁《えにし》の深い町なのでなあ」

孫市の言葉に頼助が同調した。

「弓矢町の長屋の井戸に、三島屋の厨子簞笥の錠前が投げ込まれていたのが、そもそも不可解。悪党がその長屋の井戸に、証拠となる品を残す道理がございますまい。長屋の住民となにがしか関わる奴の、不埒に間違いございませぬ。そ奴は長屋の人々に恨みを持つ輩か、あるいは特定の誰かに対する嫌がらせとも考えられまする。そ奴こそ盗賊の一味——」

「わしもさようではないかと考えるが、特定の誰かとは、いったい誰であろう。そ奴、錠前一つで、誰に嫌がらせをしようとしているのであろうな。嫌がらせもそれだけですめばよいが、ことと次第によっては、その者が盗みの疑いをかけられ、不幸な目に遭わされねばならぬ」

「頼助どのに孫市どの、それに喜平太、されば夜の見廻りのついでに、それを探り出されませ。されど目立つ動きをいたされますまい。不埒な奴に気付かれてはなりませぬのでなあ」

頼助たち三人を前に、惣十郎が見えぬ目をしばたたかせていった。

「東町奉行所の久隅半九郎どのに、下手に探索してくれるなと頼んであるが、信頼していていいものだろうか。どうじゃ孫市――」

「頼助さま、さようにいたされねば、おのれの出世にどんな妨げが起こるやも知れませぬぞと、わたくしがしっかり脅《おど》しておきました」

「ならばそれでよい」

頼助がやや明るい表情でうなずいた。

「頼助どのに孫市どの、今日からにでも長屋の界隈を、代わる代わる探ってくだされ。それがしがお菰《こも》姿になり、長屋の近くに坐っていてもようございますぞ」

「惣十郎、盲いたそなたの出る幕ではあるまい。探索は喜平太を交え、われら三人で十分じゃ」

頼助が惣十郎に叱り気味にいった。

当日からかれら三人は、夜の見廻りの中心を弓矢町の長屋に置いた。

祇園社の見廻りをすませると、弓矢町の長屋にほとんど直行した。闇の中に潜み、妙な動きはないかと探りはじめた。

その第一日目の夜、孫市が吉報をたずさえもどってきた。

「わたくしが弓矢町の長屋前の闇に潜んでいたところ、二人の男が小声で話しながら帰ってまいりました。一人は長屋に住む料理人の彦七。三条・木屋町の坂本屋ともうす川魚料理屋で、働いている男でございます」

孫市は行灯《あんどん》の下に長屋の地図を広げ、かれが住む家を指でさしていった。

この地図は弓矢町の町役からきき出し、手廻しよく作られたものだった。

「その彦七ともうす男、なにやら相手の男から、脅されているように見受けられました」

「脅されているのだと――」

「わたくしの耳には、そうきこえましたわい」

かれは頼助に明確に答えた。

「相手はいかなる男じゃ」

「お店者《たなもの》風の男で、それではまたなあと、あっさり別れていきました」

「それでそなたはそのあとどうしたのじゃ」

「当然、怪しい奴とにらみ、男の跡をつけました。男は三条・麩屋町の旅籠《はたご》富田屋に入っていきましてござる」

「なにっ、旅籠屋に泊まっているともうすのか。こうなると、東町奉行所の久隅半九郎どのの出番じゃな」

翌日、頼助は東町奉行所に使いを走らせ、かれにきてもらった。

半九郎は下っ引きの以蔵に、すぐ旅籠の富田屋を調べさせた。

男の名は宗助といい、大坂・堂島に店を構える呉服屋の手代で、西陣から呉服を仕入れるため、長逗留しているのをきき出してきた。

「その宗助ともうす男が、いかにも訝しい。奴の動きを厳しく見張らねばなるまい――」

この結果、調理人の彦七も、神灯目付役に監視されることになった。

今日のかれは、井戸端で騒がしく洗いものをする長屋の女たちに、頭を下げて木戸門を出たあと、急に足を速めて西に向かった。

建仁寺道（縄手・大和街道）で道を北に改め、祇園社への参詣道（四条通り）を横切り、白川に近い暗町《くらがりまち》に進んだ。

彦七の跡を、頼助が着流しに編笠姿で、ひそっとつけていた。

やがて彦七が、「紅屋」の暖簾を下げた暗町の待合茶屋に入っていった。

そのあとにつづき、店の敷居をまたいだ頼助は、小女《こおんな》に部屋に案内されると、主を呼んでくれと伝えた。

「てまえがこの店の主でございまするが――」

中年をすぎた主が、すぐ挨拶にやってきた。

頼助は主の人品を確かめるようにじっと見つめ、先ほど店に入った男の部屋の隣に席を移してもらいたいと、身分を明かして依頼した。

この紅屋なら何十年も前からここで待合茶屋を営んでおり、代替わりをしていたが、盗人宿でないのはわかっていた。

「こっそりと頼むぞよ」

「お目付役さま、それくらいわきまえておりまする。男の客人がお一人、すでにお待ちでございます」

紅屋の主は恐懼《きょうく》の態度で頼助に小さくささやき、かれを彦七が入った隣部屋に案内した。

部屋は隣とは壁一つを隔てており、瀟洒《しょうしゃ》な造りだった。

頼助はすぐ壁に耳を押し付け、隣室の声をききはじめた。

「おい彦七、もう覚悟は付けたやろなあ」

やくざめいた声がかすかにとどいてきた。

「宗助はん、おまえはそないいうけど、わしに盗賊の仲間になる度胸なんかあらへん。それぐらいわかってるやろ。それにしても、米問屋の手代やいうてたおまえが、実は盗賊とは驚きやわいな」

「なにも驚くことはあらへんがな。米問屋であろうが、呉服屋であろうが、わしはいつも都合のええように名乗ってる。今度は呉服屋の手代じゃ。それで前から目を付けていた呉服問屋に押し込むについて、手が足らんさかい、おまえを仲間にと誘うているのや。弓矢町の長屋でいつまでも貧乏して一生をすごすより、太く短く生きるのも方法やで。わしを拾うて育ててくれはった淀屋六左衛門の親分は、仲間内では、忍び稼ぎの名人といわれてるほどのお人。盗みに入っても、人を殺《あや》めたり女子衆を犯したりなんか、わしらにもさせはらへん。今度の仕事におまえを誘い込もうとしているのも、あくまでも人手が足らんさかいや。おまえに一人前の仕事をしてもらおうとは考えてへんわいな。ただ見張りと、盗んだ千両箱を運ぶ手伝いをしてほしいだけじゃ」

「宗助はん、おまえは簡単にいうけどなあ――」

彦七が躊躇《ためら》っている。

「なにをぐずぐずいうてるんじゃ。おまえにはすでに前渡し金を払うている。それを忘れてもろたら困るがな。そのつどは一朱や二朱やったかもしれんけど、合わせたらもう六、七両を渡してるはずや。仲間になるのを断るのやったら、それをどうして返すねん。おまえはその金で、惚れたお志穂はんに銀の平打ちの簪を買うてやったんやろ。あれは盗人からもろうた金なんやで。さあ、どうするねん。おまえがあのお志穂はんと夫婦になるのは、もう仕方がないとしても、わ、わしはなんや許せへんわい」

彦七を恫喝《どうかつ》する宗助の声は、冷たく加虐的だった。

「畜生、宗助はんは端《はな》からわしを悪い仲間に引きずり込むつもりで、金をくれてたんやな」

「へん、それに今更気付くとは鈍《にぶ》いのとちゃうか。下心がなくて、誰が銭を出すかいな。それになあ彦七、おまえがもう仲間になるのを断られんようにしてあるわい」

宗助はせせら笑っていった。

「な、なんやと――」

「わけを教えたろか。それはなあ、下立売の油問屋三島屋へ盗みに入ったとき、わしが難なく開けた厨子簞笥の錠前を、弓矢町の長屋の井戸に、放り込んできてやったんじゃ。わしが運悪く捕らえられたら、おまえも仲間やったんやと白状してやる。おまえが三島屋の錠前を、長屋の井戸に投げ込んだのを見たと、町奉行所の役人どもに伝えてやったら、おまえはお志穂はんと引き離され、絶対、お縄になるわいな。まあそういうこっちゃ」

「ううっ、宗助はんはわしを罠に嵌めたんやな」

「ああ、なんとでもいうがええわいさ。わしとおまえは、いうたら子どもの頃からお志穂はんをめぐっての恋敵。これから互いにどうなるかわからへんけど、わしは地獄の底まで、おまえたち二人を引きずり込んだるさかいなあ」

宗助は勝ち誇ったように哄笑した。

これをきき、頼助はもうじっとしておられなくなった。

紅屋の歩廊に出ると、二人が向き合う部屋に突入し、唖然としている宗助に、素早く当て身をくらわせた。

「こ、これは――」

驚いた彦七が、床の間の壁に背中を寄せて脅えていた。

「これ彦七、さように怖がらぬでもよい。わしは祇園社の神灯目付役じゃ。いまこの宗助の奴がもうした錠前については、町奉行所もすでに承知しておる。長屋の井戸浚えの折、拾い上げられたのじゃ。そなたがうろたえることはなにもないぞよ」

物音をきき付け、紅屋の主が姿をのぞかせた。

かれによって内々、祇園社の孫市と東町奉行所の久隅半九郎の許に使いが走らされた。

宗助は町駕籠で町奉行所にひそかに送られ、吟味のうえ、市中の宿に分散して泊まっていた淀屋六左衛門の一味七人は、全員が造作なく召し捕らえられた。

「お取り調べの結果、淀屋六左衛門の忍び稼ぎは、畿内全域にわたり、十七件も判明したそうじゃ。首領の六左衛門と配下の者はすべて打ち首。ただ一人宗助は、隠岐島へ永代遠島がもうし付けられた」

「頼助どの、それはなにゆえでござる」

「惣十郎、妙なことだが、宗助の奴は盗んだ分け前の大半を、貧しい人々にこっそりあたえていたのが、わかったからじゃ。自分の両親のように、わずかな借金で夜逃げし、親が入水《じゅすい》して死んだりしたら、子どもは不憫。せめてもと思い、困っている人々に施してまいりましたと、宗助は町奉行所の吟味役にもうしたそうな」

「それも宗助の下心と解せばよいのかのう」

「まあ、下心もいろいろあるわなあ」

一件の落着を惣十郎に伝える頼助の声が、どこか湿りを帯びていた。

梟《ふくろう》のタケルのぼうぼうと鳴く声が、大きくひびいてきた。

精舎の僧

一

鵯《ひよどり》の鳴き声が鋭くひびいていた。

松の内がすぎ、祇園社の賑わいも普段通りに戻り、冬にしては暖かい日であった。

松の内は正月の松飾りがある間の称。昔は元日から十五日までをいい、現在は普通七日までをこう呼んでいる。

祇園社でも、冬には木の葉の多くが落ちるせいか、鵯や雀など鳥たちの姿がよく目に付いた。

「鵯の奴、さして大きな身体ではないが、まこと喧《やかま》しい鳥じゃ。あれでひいょひいょと鳴いているそうじゃな」

祇園社の南門に近い神灯目付役たちが住まう長屋。厠《かわや》から戻った植松頼助《よりすけ》が、空を見上げながら、腰刀の手入れをしている孫市《まごいち》に話しかけた。

「うるそうございまするか――」

「うるさいとまではもうさぬが、とにかくあれは喧しい鳥じゃわい」

「祇園社の境内がようやく静かになっただけに、余計に喧しくきこえるのでございましょう。気にいたされまい」

「いかにも、そうだわなあ。鞍馬の奥・百井《ももい》村の九兵衛の許で育てられていた幼少の頃、秋から冬にかけてあの鳥が、群をなしてかまびすしく鳴きながら、波状に飛ぶのをよく見たものじゃ」

どうやら頼助は、昔日《せきじつ》をしのんで鴨の鳴き声をきいていたようだった。

「ご免くださりませ。お目付役の孫市はんはいてはりますやろか——」

このとき、長屋の表から声がかけられてきた。

「孫市、そなたに客がきたようだぞ」

「わたくしにでございまするか」

「ああ、そなたの名を呼んでおる」

「わたくしに客とは、誰でございましょうなあ」

かれは手入れしていた腰刀を鞘に戻し、立ち上がると、表に出ていった。

孫市が坐していた近くに戻り、頼助は飲みかけの筒茶碗を引き寄せた。

そのかれの耳に、表のほうから二、三のやり取りがきこえ、孫市の姿がすぐ現れた。

なにか腑《ふ》に落ちない顔付きだった。

「いかがしたのじゃ、孫市——」

「はい、以前から存じている茶道具屋が、ご相談したいことがあるともうし、たずねてきたのでございまする」

「以前から存じている茶道具屋だと。そなたが茶湯《ちゃのゆ》をいたしている姿など、わしは一度も見ておらぬが——」

「それはそうでございましょう。わたくしは茶湯など全く嗜《たしな》みませぬ」

「さようか。それでそれはどこのなんともうす茶道具屋で、相談はいかなる趣じゃ」

「はい、三条・東洞院《ひがしのとういん》に店を構える瓢屋《ひさごや》、主は松左衛門ともうしまする」

「瓢屋の松左衛門なあ。茶道具屋が改めて相談とは、なんであろう。そなたになにか心当りはあるのか」

「滅相もない。心当りなどあるはずがございませぬ。されど松左衛門が強《し》いてともうしますほどに——」

孫市が不審な表情で頼助に告げ終えたとき、部屋に上がれと孫市にうながされたのか、五十年輩の身形《みなり》のいい男が中の間にひかえ、丁重に両手をついていた。

「三条・東洞院で茶道具屋を営んでいる瓢屋の松左衛門ともうします」

かれは顔を上げ、頼助に名乗った。

わし一人では相談に乗りかねる、主の頼助さまともどもなら話をきいてつかわすとでも、孫市がいったのであろう。

名乗りを告げた松左衛門の右脇に、平箱様の風呂敷包みが置かれていた。

「わしは植松頼助ともうす」

「かねがねから祇園社には、華道松月堂古流《しょうげつどう》の家元、植松雅久《まさひさ》さまの血を享《う》けたお人が、神灯目付役のお役に就いておいでだときいておりました。また馬庭念流《まにわねんりゅう》の達者でもあられると。それにしても、そのお若いのには畏れ入りました」

「なにも畏れ入るほどのことではあるまい。馬庭念流の達者なら、わし以上のお人が、この長屋の隣に住んでおられる。わしの師で、後見人でもあるお人じゃ」

「盲《めし》いながら気配や音で物の動きを察せられると、評判される村国惣十郎《むらくにそうじゅうろう》さまでございましょう」

「そなた何事もよく存じているではないか――」

頼助は訝《いぶか》しげに眉をひそめた。

「はい、孫市はんからいろいろきいておりますさかい」

瓢屋松左衛門は臆せずに答えた。

「孫市、人前でもうすのもなんだが、そなた意外に口が軽いのじゃなあ」

「いやいや頼助さま、京のお人たちは、祇園社の神灯目付役をじっと見れば、その目が潰れるまでいい、われらは泣く子も黙ると、恐れられております。少々のことは知られておりますわい。瓢屋の松左衛門どのは信頼に足るお人。それくらい語っておくのは、当然でございましょう」

孫市は軽くいい返した。

「そなたが信頼しているお人なら、わしの言葉がすぎた。謝っておかねばなるまい」

「いや、それには及びませぬわい」

孫市は苦笑していった。

「そこで瓢屋の松左衛門どの、われらに相談とはなんでござる。遠慮なくもうされよ」

頼助は普段の表情に戻ってたずねた。

「はい、相談ごととはこれでございます」

かれは自分の脇に置いた風呂敷包みに手をのばし、すぐ本題に入った。

「正禰宜《しょうねぎ》の大和内蔵亮《やまとくらのすけ》さまとは知らぬ間でもなし、正禰宜さまにご相談をと、一応は思いました。けどそれでは大事《おおごと》になるかもしれまへんさかい、なるべく穏便にと考え、こうして孫市はんの許へきたわけどす」

「なにやら穏やかでなさそうな話じゃなあ」

頼助は不審そうな声でいい、孫市と顔を見合わせ、松左衛門の手許を見つめた。

かれが紺の風呂敷包みの結び目を解いている。二つの結び目が解かれると、まず白布に包んだ四角い物が現れた。

つぎにそれがあっさり開かれ、朱塗りの折敷《おしき》（角盆）が三枚、重ねられて出てきた。

「それは根来《ねごろ》の折敷ではないか――」

「はい、さようでございますが、この折敷、ちょっと変わっているとお思いになられしまへんか」

「どこが変わっているのじゃ」

「根来の塗物に、こんな蒔絵《まきえ》が施されているのを、大方のお人たちはご存知ではございまへんやろ。錫《すず》や青貝を用いた蒔絵の硯箱《すずりばこ》や笛筒みたいな物は、鷹ケ峰に住んではった本阿弥光悦《こうえつ》さまが、創意をもってお造りになり、光悦さまや光琳《こうりん》さまの物が一番有名。世間でもてはやされてます」

松左衛門が頼助たちに披露した三枚の折敷のいずれにも、その内側に紅葉《もみじ》の葉が大きく三枚、錫や青貝を用いて描かれていた。

美術史研究では、「光悦蒔絵」の錫などを用いた高蒔絵の意匠表現について、これまでにない創意的な技法で、極めて装飾的と絶賛している。

根来塗――は、高野山の僧徒が紀州に移って根来寺を営んだとき、そこで日用のために作った漆品。黒漆《くろうるし》塗または朱漆塗の膳、椀、折敷、足付鉢などの類《たぐい》をいい、雅味があるため茶席でも珍重して用いられた。

日本の代表的な漆工芸品であった。

最も古い根来塗は、平安時代の最末期に作られたと考えられ、漆芸史上、朱漆器の存在は、天平時代にまで遡《さかのぼ》ることができる。『源氏物語絵巻』や『信貴山縁起』、『伴大納言絵詞』などの絵画資料に、朱漆器の使用が認められる。

だが根来塗の製産は、覚鑁《かくばん》上人が高野山を離れ、保延《ほうえん》六年（一一四〇）、紀州・根来（現在の和歌山県那賀郡岩出町根来）に、新義真言宗の根本道場として一乗円明寺を興してから、はじまったといってもよかろう。

その後の正応《しょうおう》元年（一二八八）、高野山大伝法院の学頭・頼瑜《らいゆ》僧正が高野山と袂を分かち、覚鑁ゆかりの大伝法院と密厳院を高野山から根来に移し、新義真言宗の本拠と定めた。

多くの伽藍《がらん》や諸院が建てられ、そこでは大勢の僧たちの用いる神饌具《しんせんぐ》や什器《じゅうき》として、根来塗の大量製産が、いよいよ盛んになったのであった。

根来塗の美しさは、朱塗と黒塗の二色が醸《かも》し出す深い味わい。微妙な擦《す》れ工合や堅牢で実用の美。工人たちが心を込めて作った精神が、如実に感じられるのである。

「ほう、すると松左衛門どのは、有名な光悦蒔絵や光琳蒔絵は、こんな根来塗の二番煎《せん》じだと仰せられるのじゃな」

「二番煎じなどと、そんな大それた失礼なことはもうしまへん。そやけど錫や青貝を用いて絵模様を描いた古い時代の根来塗の折敷。本阿弥光悦さまも、数少ないこんな品をご覧になり、ご自分らしい絵模様の蒔絵の硯箱なんかを、拵《こしら》えはったとしか思えしまへん」

瓢屋松左衛門はやや興奮気味にいった。

頼助と孫市は、かれが持参した根来の蒔絵折敷をそれぞれ両手に持ち、しみじみと眺めた。

「こんな根来の折敷、おそらく金輪際ほかにはありまへんわ」

松左衛門が強い口調でつづけた。

「さよう力説し、そなたはわしらに、なにを相談にまいったのじゃ。まさかこれを買えと、勧めにきたわけではなかろうな」

「いいえ、そないなつもりは毛頭ございまへん。その折敷をひっくり返し、ちょっと裏をご覧になってくんなはれ。擦れて消えかけてますけど、文字が見えまっしゃろ。黒漆で書かれた三枚の折敷の文字を、繋《つな》ぎ合わせて判読すると、文明十八丙午《ひのえうま》年五月廿五日、祇園社御霊会《ごりょうえ》　折敷器数十二之内　奉施入　願主　東梅之坊《ひがしうめのぼう》権律師《ごんのりっし》鴉江坊《からすえぼう》と読めしまへんか」

かれの言葉に従い、頼助と孫市は三枚の折敷を裏向きに並べ、そこに目を凝らした。

文明十八年といえば、応仁・文明の乱と長くつづいた戦乱が終熄し、京にようやく平和が訪れた年に当たる。

この年、雪舟は有名な「山水長巻」を描いた。だが八月には徳政一揆が起こり、東寺の金堂が焼失した年でもあった。

御霊会はいまの祇園まつりをいう。

三行にわたって記された根来折敷の文字は、祇園社の御霊会に用いるため、いまでも境内に営まれる東梅之坊に住んでいた鴉江坊という権律師が、献上したことを意味していた。

「松左衛門どの、いかにもそのように読めますなあ」

「すると孫市、この珍しい折敷は、もとは祇園社のいずれか、宝蔵にでもあったものなのじゃな」

頼助の眦《まなじり》が少し釣り上がっていた。

「さように考えられまする」

祇園社は神仏習合の神社として、南楼門を入ってすぐ左に宝光院、本願坊、東梅之坊、梅之坊と西楼門に向かってつづき、西の正面には薬師堂、北に竹之坊。元三大師堂が本殿の東にあった。

宝蔵は浄土宗総本山・知恩院に近い神域の北西に構えられていた。

「わしと惣十郎が祇園社の神灯目付役に就いて以来、盗賊が侵入し、宝蔵が破られたことはなかったはずじゃが――」

舌を小さく鳴らし、頼助は呻《うめ》いた。

「頼助さま、さよう短い期間でとらえられず、かつてのいずれかの時代、この社から町中《まちなか》に流れ出た品だと、お考えになられたらいかがでございます」

「うむ、それは尤《もっと》もじゃが、瓢屋の松左衛門はいかなるつもりで、この折敷をわれら目付役の許に持参したのだ。それで相談したいとは何事。またこれを、そなたはどうして入手いたしたのじゃ。早くもうせ」

頼助の声色はどことなく苛立《いらだ》っていた。

たかが折敷とはいえ、祇園社の神宝ともいえる品が市中に流出している。それを知った不快感は、孫市とて同じであった。

この折敷を、根来の工人に依頼して作らせた東梅之坊の権律師鴉江坊とは、どんな僧だったのか。鴉江とは奇妙な僧名だとかれは考えていた。

祇園社は南の清水寺とともに、もとは奈良・興福寺を本寺としていたが、いつかの時期、興福寺を離れて天台宗延暦寺派に属した。『日本紀略』天延二年（九七四）五月七日の条に、「祇園社を以て天台別院となす」と記されており、『今昔物語』巻三十一にも、「祇園、成《なる》比叡山末寺語」の説話がある。

この話は、祇園感神院の東にあった比叡山末寺の蓮花寺の紅葉を、祇園社別当の良算が、折るように命じたことから起こった紛争を記したもの。天台座主の慈恵僧正良源は、祇園社の神人たちに延暦寺側に就くように強請し、僧兵に命じて良算を同社から退去させてしまった。

祇園社には、院・坊合わせていまのところ三十余人の僧形が住んでいた。

「わたしが孫市はんに相談にきましたのは、祇園社のこんな什器が世間に出廻り、売り買いされてたらあかんと考えたからどす。祇園社の宝蔵は、地下に太い鉄の棒が張りめぐらされ、壁も同様にされてて、とてもしのび込むことはできしまへん。重い扉は二重、そのうえ下手に中の引き戸を開けると、上から槍衾《やりぶすま》が落ちてくるように造られてるときいてます。宝蔵の鍵は外扉内扉、槍衾の三つを、宮司・権宮司《ごん》さまなど、お偉いお人たちが一つずつ分けてお持ちになられ、合鍵も容易に作れしまへん。そうどすけど、金に代えられる貴重な品は、ご本殿や神域の院坊のどこにでもございますわなあ。もうしては失礼になるかもしれまへんけど、お寺さまや神社の什器が、商売人の手許に出廻るのは、ときおりあることどす」

瓢屋松左衛門は、頼助と孫市の顔色をうかがいながらいった。

「それはなにゆえじゃ——」

頼助は顔に苦笑をにじませてただした。

松左衛門が答える事情ぐらい、頼助にはすでにわかっていたのだ。

「どこのお寺の僧侶や神官さまでも、お金の都合いうもんがおありどす。町中に好きな女子はんをこっそり囲うてはる大寺の坊さまを、わたしは知ってます。身分は別にして、こうしたお人たちが金の算段に窮したとき、目を向けるのは身辺に置かれてる什物どす。これをそっと持ち出し、古道具屋に売ったら、なにがしかの金が手に入るわけでございます」

松左衛門は表情も変えずに説明をつづけた。

「古道具屋に限らず茶道具屋でも、そんな事情を承知で買い取るばかりか、当人をけしかけ、金になる品物を持ってこさせる質《たち》の悪い商人さえいてます。ましてや間に別人が入りでもしたら、貴重な什器を社寺から持ち出したのが誰やら、すぐわからんようになってしまいます。世の中には、こうして名高い社寺から外に出てしもうた有名な絵や道具類が、実に仰山ございます。数寄《すき》者《しゃ》は商人からそれをひそかに知らされて高い値段で買い取り、自慢顔で人に披露するのも珍しくありまへん」

「当の品物を納めた外箱さえ無事なら、誰でも中身はあると思うわなあ。多くの軸箱が積まれる中から、一幅の絵を抜き出したとて、すぐばれはいたすまい。茶碗の箱とて同じじゃ。ましてや似たような別物をそこに入れておけば、永代、露見する恐れは少なかろう。そなたのもうす次第はよくわかる」

「お目付役さまは、そんなことまでご存知でございましたか」

「それくらいわきまえねば、祇園社の神灯目付役など勤められぬぞよ。世故《せこ》にもたけておらねばなあ」

「するとわたしが説明もうし上げた件《くだり》など、すべてご承知でございましたか——」

松左衛門の表情には驚きの色が浮んでいた。

「いかにもじゃが、わしも質の悪いところがあってなあ」

「頼助さま、おかしな冗談を仰せられまするな」

孫市が松左衛門の顔色をうかがい、狼狽してかれをたしなめた。

「これはお若おすけど、面白いお目付役さまどすなあ。わたしは少しもそないには思うてしまへん」

「ところで松左衛門、そなたは珍しいこの根来の折敷を、どうして手に入れたのじゃ。それを是非きかせてくれまいか――」

頼助は折敷を手に取ってしみじみと眺め、瓢屋松左衛門に問いかけた。

朱塗のあちこちに擦れができ、黒漆の下塗がのぞいている。漆肌が持つむっくりとした感触。洗練されたぬくもりのある根来独特の味わいが、頼助の手に柔らかく感じられた。

「どの商いにもその道いうものがございます。店を持たずに骨董品を扱う者、出し屋いう者もいてます。出し屋はそこそこのお家から、しかるべき骨董品をまとめて買い入れ、それが茶道具なら茶道具屋に、ほかの物なら古道具屋に持ち込んで捌《さば》くのどす。どこの誰がそうやとはいえしまへんけど、盗んできた品物とわかりながら、それを買う故買屋《こばいや》もいてます。この世界の深部には魑魅魍魎《ちみもうりょう》、えらい道具の目利きや悪知恵の働く者が、わんさと蠢《うごめ》いております。玩物喪志《がんぶつそうし》という言葉がございますわなあ。一般の人から見たら、茶湯の茶碗でも画幅でも、無用の物かもしれまへん。人には無用の物を、愛玩して大事な志を失ってしまう、そんな危ういことを指してるんどすわ。そやけどそれを手にする者には、何にも代え難い美しい物。綺麗な女子はんを抱くより、もっとええのかもわかりまへん。わたしは世の中に、無用な物など一つもないと思うてます。やき物や絵、また凝《こ》りに凝った盆栽の一鉢でも、その道を極めたら学問にも通じ、人の心に益するものになっていくのではないかと思うてます」

松左衛門がいっているのは、いわば『書経』が説く「玩物喪志」の言葉への反論、文化論の一つであった。

「そなたのもうすのは尤もじゃ。商人や農民が、武芸の稽古ばかりに打ち込んでいて、そろばんや土を耕すのを忘れてしまえば、それもまた玩物喪志といえるのだわなあ。物乞いも酒飲みも女好きも、あらゆる者がいてこそ世の中。度を越せば害となろうが、世の中はさまざまな人物たちによって織りなされている。そこで松左衛門、深くは詮索いたさぬが、そなたはその道の者から、この根来の折敷を買い取ったともうすのじゃな」

「はい、祇園社から出た珍しい根来の折敷。是非買うとくれやす、茶席でも使えますさかい、また数寄者がほしがりまっせといわれ、この三枚を奮発して一両で買い取ったのでございます」

「松左衛門はん一両、一両も出されたんどすか——」

「はい、一両すんなり出させていただきました。この折敷がほしかったからではございまへん。祇園社からこんな物が世に出ていることが知れたら、祇園社の恥になると思うたからでございます」

「それはありがたいご配慮。礼をもうさねばなるまいな」

頼助はかれに向かい軽く頭を下げた。

「いや、さようなお礼には及びまへん。わたしがこれを持って孫市はんの許へ相談にまいりましたのは、みなさまが知らないだけで、祇園社の中からこっそりほかの物が、何者かによって持ち出されているのではないかと案じたからどす。幸い折敷の裏に書かれた文字から、祇園社の什物だとはっきりわかりました。そやさかいよかったもんの、ほかに何が盗み出されているやら、知れたものではありまへん」

かれの声には憤《いきどお》りが感じられた。

「頼助さま、全くその通りでございますなあ」

「いかにもじゃ」

「そうどっしゃろ。そやさかいわたしは、それを孫市はんに知ってもらい、その盗人の正体を突き止め、ぎゅっと懲《こ》らしめていただきたいのでございます」

「しかしながら、この祇園社の神官や院坊の者、雑仕《ぞうし》までを数えれば、百人近くはいるぞよ。その一人ずつに目を光らせるのは、容易ではないわい」

「そしたら若いお目付役さまは、わたしの気持をありがた迷惑やといわはるんどすか——」

松左衛門は怒りに近い色を、顔にぱっとにじませた。

「いや松左衛門はん、そうではない。頼助さまはただ詮索は極めて困難、容易ではないと仰せられているだけじゃ。祇園社の什物が、市中に流れ出ているのを知らせてくれありがたいと、先ほど仰せられたではないか——」

「口ではなんとでもいえますさかいなあ。祇園社にどれだけのお人が仕えていはるのか、わたしは知りまへん。けどそのお人たちの行いにも目を配るのが、お目付役さまのお役目でございまっしゃろ。詮索する気どしたら、どのようにでもできるのと違いますか。する気がなければ論外。わたしは間違うたところへ、相談にきたのかもしれまへんなあ。いっそ権宮司さまか正禰宜さまのところへ、直接、行ったほうがよかったのかもわかりまへん」

松左衛門はいくらか怒りを抑えたものの、皮肉を交えてつぶやいた。

「いや松左衛門、さよう性急に決めつけてくれるな。わしのいいかたが悪かったら、この通り頭を下げて謝る。どうぞ許してくれ。そなたのもうす通り、祇園社にどれだけの人間が仕えていようとも、探す気ならいかようにしてでもできるわい。この折敷、わしは宝蔵から盗み出された品ではなく、どこかの院か坊に蔵されていた物ではないかと見ている。院坊の数は知れたもの。その住僧たちに目を光らせればよいわけじゃ。一人ずつしっかりとな」

松左衛門に低頭した頼助は、眉をひそめていい下した。

頑丈に造られている宝蔵が、破られているはずがない。そんな報告もきいていなかった。

宝蔵の什物を外に運び出すときには、正禰宜のほか少なくとも数人が、立ち合うことになっている。

かれらの目をかすめ、どんな小さな品でも衣服の中に隠すのは困難だった。

院坊の住僧たち三十余人のうち、金に窮している者は、おそらく半数の十五人ぐらい。あとの半数は、裕福に暮らしているはずだ。

十五人ほどをつぶさに観察する。邪《よこしま》な心で神仏に仕えている者は自ずとわかり、それが手掛かりとなるだろう。

院坊の什物に根来の折敷があったとしても、それはさほど訝しくはなかった。

「わたしとしたことが、これは気短にご無礼をいたしました。お目付役さまがわたしの話をききながら、すでにそうまでお考えとは、年甲斐もなく気付かず、勘弁しておくんなはれ。つい腹立ちまぎれに、いいたい放題をもうしてしまい、後悔しております」

松左衛門は頼助に両手をついて謝った。

「どうぞその手を上げてくだされ。もともとわしの物言いや態度が悪かったのじゃ。この折敷が祇園社か院坊の什物でも、それを盗み出して銭に代えるとは、不埒極まる奴。必ず引っ捕えて糾明してくれますわい。そしてそ奴の仮面を引き剝がし、この祇園社から追い放ってくれる」

「頼助さま、これはやはり由々《ゆゆ》しきことでございまするな」

「いかにもじゃ。手をこまねいているわけにはまいらぬ。必ず不埒者を探し出さねばなるまい。必ずじゃ」

祇園社の什物流出に憤っているのは、瓢屋の松左衛門だけではなかった。

本当は松左衛門より、頼助のほうが激しく怒っていた。

「さようにいうていただき、わたしも安堵いたしました。不埒者が盗み出して金に代えたのは、おそらく折敷だけではございまへんやろ。ほかに何を持ち出しているやらわからしまへん。それで酒を飲んだり女子を抱いたりしてたら、祇園社から追い払うだけではすまされしまへん。どうぞ、強うお灸《きゅう》をすえたっておくれやす」

松左衛門は怒りの癒《い》えた顔でいった。

「それで松左衛門、この折敷はどうすればいいのじゃ」

「もちろん、これは祇園社の什物どすさかい、わたしから改めて奉納させていただきます」

「すると証拠の品として、わしらに預けておくともうすのじゃな」

「こんな持ってることが負担に思われる物、店に置いとけしまへん。どうぞ、そうしておくれやす」

笑顔でかれはいい、ではよろしくと辞していった。

「孫市、あの松左衛門は一徹《いってつ》そうな男じゃなあ」

「頼助さまはまだご存知ではなかったかもしれませぬが、祇園社の氏子の中で、あれだけ一徹なお人は少のうございます。それだけに、茶道具屋の中では目利きとして信頼され、贔屓《ひいき》筋にはかわいがられておりまするが、一方では敬遠している業者もいるとか――」

「あれではさもあろうなあ」

頼助は、折敷の錫で大きく描かれた紅葉の部分を、いとしそうに指で触れながらいった。

寄人《よりうど》長屋から遠ざかり、境内の砂利を踏む松左衛門の下駄の音が、かすかにひびいてきた。

二

「うむ、その不埒者を燻《いぶ》り出すともうされるのじゃな」

瓢屋松左衛門が辞去してすぐ、頼助と孫市は、根来の折敷を持ち、隣の惣十郎の長屋を訪れた。

二人から一切をきかされた惣十郎は、膝に置いた折敷を指でなぞりながら、困惑した顔でつぶやいた。

かれのそばには、黒い筒袖に筒袴をはいた前髪立ちの喜平太が坐っていた。

「惣十郎、それについてなにか不都合でもあるのか――」

頼助は膝を乗り出してたずねた。

かれの反応ぶりが意外だったのだ。

「頼助どの、ないではございませぬ」

「ないではないとは惣十郎、なにをもうすのじゃ」

頼助の声が松左衛門と同じように、いくらか憤りをふくんでいた。

「これは社内《やしろうち》の僻事《ひがごと》。不埒者を燻り出すにしても内々にいたし、祇園社の何人《なんぴと》にも知られてはならぬことは、おわかりでございましょうな」

「そなたは何人にも知られずに詮索いたせともうすのじゃな」

「さようでございます。人の口に戸は立てられませぬ。誰かにこの旨をきかれたら、忽《たちま》ちその噂が祇園社から町に広がり、当社の名折れになりまする。そこをよくお考えになっていただかねばなりませぬ」

惣十郎の表情は沈痛であった。

「この旨、何人にもきかせるなと仰せだが、当社の誰かに協力を求めねば、到底、詮議いたせるものではございませぬぞ」

「それぐらい、それがしにもわかっておりまする」

「さればどういたせばよいのじゃ。お考えがあらば、お指図くだされ」

頼助は自分の後見人の惣十郎を呼び捨てにしているが、もの言いは丁寧だった。

「いま思い付いたのじゃが、正禰宜の大和内蔵亮どのに事情を打ち明け、協力を仰がれたらいかがでござる。あのご仁なら口が堅く、ほかに漏らすはずはございませぬ。内蔵亮どのに頼み、祇園社の人別帳を拝覧されたら、いかがでござろう」

「祇園社の人別帳だと——」

「いかにも、人別帳でございます。そこには祇園社に仕えるすべての人々、院や坊に止住される僧形のお人たち、さらには御絵所《おんえどころ》に仕える絵師たちの生国、生年、役職にいたるまで、克明に記されておりまする。さればなにかの手掛かりが、得られるやもしれませぬ。それがしは何年か前、内蔵亮どのから祇園社にそのようなものがあると、きいた覚えがございまする。考えてみれば、どの社寺にも人別帳はあってしかるべき品。それをご覧になってから、詮議をはじめられませい」

「なるほど人別帳か。それを読めば、なにほどかのことがわかるわなあ。生国や生年が記されているなら、当人に特別な事情があれば、注記ぐらいなされていよう。それはよい手掛かりになるわい」

頼助は惣十郎から適切な助言を得て、明るい顔になった。

祇園社に御絵所が構えられていた事実は、一般の書物には記されておらず、同社に蔵される『祇園社記』や『祇園社本縁録』『祇園社執行日記』などを詳しく読まなければわからないだろう。御絵所では江戸時代を通じ、〈京狩野〉の祖・狩野山楽から山雪とつづいた京狩野の絵師たちによって、障壁画《へだてえ》の絵のすべてが委されていた。

杉戸板に描かれた絵はともかく、襖や屏風などは、うっかり扱えば破れてしまう。

それを補修したり新しく描いたりするのは、祇園社の御絵所に在籍する京狩野の絵師。御絵所は宝蔵のかたわらに営まれていたが、絵師たちは市中に住んでいた。

「惣十郎どのがわしを見込んでさよう仰せになりましたか。それでは祇園社の人別帳をご覧に入れましょう。ただ、これは秘すべきものでござれば、その旨だけは、よくよく心得ておいていただきたい。わしが今更もうすまでもなく、これには意外な事実が記されておりますれば、これについても秘匿《ひとく》の儀を堅くお守りいただかねばなりませぬ――」

大和内蔵亮は幾分、顔を強張《こわば》らせて告げた。

人別帳には個人の生国や生年ばかりか、注には人によっては絶対に秘すべき事柄も記されている。

あらゆる事情をさらけ出すのに等しかった。

それだけに閲覧する側にも、それだけの覚悟が要されたのである。

「その旨、当社の神灯目付役として、それがしと孫市ならびに惣十郎の三人以外、天地神明に誓い、誰にも他言いたしませぬ。尤も惣十郎は盲目《もうもく》。必要なことしか伝えぬつもりでございまする」

頼助の表情もさすがに堅くなっていた。

「さようにしていただければ、まことにありがたい。伏してそれだけはお頼みしておきまする」

大和内蔵亮に寄人長屋へきてもらい、頼助たちは根来の折敷を披露したうえ、一切を明かして頼んだ。

内蔵亮は驚いた顔で折敷を手に取って眺め、神灯目付役さまがたにはご苦労をかけますると、慰労の言葉をかけてうなずいた。

「ついでにもう一つ、お願いがございまするが――」

頼助がしばらく前から胸で躊躇《ためら》っていたことを頼もうとしたとき、内蔵亮はさすがに顔を曇らせた。

「それはなんでございましょう。頼助どの、わしにもきけることときけぬことがございまするぞ。そこをご承知でございましょうな」

「いかにも、わきまえておりまする」

かれがいきなり切り出したため、何も知らされていない孫市は、驚いて頼助の顔に目を向けた。

「先ほどそれがしは、惣十郎の三人以外ともうしましたが、これに惣十郎の嫡男喜平太を、是非ともお加えいただけませぬか。惣十郎は盲い。その代わりと考えていただいてもようございまする。喜平太は神灯目付役として未だ見習いながら、いまでは立派にお役目を果たしておりまする。今度の詮議には人手が必要。喜平太の使う馬庭念流は、それがしを危うくさせるほどの上達ぶりでございまする。また来年には元服をいたさせ、烏帽子《えぼし》名をあたえねばなりませぬ。こんな機会になんでございまするが、烏帽子親は内蔵亮どのにお願いいたそうかと、ひそかに考えておりますれば――」

「なんでございますと。喜平太に閲覧を許し、わしに烏帽子親になってくれとでございますと――」

「いかにも、さようでございまする」

「喜平太が神灯目付役として、いまや立派に役目を果たしているのは存じており、人別帳の閲覧には、いささかの異存もございませぬ。されどわしに烏帽子親になれとは、頼助どの、いかがなものでございましょうなあ」

孫市がほっとした表情で、二人のやり取りを眺めていた。

「いや、実はこれについてはそれがしの後見人惣十郎と、すでに相談した上でのお願いでございますわい」

「それは当のわしに否《いな》やをいわせぬ手廻しの良い策でございますなあ」

内蔵亮は半ばあきれた顔で苦笑した。

元服の折、烏帽子親は仮親として、相手に烏帽子をかぶらせ、自分の名の一字を与える。

これを元服名といい、適当な字がないときには、苗字《みょうじ》から与える場合もあった。

「それでさしずめ、村国大和助ではいかがでございましょう」

「わしの名からはむずかしゅうございますわなあ。村国大和助、村国大和助とは、立派で強そうな姓名でございます」

かれは独り言のようにつぶやき、では人別帳を取ってまいりましょうかなといい、立ち上がった。

陽暮れが近づき、薄暮が境内を包みはじめた頃、内蔵亮は人目をしのぶように、小さな白布の包みを胸に抱いてやってきた。

「これでございます。とりあえずここ三十年ほどの部分、これくらいでようございましょう。明日の夕刻までには、お返し願わしゅうございまする」

かれは寄人長屋の表口で孫市に伝えると、足早に社務所に向かい戻っていった。

「頼助さま、人別帳が届けられましたぞ」

孫市は奥の部屋で見廻りの仕度をしているかれに、声をかけて近づいた。

「どうれ、見せてくれ——」

頼助にいわれ、人別帳を包んだ白布が広げられた。

薄い美濃紙を二つ折りにして厚さは一寸余り、二冊の冊子であった。

いずれの表にも、「祇園社近仕人《ごんじにん》・人別帳」と書かれ「参拾壱」「参拾弐」の番号が記されていた。

近仕——とは、三宝に近づいて仕える意。男を優婆塞《うばそく》、女を優婆夷《うばい》ともいった
まず頼助は「参拾壱」の人別帳を手に取り、それをばらばらとめくった。

なんのつもりか付箋が付けられ、墨で棒線の引かれている部分もあった。

「これはなんでございましょう」

「付箋はなにかの心覚えだろうが、棒線が引かれているのは、おそらく死去でもしたのであろう。

その旨が書かれている」

「朱筆でなにか書き込まれているお人もございまするな」

「この杉田和泉《いずみ》ともうす神官は、酒癖が悪く懲罰、他行謹慎十カ月と記されている」

「祇園社の境内から、十カ月も他出を禁じられたのでございまするか。少し厳しゅうございますなあ」

「この二冊、幸い祇園社の神官どのがたと院坊の僧形が、別々に書かれている。院坊も宝光院、薬師堂、東梅之坊などと区別されており、見易《みやす》いわい」

「これをいまから改められまするか――」

「いや、神灯目付役の役目は役目。いつも通りに神域と町廻りをすませ、そのあと読み調べるといたそう。今夜は喜平太にも、一人前の働きをしてもらわねばなるまい」

「惣十郎さまに人別帳が届けられた旨を、伝えてまいらねばなりませぬな」

「ああ、そうしてもらいたい。また喜平太に、ここにくるようもうしておいてくれ」

頼助に命じられたとき、孫市は土間に人の気配をふと感じた。

「わたくしならすでにここにおりまする」

そこには筒袖に黒の伊賀袴をはいた喜平太が立っていた。

「なんと喜平太、殊勝な心掛けじゃ」

頼助がかれの黒い姿に目を這わせ、褒めたたえた。

「人別帳が届けられた旨、わたくしが父上に知らせてまいりまする」

「おお、そうしてくれ――」

頼助にいわれ、かれはすぐ出ていった。

尤も隣にいる惣十郎に伝えるだけ。ほんの数拍後、喜平太は戻ってきた。

惣十郎ほどの者なら、正禰宜の大和内蔵亮がきたことぐらい、もうわかっているはずだ。明日の夕刻までにそれを返してほしいという内蔵亮の言葉も、きいていたに相違なかろう。

「承知した。粗略にいたさず、謹んで目を通すようにと仰せでございました」

頼助たちの長屋に帰ってきた喜平太は、薄暗い土間に立ったまま、二人に伝えた。

「孫市に喜平太、この人別帳、今夜中に調べてしまおうぞよ。内蔵亮どのも周りに気を配り、これをひそかに持ち出されてきたはずじゃ。ご迷惑をおかけしてはもうしわけない」

「いかにもでございまする」

「喜平太、行灯《あんどん》をいくつも用意しておいてくれ。明るい火の許で、これを二人で読んで確かめるのじゃ」

「二人で――」

「ああ、読み違いがあってはなるまい。二人で正確に読み、一人はいつも通りのお役目に当たろう。見廻りは三人が順番にいたし、後に残った二人が、人別帳を改める。不審者やそんな記述があれば、別紙に書き写しておこうぞ。今夜、神域や町中で何事も騒ぎが起こらねばよいがのう」

頼助は人別帳を手にしたままつぶやいた。

「頼助さま、三人で順番にともうされましたが、わたくしはまだ若輩者。さして知恵もございませぬ。今夜はわたくしが境内と市中の見廻りを、独りですべて行います。それゆえ孫市どのとお二人で、その人別帳をしかとお改めになったらいかがでございまする。そのほうが効率がようございましょう」

喜平太の目は真剣であった。

「孫市、喜平太があのようにもうしているが、そなたの意見はどうじゃ」

「頼助さま、喜平太どのももはや子どもではございませぬ。相当な腕前の奴と立ち合うたとて、心配はございますまい。今夜は喜平太どののお言葉通りにいたすのが、よいと存じまする」

孫市は躊躇なく頼助に進言した。

「そうか孫市、そなたがさようにもうすのなら、今夜のお役目はそのようにいたそうぞ。されば喜平太、ご苦労じゃが、わしらはそなたの言葉に甘えることにいたす。行灯の用意はよいわい。自分たちでいたす。それより外が暗くなってまいった。早く境内の灯籠《とうろう》に火を入れて廻ってくれまいか」

「はい、かしこまりました」

喜平太は頼助に命じられ、素早く身体を翻《ひるがえ》した。

「大丈夫かな――」

「頼助さまにはなにを仰せられるやら。喜平太どのにはなにをお委せになったとて、もはや心配はございませぬわい」

「凶賊に討ちかかられてもか」

「喜平太どのの馬庭念流、頼助さまの稽古を受け、いまでは無敵に近くなっておりまする。若輩者と侮《あなど》って討ちかかれば、手ひどい反撃を食らいましょう」

「そうであればよいのじゃが――」

「頼助さまは喜平太どのを、年の離れた弟のように案じられているのでございましょう。そうに決っておりまする」

孫市はそれは確かだといいたげに、一人うなずいた。

「ああ、わしは喜平太を、心の底ではそう思うている。惣十郎と鞍馬山の奥・百井村で不幸な出会いをしたあと、わしが盲いにさせた惣十郎とともに、若狭国の神宮寺で何年も隠れ住んでいたのを思えば、なお更じゃわい。その間、喜平太には苦労をかけたのでなあ。神宮寺で暮らしていた頃、惣十郎は盲いながら毎日、わしに剣の稽古を授けてくれた。その結果、わしは村を襲うてきた野武士を、独りで何人も討つほどの腕前になれたのじゃ。考えてみれば、わしが人を斬ったのは、あれが初めてであったわい」

「そのとき惣十郎さまは、頼助さまをお褒めになられましたか――」

「いや一向に。ふんとした顔で、わしが身体から漂わせる血の匂いを、静かに嗅がれていただけじゃ」

「もうしてはなんでございまするが、頼助さまも喜平太どのに対して、さような心境になられる必要がございまする。独りで今夜のお役目を果たす。先年、われらがいたした真葛ヶ原での決闘の頃を思い返せば、喜平太どのはもう立派な大人。いささかなりとも案ずるには及びませぬわい」

「孫市、あれこれ思うのはわしの杞憂《きゆう》で、そうかもしれぬわなあ」

頼助は天井を仰いでつぶやくようにいった。

「さてその話はそれくらいにし、人別帳を改めることにいたそうぞよ。わしが行灯の用意をしてくれる」

「いや、それはわたくしがいたしまする。頼助さまは筆硯《ひっけん》の仕度をしてくだされ」

孫市はかれにいうやいなや立ち上がった。

ほどなく長屋の奥の部屋に、明りが皓皓《こうこう》と点《とも》された。

部屋の中央に二月堂（机）が二つ置かれた。

一つには筆と硯、それに白紙が用意されていた。

「祇園社の神官どのがたのほうは後廻しにし、先に院坊の僧たちについて当たろうではないか」

「さようでございますな。院坊は数が少なく、薬師堂と元三大師堂などを別にいたせば、宝光院、竹之坊など五つでございまする」

「薬師堂、元三大師堂などに住僧はおいでにならぬ」

「まず宝光院――」

宝光院止住僧と記された人別帳の部分を広げ、二人はそこに書かれた住僧たちの生国、生年、注釈に目を凝らした。

宝光院の院主は如雪といい、生国は河内国。生年から数えると年は七十歳。比叡山延暦寺から宝光院に移って四十年近くがすぎ、なんの問題もなさそうだった。

同院に止住する僧形は六人。了円、道覚、智恵など、いずれにも疑わしい記述はみられない。

つぎの本願坊の坊主《ぼうしゅ》は良忍。止住する僧形は妙一、念照など四人。これにも異常と考えられる記載は見当たらなかった。

つぎには西隣の東梅之坊になる。

ここにきて、孫市の表情に驚きの色が浮んだ。

「孫市、どういたしたのじゃ――」

「はい、東梅之坊の坊主は、明空さまともうされまするが、この明空さまの項目、朱筆で記された部分をご覧なされませ。思いがけないことが書かれておりまする」

「なんだと、わしにそれを読ませい」

脇からのぞき込んでいた頼助が、孫市の手から表題に「三拾弐」と記された一冊を、奪うように取り上げた。

そこには小さな朱筆文字でこう記されていた。

――明空、俗名才蔵、二十二歳ノオリ、強盗ノ罪ニヨリ、五条川原ニ於テ斬刑ニ処セラルヘキ所ヲ、前東梅之坊ノ坊主明雲坊ニヨリテ袈裟《けさ》懸《が》ケノ恩恵ニヨクシ、一命ヲ救ワル。同坊ニ身ヲ寄セテ改心、戒ヲ守リテ徳ヲ積メリ。何ンノ故アッテカ其ノ訳ハ知ラズ。

頼助は人別帳に記された小さな朱筆の文字を、一気に読み通した。

「あの明空坊さまがこんな過去をお持ちだとは、知らなんだわい。明空坊さまはもうお幾つにおなりであろうな」

「さよう、七十ぐらいでございましょうか。清僧このうえないと思われる爽やかなお人でございますのになあ。斬刑に処せられるところを、袈裟懸けによって東梅之坊の明雲さまに一命を助けられたとは、驚きのかぎりでございますわい」

「わしも同じ思いじゃ。明空坊さまは若い頃、比叡山にお籠りになり、何年にもわたり、厳しい練行をいたされたともうすではないか。人には優しく、自分には厳しいお人だときいておる。わしは頭陀袋《ずだぶくろ》から銭を取り出し、乞食《こつじき》に与えておられるお姿を、見た覚えがあるぞよ」

意外な事実を知り、二人の顔は硬直していた。

袈裟懸け——とは、一般には武士が刀で相手を斜めに斬る状態を指す言葉だが、もとは仏法の用語として興った。

馬や駕籠に乗せられ、刑場に運ばれていく罪人に向かい、僧侶が自分の肩に懸ける袈裟を投げることをいうのである。

投げた袈裟が罪人に掛かれば、特別な事情がないかぎり、一命は助けられた。その身柄は袈裟を掛けた僧侶に預けられ、当人の再生が許されるのだ。

相手が罪業を悔い、真人間になるのを信じての必死な行為であった。

だが袈裟懸けで命を助けられた男が、自分を救ってくれた僧侶を殺害して金を奪い、逃亡した事件がつづいた。

これによって僧侶の袈裟懸けは見られなくなり、幕府のお定法もついにはこれを禁じてしまったのである。

「大和内蔵亮どのが、人別帳には意外な事実が記されており、堅く秘匿の儀をお願いいたしたいと仰せられた意味が、これでわかりましたなあ」

「全くよ。惣十郎にはともかく、喜平太に伝えるには及ぶまい——」

頼助は鬱然《うつぜん》とした表情でいった。

そのまま二人は無言になった。

しばらくあと、再び孫市が怪訝《けげん》な顔付きで、これはなんと思われますと、頼助の冊子をめくる手を止めさせた。

祇園社の北に営まれる竹之坊についての記述であった。

竹之坊の坊主は道慶という。生国は丹波、年は五十九歳と記されている。

止住する僧形は五人。長祐、貞安、浄円、清順、慈雲の名が記されていたが、清順の項目に、妙な朱文字が書き連ねられていた。

——清順、俗名ハ清蔵、生レハ愛宕郡祇園廻リ、祇園社領。父ヲ喪《うしな》ヒ、実母佐江《さえ》並ビニ祖母ニ育テラレシモ、実母男ト共ニ清蔵六歳ヲ捨テテ出奔。祖母翌年死亡。已《やむ》ナク竹之坊ニ引キ取リノ扱ヒトシテ小僧トナル。発心ハ当人ノ望ミニアラズ。

「この清順ともうす僧、これだけでは年はわかりかねるが、いま幾つになるのであろうな」

頼助は孫市に向かってきいた。

「はい、確かではございませぬが、まだ二十歳にも達しておらぬ若い僧ではないかと思われまする」

「そなたにはどうしてそれがわかるのじゃ」

「今年の夏の朝でございましたが、境内見廻りの途中、竹之坊の脇を通っておりました。そのとき清順、清順と呼ぶ声がきこえ、坊の表を掃いていた若い僧がただいまと答え、竹箒を持ったまま、坊内に駆け込んでいったからでございまする。こうもうしてはなんでございまするが、その若い僧は陰気な感じで、幾度もわたくしと顔を合わせながら、目を伏せて挨拶するだけ。一度もまともな挨拶を受けた覚えがございませぬ」

「そういわれたら竹之坊に、なにやら寂しげで痩せた若い僧がいたわい。清順とはあの僧じゃな」

「わたくしが知っている若い僧と、頼助さまがご存知の僧はおそらく同一人物――」

「なにか匂わまいか――」

「いかにも、匂いまする」

二人が互いの顔を見合わせたとき、頼助に懐《なつ》いている大梟《おおふくろう》のタケルが、ぼうぼうと大きな声で鳴きながら、西楼門から長屋を目指してくる羽ばたきの音がひびいてきた。

喜平太が境内の見廻りをすませ、町廻りに出かけてから、すでに半刻（一時間）ほどすぎていた。

その喜平太が無事に戻ってきたのを、頼助に知らせるため、タケルは飛んできたのかもしれなかった。

三

今朝は早くから雪がまた降りつづいていた。

数日前の雪がまだ溶け切らない上に、新しい雪が降り積んでいる。正月の松飾りが取り除かれた後、京ではしばしば見られる光景であった。

比叡山もすっぽり雪雲におおわれ、見えなくなっていた。

「この分では若狭や能登など北陸では、えらい大雪であろうなあ」

「はい、比叡山があのようすでは、近江国も同じと思われまする」

頼助の言葉に孫市が相槌を打った。

「雪の冷たさがひしひしと身に伝わってまいるが、それほど激しく降っておりますのか――」

寄人《よりうど》長屋の庭のほうに盲《めし》いた目を投げ、惣十郎が二人に声をかけた。

白い障子戸を通し、いつもはそれなりに感じられる陽射しが、惣十郎の網膜《もうまく》の奥でもはっきり暗かった。

「頼助どの、京都では七条より四条、丸太町より今出川と、わずかに北へ上るだけで、気温はもちろん、降る雪の量も全く違うといわれておりまする。頼助どのが幼時をすごされた鞍馬山奥の百井《ももい》村などでは、冬はさぞかし難儀でございましたろうなあ」

「ああ、そなたは知るまいがそれは大変。いまごろ雪にすっぽり埋まり、村人は隣家へも行き難いありさまじゃ。尤《もっと》もその分だけ、日一日と近づいてくる春が楽しみで、草が萌えはじめたときには、わあっと叫びたくなるほどうれしかったわい。それでも深い杉木立の中には、まだまだ雪が残っていたがのう」

頼助は惣十郎に頬笑んでいった。

本殿のほうから、参拝者が紅白の布縄を振り、神鈴を鳴らす音がひびいてくる。

「この雪の中、朝から参詣のお人がおられるとは、さすがに祇園社だけのことはありますわい」

感心したように惣十郎がつぶやいた。

「いや、褒められればかりもいたしませぬぞ。信心は名目だけ。遠くから徒党を組んで祇園社に参詣した後、精進《しょうじん》落しだと勝手をもうし、南門前の下河原に建ち並ぶ色茶屋などで、思い切り遊んでいく不逞の輩《やから》も多くおりますれば——」

孫市が惣十郎の感慨をあっさり打ち砕いた。

「孫市、そなたは味も素っ気もないことをもうすのじゃなあ」

「頼助さま、わたくしは本当をもうしただけで、惣十郎さまとてそれはご存知のはずでございまする」

「まあ、孫市どのの言葉通りじゃ。精励恪勤《せいれいかっきん》もよいが、それだけでは精も根も尽き果ててしまいまする。弓もぎゅっと引き絞られてばかりでは、やがて弦《ゆずる》も切れてしまいましょう。何事も長くつづけるには、緊張と同時に緩《ゆる》むのも必要でござる。そこで有名な社寺の周りには、どこにも遊び場所が設けられておりますのじゃ。下河原一帯の旅籠屋《はたごや》や色茶屋もそれ。これから頼助どのにも、そこのところを心得ていただかねばなりませぬ」

惣十郎はそばに坐る孫市に顔を向け、にやっと笑いかけた。

下河原は東大路通りの一筋東に位置し、北は祇園社の南鳥居前から、南は法観寺（八坂塔）までの道をいう。江戸時代には祇園大路、祇園鳥居筋、高台寺門前通りなどとも称されていた。

歓楽街として現在知られる〈祇園〉の隆盛は、もとをただせば、この下河原の殷賑《いんしん》から起こってきたのである。

「惣十郎、わしとてそれくらい心得ているわい。ただ神仏が祀られる聖地と、猥雑な場所が余りにも近いのに、憤りを覚えているだけじゃ。尤も人間の俗性を考えれば、それも仕方がないと思うている」

頼助がふて腐れた顔でのべたとき、境内の見廻りに出かけていた喜平太が、急ぎ足で長屋に戻ってきた。

「喜平太どの、見廻りはまだ終ってはおられますまい。いかがされましたのじゃ」

孫市が腰を浮かせてたずねた。

「はい、竹之坊から清順たち三人の修行僧が、托鉢に出るようす。それを知らせにまいりました」

「なにっ、この雪の日に托鉢ともうすか。先日は孫市が、清順の跡をつけてまいった。されば今日は、わしがようすを探りに出かけよう。そのうちなにかが必ず摑めるはず。孫市、すぐに菅笠と蓑の用意をいたしてくれ」

「かしこまりました――」

孫市は二人が住む隣にと急ぎ、頼助も立ち上がった。

大和内蔵亮がこっそり手渡してくれた「祇園社近仕人《ごんじにん》・人別帳」を調べ、竹之坊に止住する修行僧の清順が怪しいと睨んでから、十日ほど経っていた。

祇園社に構えられる竹之坊や東梅之坊、宝光院など五つの院坊に止住する僧形たちは、毎日、托鉢に出かけるわけではなかった。

ときおり数人ずつでおもむき、あの日から清順が托鉢に出るのは今日で二度目。最初は終日、孫市が清順の跡をつけたが、なんの異変も感じられなかったという。

「当初、清順は古びた墨染めの懐《ふところ》になにか隠しているようにみえ、それを戻りに道端に捨てました。されどそれは石を熱くしたただの温石《おんじゃく》。金目の品ではございませなんだわい」

「それで清順はどの辺りを托鉢して廻ったのじゃ」

頼助ががっかりした表情できいた。

「はい、清順のほか二人の僧形は、祇園社の参詣道を西に向かって鴨川を渡り、四条小橋のかたわらで、西と南北の三方に別れました。清順は高瀬川に沿うた木屋町筋を、般若心経を唱えて一軒一軒くまなくたどり、二条の角倉屋敷までまいりました。そこから寺町筋に入り、さらに二条通りを西に向かいましてございまする。清順が唱える般若心経は、いささかの粗略もなく、わたくしの耳にはありがたくきこえました。さりながら各戸では、布施をする店や家も、一方、知らぬ顔を決め込むところもございました。それでも清順は、最後まで清澄な声でお経を唱え、辞するときは丁重に頭を下げて合掌し、つぎに向かったのには、感心させられましてございます」

孫市の話に耳を傾ける惣十郎や頼助の胸裡には、般若心経を唱えて廻る修行僧としてのかれの清々しい姿が、彷彿《ほうふつ》と浮んでいた。

かれがかぶる飴色になった網代笠《あじろ》には、「祇園社・竹之坊」と墨で記されている。白衣《びゃくえ》に色の褪《あ》せた墨染め。白い脚絆に草鞋《わらじ》を固く結び、厳重な足拵えをし、頭陀袋《ずだぶくろ》を首から胸に下げた姿であった。

布施は人に物を施しめぐむ行為、特に僧形に金銭または品物を施し与えることをいう。ひと握りの米をめぐまれる場合、かれらは頭陀袋を広げ、米を巧みに袋の中に集め入れた。

般若心経——は幾種かの漢訳があるものの、最も流布しているのは、唐の玄奘《げんじょう》が訳した二百六十二字からなるもの。厖大な般若経典類の真髄を簡潔に説いている。

「観自在菩薩《かんじざいぼさつ》　行深般若波羅蜜多時《ぎょうじんはんにゃはらみったじ》　照見五蘊皆空《しょうけんごおんかいくう》　度一切苦厄《どいっさいくやく》　舎利子《しゃりし》　色不異空《しきふいくう》　空不異《くうふい》色《しき》　色即是空《しきそくぜくう》　空即是色《くうそくぜしき》（中略）掲帝《ぎゃてい》　掲帝《ぎゃてい》　般羅掲帝《はらぎゃてい》　般羅僧掲帝《はらそうぎゃてい》　菩提僧莎訶《ぼじそわか》　般若波羅蜜《はんにゃはらみっ》多心経《たしんぎょう》」

舎利子とは釈尊の高弟の一人で、智恵第一といわれた人物。釈尊はかれに対して、菩薩（釈尊の前世における呼び名）は、一切の存在を構成している色（物質的現象）と受想行識（精神作用）は、すべて空であるとして悟りの世界を得たと説いた。なぜなら形あるものである色は、所詮は壊れるもの。物質的存在は現象として存在しても、実体として捉えることができないからである。この空性を体得すれば、空の人生観を得られるはずだと説いたのだ。

般若心経の中で「色即是空」の語句は、日本人に最も身近な言葉として親しまれ、おりにつけて用いられている。

「掲帝　掲帝　般羅掲帝　般羅僧掲帝　菩提僧莎訶　般若波羅蜜多心経——」

清順は店先や人家の前に立ち、清々しい声で般若心経を読誦《どくじゅ》した。最後の部分になると、声に抑揚を付けて唱えて合掌し、網代笠の頭を深く傾けるのであった。

「わたくしは今日のところ、あの清順が唱える般若心経を、二百遍余りもきいたことになりますやろなあ」

「耳に胼胝《たこ》ができるほどか——」

「はい、そのはずどす。けど清順が唱える般若心経は清澄な感じでございました。同時になにか物哀しく、涙がついこぼれそうになりました」

「それで貰いはどうだったのじゃ」

「米や麦、それに一文銭ばかりのようす。途中、行き交うご老人が二人、清順を呼び止め、布施をしておりましたが、ほかにはなんら変わったことはございませなんだ。いや、祇園社に戻る道中の町辻に、物乞いが茣蓙《ござ》を敷いて坐っておりました。清順はそれを見ると足を止め、頭陀袋の中から小銭を選び出し、物乞いの欠け茶碗に入れておりもうした。ついでまた頭陀袋の中からひと摑みの米を取り出し、与えましてござる。驚いたことにその物乞いは、よほど腹を空かせていたらしく、麦の混じったその米を、すぐさま生のまま頰張りはじめましたわい」

孫市の話をそこまできいた惣十郎や頼助は、清順に向けた疑いがふとゆらぐのを覚えた。

「物乞いの一件はともかく、清順の唱える般若心経が物哀しくきこえ、涙がついこぼれそうになったとは、孫市らしくもない科白《せりふ》じゃわい」

それでも頼助は強気な言葉を吐いた。

「そうでございましょうか。わたくしはありのままをもうし上げただけでございまする」

「頼助どの、それはそれでようございましょう。清順ともうす修行僧は、心になにか哀しい思いを秘めているからこそ、孫市どのが泣けそうになったと解せば、どうでござる。般若心経は、浄土教以外のすべての宗派によって重んぜられる経文。唱える人によって、意自ずと現れるといわれるありがたい経文でございまするぞ」

「惣十郎、相わかった。犯人は清順以外にはないと考えるゆえ、わしはつい苛立ち、軽はずみを口走ってしもうた。孫市、どうぞ堪《こら》えてもらいたい――」

頼助はかれに向かい頭を下げた。

「頼助さま、もったいない。お止めくだされ」

孫市は狼狽して頼助をうながしたが、かれはさらに両手をつき、頭を下げつづけた。

「頼助さま、いかがされたのでございます」

孫市の顔に不審の色が広がった。

「孫市どの、そのまま頼助どのの気のすむように、捨ておかれるがよかろう。頼助どのは清順が読誦したともうす二百遍余りの般若心経に、詫びてもおられるのじゃ」

惣十郎の一声で部屋の中が粛然となり、誰も後の言葉を発しなかった。

その清順が、これから托鉢に出かけようとしている。

頼助は隣の寄人長屋に戻ると、孫市が手にした蓑を急いで身にまとい、足拵えをした。祇園社の文字の記されていない菅笠をかぶり、外に走り出た。

「気を付けてまいられませい――」

掛けられる声もろくに耳に入らないまま、京の町を望む西楼門に足を急がせた。

だが西楼門に近い薬師堂のそばまできて、足の運びをはたっと止めた。

竹之坊から出てきた清順たち三人の修行僧が、西楼門の下で雪の霏々《ひひ》と降りしきる京の町を、見下ろしていたからであった。

雪はいまを盛りと降っていたが、西の雪雲が薄れ、わずかに青空が覗いていた。

この雪も正午《ひる》頃までには止む気配だった。

自分の姿をかれら三人に見られたとしても、菅笠をかぶり、蓑を着けている。雪に降られながらきた参拝者としか思われないだろう。

頼助は物怖じしない態度で薬師堂に近づいた。懐から小銭を取り出し、賽銭箱に投げ入れた。

「わたしは祇園廻りを托鉢し、それから宮川筋を五条大橋の方角にまいろうと思うております」

その声は幾度もきいた覚えのある清順のものだった。

「わしはここから北に行き、鴨川の東の聖護院村や吉田村などの村方を廻ることにいたそう」

「なればわたしは、室町筋の界隈を廻りまする」

清順に告げたのは、かれよりやや年上の修行僧と、後の声は雛僧ともいえる若者だった。

清順は七歳のときから、坊主《ぼうしゅ》の道慶に小僧として仕えている。それだけに年齢はともかく、いわば二人には先達《せんだつ》。竹之坊では三綱《さんごう》のうちの都維那《ついな》の地位に就かされていた。

三綱とは寺内の僧侶や寺務を管理する三種の役職をいい、竹之坊は祇園社の小さな院坊にすぎないが、大寺院並みの体制を整えていたのであった。

三綱は上座、寺主、都維那の順になり、都維那は寺中の寺務をつかさどっていた。

竹之坊の什器《じゅうき》を持ち出すとすれば、誰より容易にかなう立場であった。

それどころか、財政もすべて委されていることから、院坊の金や賽銭箱の銭を誤魔化すのも可能だといえる。

大人《おとな》しそうな僧だが、意外に太々《ふてぶて》しい気質をそなえ、気弱を装っているだけかも知れなかった。

「慈雲さまに貞安、出かけましょうぞよ」

竹之坊から西楼門まで、網代笠を手にしてきた清順たち三人は、かれの声で坊主頭に一斉に笠をかぶった。

「雪を踏みしめての托鉢は難渋だが、これも修行の一つ。腹にぐっと力を込め、般若心経を誦じてまいれば、寒さも感じますまい」

「慈雲さまはいつもさように仰せられまする。されどこの雪では、いかに腹に力を込めましょうとも、寒いのだけは避けられませぬ」

「清順さま、若い貞安が愚痴っておりますわい。先達のおまえさまから、叱っていただかねばなりませぬ」

あご骨の張った慈雲は、どうやら志操堅固の僧のようだった。

「貞安、托鉢の途中、どうしても寒かったら、在家で休ませていただいてもよいのじゃぞ。身体を労《いた》わらねば修行などできぬからのう」

「それは清順さまのお考え。わしは身体を鍛えて強靭《きょうじん》にしてこそ、厳しい修行に耐えられると思うておりますわい」

「慈雲さまは五日ほど後から比叡山に籠り、どこやらの滝に、一ヵ月ほど打たれると仰せでございましたな」

「ああ、坊主の道慶さまにさようお頼みしております」

「あの寒いお山に一ヵ月もでございまするか――」

「それゆえしばらく、竹之坊を留守にいたします」

慈雲は力強くいい、網代笠の紐をあごで結んだ。

「まことにご奇特な。わたしなど竹之坊にきて十数年にもなるものの、恥かしながら殊更、修行に励もうとの気持など起こさなんだ。ただ凡々とその日暮らしをつづけ、師の道慶さまにもうしわけなく思うておりますわい」

清順はいくらか羞恥をふくんだ声でいった。

「いやいや清順さま、さように恥じられることはございませぬ。人間にもいろいろございますように僧もさまざま。清順さまのごときお優しい都維那の僧がおいでになればこそ、われらも竹之坊の居心地がよく、修行に励めますのじゃ。坊主にも貧僧、学僧、傑僧、愚僧などとおられましようがな――」

「慈雲さま、するとわたしなどさしずめ貧僧でございましょうな」

「いや、清順さまはその名のごとく清僧でございます。行いは常に正しく、われらの修行を陰《かげ》から支えてくださりますれば――」

「わたしを清僧とは、愚弄されているようで、片腹が痛くなりますわい。師の坊やそなたさまたちがご存知ないだけで、わたしが実のところ、どんな悪業をしているかわかりませぬぞよ」

清順はどことなく鬱屈した声でいった。

かれの言葉は、薬師堂の前で蹲《うずくま》り、西楼門のようすをうかがう頼助の耳にも届いていた。

頼助の胸には、清順についてさまざまな懐疑がわき起こっていた。

そんな頼助の背中に、木の枝に降り積んだ雪が、ばさっと落ちかかった。

三人とも雪の降りしきる外に出かけるのを、いささか躊躇《ためら》っている気配だった。

「清順さまにかぎり、さようなことはございますまい。わしなら托鉢して頂戴した小銭で腰掛茶屋に入り、般若湯を飲んだ不埒は数々ございます。米や麦の混じる頭陀袋の中から、布施の小銭を選び出した最初の時には、誰かに見られはせぬかと、胸をどきどきさせたものでございまする。されどこれも馴れてしまえば平気。今日とて寒いため、そんな悪業をやりかねませぬぞ」

慈雲が豪快に笑って告白した。

般若湯とは僧たちの隠語、酒であった。

「それくらい慈雲さまはしておられようと、わたしは思うておりましたぞよ。慈雲さまにはお似合いのお姿。小銭を溜めて色茶屋で隠れ遊びをするわけではなし、腰掛け茶屋で般若湯を飲むぐらいかまいませぬ」

「都維那の清順さまにそういうていただくと、わしは安堵いたしまする」

「慈雲さまは正直なところがようございますなあ。わたしなどとても真似られませぬ」

清順は嘆息をもらした。

頼助にはその嘆息に、なにか深い事情が隠されているように感じられた。

二人のそばに立つ雛僧の貞安が、そんな会話を目をぱちくりさせてきいていた。

「清順さま、雪はなかなか小降りになりませぬわい」

「さればもう出かけましょうぞよ」

慈雲の言葉に、清順ははっと白い息を吐いてうながした。

三人は短い石段を慎重に下りた。

清順は祇園廻りに、慈雲は東山道を北に、貞安は西の鴨川に向かい歩きはじめた。

かれら三人を見送り、頼助は清順の跡を付けた。

祇園廻りは祇園社の正門、南楼門の門前に広がる旅籠屋や色茶屋が建ち並ぶ地域をいう。『坊目誌』は「耕者部落を作及《つくりおよび》、之を祇園村と称し、付近周囲を祇園廻と云ふ」と記している。

江戸時代、祇園廻りは祇園村と同じように、耕地を町地化することによって遊興地として発展した。『京都覚書』によれば、元禄六年（一六九三）、祇園南町に十七軒、八坂に三十五軒の茶屋があったという。

こうして祇園社の南楼門前から下河原、八坂、清水にかけ、鴨東の歓楽街が出現したのであった。

祇園廻りの遊里は、下河原・辰巳新地と呼ばれていた。下河原は下河原町、鷲見町、上弁天町、月見町の四町でなり、幕府から「傾城町（島原）出稼」の名目で、遊女屋稼業が許されていたのである。

そこで働く遊女たちは、舞芸者もふくめ俗に〈やまねこ〉の称で呼ばれていた。

この祇園廻りは祇園社に接する遊興地だけに、祇園社の社僧が門口に托鉢にくると、さすがに無下には断らなかった。

竹之坊の清順はここで生まれている。

かれにはなつかしい場所だった。

かれは西楼門から南に向かい、祇園廻りの町並みに入った。一軒一軒、旅籠や茶屋の前に立ち、雪に降られながら丁寧に般若心経を唱えた。

歓楽地で商いをする人たちは、いまでもそうだが、一般の人々より概して信心が深かった。

「観自在菩薩　行深般若波羅蜜多時　照見五蘊皆空　度一切苦厄　舎利子——」

清順が鈴を鳴らし般若心経を唱えはじめると、奥から必ず人が走り現れ、お布施を献じてくれた。

「揭帝　揭帝　般羅揭帝　般羅僧揭帝　菩提僧莎訶　般若波羅蜜多心経——」

旅籠屋や遊女屋を営む在家の人々の中には、清順が短い般若心経を唱え終えるまで、ともに雪を浴びながらじっと頭を垂れる人もいるほどだった。

かれにはこの祇園廻りは思いの深い地で、ここを托鉢して廻るとき、いつも胸が痛くなるほど、切ない記憶が甦《よみがえ》ってくるのであった。

清七といわれていたかれの父親は、上弁天町の旅籠屋「舛伝」で番頭として働いていた。母親のお佐江は、店の台所の女子衆《おなごし》だった。

まだ手代だった清七が、この女子衆ならと惚れ、女房に迎えたのである。

清蔵が生まれてから、お佐江は店を退《の》き、かれの育児にいそしんでいた。

ところが清蔵が五つになったとき、番頭に格上げされていた清七は胸を病んで寝付き、翌年、痩せ細って死んでしまったのだ。

「借金もあり、これでは食うていかれしまへん。うちがまた働きに出ますさかい、清蔵の面倒はおばあちゃんが見ておくれやす」

お佐江の再度の奉公先は舛伝ではなく、遊女屋だった。

ときどき上弁天町の長屋に帰ってくるお佐江は、義母のおみつには旅籠屋に奉公していると伝えていた。だがおみつにはお佐江がどこでなにをして働いているのか、よくわかっていた。

それは幼い清順にしても同じだった。

地味にして戻ってくるものの、母親のきものには脂粉の匂いが染み付き、彼女の物腰はどこか艶《なまめ》いていた。

それでも祖母は暮らしを保つため、それを黙って見逃していた。

そうして義母のおみつに幼い清蔵を預けたまま、お佐江の足が次第に長屋から遠退き、ついには男とどこかに出奔してしまったのである。

相手の男は女たらしのやくざ者。賭場に三十両の借金を拵えたため、お佐江をそそのかしての逐電であった。

祖母と清蔵の暮らしはすぐに困窮した。

あげく祖母のおみつは、幼い清蔵の行く末を案じながら、風邪をこじらせ死んでしまった。

お佐江の実家は上嵯峨村の貧農。死んだ父親の清七も祖母のおみつにも、これといった身寄りがなく、幼い清蔵は間もなく祇園社の竹之坊に小僧として引き取られたのだ。

かれはかれなりに、何もわからないまま夢中で生きてきた。

幼い頃の思い出が哀しく残る祇園廻りの四町を、清順が雪に降られて托鉢しているうちに、いつしか雪雲が切れ、青い冬空が覗いた。

冬の明るい陽光が、白い雪に映えて眩《まぶ》しかった。

しかしかれは、神灯目付役の頼助に跡を付けられていることには全く気付かなかった。

正午近くになり、清順の足はなぜか急に西に向かい、六道・珍皇寺のほうに進んだ。

六道は珍皇寺の通称。珍皇寺の門前を六道の辻とも呼んでいた。同寺は小野篁《おののたかむら》が冥府との往復に用いた土地に建てられたと伝えられ、『堀川の水』（元禄七年刊）に「六道といふところは、建仁寺の南にあり。むかし小野篁卿、冥府にかよひ給へる所なればとて、ここを冥府の道といふ」と記されている。

同寺の南は轆轤《ろくろ》町。さらに南にかけ、清水焼の窯が、あちこちで煙を上げている。

「ええ工合に雪が止んだがな――」

「北山が雪で真っ白。絵みたいにきれいに見えるやないか」

「ほんまにそうやなあ――」

登り窯のそばで窯場の職人たちが、火に当たりながらひと休みしていた。

頼助はそんな声をかすかにきき、清順の跡を追った。かれが古びた長屋の一軒に入るのを、離れた場所から確かに見届けた。

それまで清順は、もうどこの家にも立ち止まらず、その長屋をまっすぐ目指してきた。

――この家がなにやら怪しい。

頼助はその一軒が長屋の端なのを幸いとし、棟横に廻り込んだ。

「おお清蔵か。遅かったやないか――」

濁《にご》った声が清順を咎めて迎えていた。

かれを法名ではなく、俗名で呼んでいるのが訝《いぶか》しく、頼助は耳をいっそうそばだてた。

「祇園廻りを托鉢してきましたゆえに――」

「なにっ、そうか。そこで銭を貰うてきたのやったら、まあええわ。それで今日はどれだけ持ってきたんじゃ」

長屋の土間に立つらしい清順にかける濁声《だみごえ》が、少し和らいだ。

「これだけでございます」

清順が男に幾何《いくばく》かの銭を差し出している光景が想像された。

紙包みをひろげる音が、かすかにひびいてきた。

「な、なんや。たったこれだけかいな。おのれはわしを虚仮《こけ》（ばか）にしてんのか――」

相手の声が険しく清順に飛ばされた。

「さようもうされたとて、わたしにはいまのところ、それぐらいしかできかねまする」

「ふん、なにがそれぐらいじゃい。おまえのお袋の稼ぎは悪うて、わしは酒もろくに飲めへんのやで。銭が無かったら、また祇園社か竹之坊の什器を、持ち出してきたらええのや。この間の根来《ねごろ》の折敷《おしき》は一両になったわいな。あんな物をくすねてこいや」

この言葉をきき、頼助は全てを合点した。

茶道具屋の瓢屋《ひさごや》松左衛門が寄人長屋に持ってきた蒔絵の施された根来の折敷は、やはり清順が竹之坊からこっそり持ち出した物だったのである。

清順を俗名で呼んでいる男は誰だろう。

「さようなこと、もはやわたくしにはできかねまする」

「間抜けたことをぬかしてるんじゃないわい。一度できたんなら、二度も三度もできる道理やろな。わしはおまえのお袋の甘い言葉に、騙《だま》されたみたいなもんなんやねんで。これだけしか銭ができなんだら、その頭陀袋の銭を全部、ここに置いていけや」

男はせせら笑っているようだった。

「あ、あんたはなにをいうてはりますのや。清蔵にそんな無茶を強《し》いはってからに――」

このとき、中年をすぎた女の声が、初めてきこえてきた。

「おまえは黙ってたらええんじゃ。この清蔵はおまえが腹を痛めて産んだ餓鬼なんやろ。そしたらわしは義理の父親。息子が両親《ふたおや》を養うのは当然のことやないか。それにしても、せめてこいつが女子やったら色茶屋で働かせ、わしらは左団扇《ひだりうちわ》で暮らせるのになあ。それが残念でならんわい」

「あんたというお人は――」

女は清順を捨ててならず者と出奔した母親のお佐江に相違なかった。

「おまえは黙ってたらええというたやろな」

男の手がばしっとお佐江の頬で鳴った。

「な、なにをいたされまする」

清順が男にぐっと迫ったようだった。

「おい、おまえにはこれが見えへんのか。どてっ腹に風穴を開けられたら、風邪を引くどころやないねんで。ええなあ、ここ二、三日のうちに、なんでもかまへんさかい、金目の物をここに持ってくるんじゃ。そやないと、えらいことが起こるかもしれへん。おまえのお袋はいま居酒屋で働いてるけど、まだ男を相手にできる身体をしてるさかいなあ」

男が短刀《どす》を抜き、清順に凄んでいる姿が、頼助の胸裏にありありと浮んでいた。

四

「これは驚きました。根来の折敷の一件、頼助どのや孫市どのが睨んだ通り、その清順とやらもうす修行僧の仕業でございましたか。やはり社内の僻事《ひがごと》――」

正午《ひる》すぎ、祇園社の寄人長屋に戻った頼助から話をきき、惣十郎が盲いた目をしばたたかせて嘆息した。

そばで孫市はときどき唸るだけで、一言も発しなかった。

「それでその後、清順はいかがしたのでござる」

やや間を置き、惣十郎がたずねた。

「清順は止むを得ないと思うたのか、頭陀袋を首からはずし、托鉢して集めたお布施を、すべてその場に置いてきたようすでございまする。それから外に出て、鴨川に沿うた宮川町筋を、また托鉢して廻りはじめました」

「頼助さま、清順は般若心経を唱えるどころの心境ではありますまいなあ。母親を〈質〉に取られているとは、なんとも哀れな。金目のなにをどう竹之坊から持ち出せばいいのか、悩み切っておりましょう」

孫市がようやく口を利いた。

六歳のとき、幼い自分と祖母を捨て、理無《わりな》い仲となった男と出奔した母親。その相手の男に強請《ゆす》られている清順の苦衷が、孫市だけではなく、惣十郎にも頼助にも痛いように察せられた。実の母親の身を思えば、町奉行所にも訴えられない。そうかといい、坊主の道慶にも打ち明けられることではなかろう。

追い詰められた清順は、再び竹之坊か祇園社の什器に、盗みの手をのばすに相違なかった。こんな状況が今後もつづけば、清順にとんでもない破局が訪れるに決っている。

それは生死を賭けたものになるだろう。

「惣十郎さま、これはいかがいたせばよいのでございましょう」

困惑した顔で孫市がたずねた。

頼助は眥《まなじり》を釣り上げ、両の拳をぎゅっと握りしめていた。

「孫市どの、自ずと知れたこと。清順にこれ以上罪を犯させてはなりますまい。祇園社の神灯目付役として、そなたたちが始末を付けてつかわすのじゃ。頼助どのにもそれくらいおわかりでございましょう」

「惣十郎、いわれるまでもなく、わきまえておりまする。清順に延々と罪を重ねさせてはならぬ。また自暴自棄になられ、竹之坊や祇園社に火を放たれても、井戸に入水して死なれても困りまする」

「清順坊がさような挙に出ましょうか——」

「孫市、あの手の男は血迷うと、なにを仕出かすかわからぬぞよ。そういたさせぬように、すぐさま清順から事情をきき出し、母親の相手の男に天誅を加えるべきじゃ。幸い清順は竹之坊の都維那。奴が坊に戻った頃を見計らい、ご相談がございますとでももうし、この寄人長屋に呼び寄せてはどうだろう」

頼助は惣十郎にもきかせながら、孫市の顔を見つめた。

「それはよいご思案でございまする。行方を晦《くら》ませた母親に、どこでどうして出会うたのか、いつから男に強請られているのか。持ち出した什器は根来の折敷だけなのか。男に天誅を加える前に、ただしておかねばならぬことがございますわい」

「男の始末はそれから考えればよかろう」

「ご尤も――」

「さればそなたが竹之坊へ、清順を迎えに行ってくれるか――」

「それも承知つかまつりました。父ヲ喪ヒ、実母佐江並ビニ祖母ニ育テラレシモ、実母男ト共ニ清蔵六歳ヲ捨テテ出奔。大和内蔵亮さまに見せられた人別帳、清順坊についてそこに小さく記された朱文字が、いまもわたくしの目に焼付いておりまする」

「あの人別帳なあ。わしとてそれならすべて諳《そら》んじているわい。あれを思い出せば、いま清順がいかに深い悩みの中にいるかがよくわかる。清順はようやく平穏が得られたともうすに、人の巡り合わせとは思いがけなく、無残なものじゃ」

頼助はしみじみとした声でつぶやいた。

清順が迎えに出た孫市とともに寄人長屋に現れたのは、陽暮れ間近の時刻であった。

どこか暗い翳《かげ》を顔に宿していたが、惣十郎たち三人の前に坐ったかれは、普段通り、竹之坊の都維那の物腰であった。

「お目付役さまには、竹之坊になにかご用がおありだとか――」

かれは孫市から、坊の構えについての相談だといわれてきただけに、なんの不審もなくこうたずねた。

灯籠の位置や垣根、植木の手入れなどにどこかから苦情が寄せられたのではないかと、まず考えたのであった。

「そこもとが清順坊どのでござるか――」

盲いているときく目付頭の惣十郎に顔を真っすぐ向けて念を押され、清順はふとただごとではないと感じた。

「はい、わたくしが清順でございます」

「それがしは村国惣十郎。そこにひかえるのは、ご存知かも知れませぬが、神灯目付役の植松頼助に孫市ともうす。さらに目付役の見習ともいうべき嫡男の喜平太でござる」

「竹之坊の清順でございまする。かねがねからいずれの方々さまも、お姿を拝見いたしておりまする」

「清順坊どののたちにおかれましては、この寒中での托鉢などご修行のほど、感服いたしておりまする。ところでご相談でござるが、直裁にもうし上げる。まず余人に知られては難儀が生じると考え、そこ許《もと》さまにここに来ていただいた次第でござる」

今度は頼助が膝を進めて告げた。

「余人に知られては難儀が生じるとは、いったいなにゆえでございます」

このとき、清順の顔に初めて戸惑いの色が浮んだ。

「一口では説明できませぬが、清順どのにはこれに見覚えはございませぬか――」

頼助は惣十郎がうなずくのにちらっと目を這わせ、膝横に置いていた布包みを、自分の前に進めた。

そして布包みを両手で開いた。

中から現れたのは、蒔絵を施した根来の折敷であった。

「あっ、それは――」

清順の口から短い驚きの声が迸《ほとばし》り、顔色が変わり、かれはわなわなと震えはじめた。

かれの目が蒔絵の折敷にじっと注がれ、それがどうしてここにあるのだと問いたげであった。

「清順坊どの、落ち着かれませい。われらはそなたさまを咎めるため、ここにお呼び立てしたのではございませぬ。およその事情は、今日に至ってわかりもうした。そなたさまが珍皇寺に近い長屋にまいられ、そこで不埒な男に強請《ゆす》られておられるのを、立ちぎきいたしましたのじゃ」

「これは竹之坊の什器の一つでございましょうが、竹之坊のそれは祇園社の什器も同じ。この折敷ももとは祇園社の宝物として蔵されていたものが、いずれの時代かに竹之坊に貸し与えられたか、譲られた品に相違ございませぬ。折敷の裏に記されているように、遠い昔の文明十三年、祇園社の先達東梅之坊の権律師《ごんのりっし》鴉江坊《からすえぼう》によって、同社に施入された品。さような物が町中に流出しているのは、極めて不都合であるばかりか、祇園社の綱紀に関わり、ひいてはわれら神灯目付役の役儀の意味も問われかねませぬ」

「清順坊どのとて、いかなる事情があるにいたせ、これが御坊の手で外に運び出されたとわかれば、祇園社から放逐される由々しき事態となりましょう。われらはさような醜聞を避けたいのと、御坊がいまご自分一人で抱えておられる悩みごとに手を貸し、お助けいたしたいのでござる。この旨、われらにいささかの他意もないと、おぼし召していただかねばなりませぬ」

　頼助につづき、惣十郎が荘重ともいえる口調で清順に説いた。

「清順坊はん、わしの親父は祇園社の南門前で、絵馬を描いていたしがない絵師どした。わしは縁があって神灯目付役になりましたけど、この祇園社に仕えている者が、すべて清廉潔白とはかぎらしまへん。それぞれが人にも打ち明けられへんいろいろな過去を、いまも引きずって生きているはずどす。わしら神灯目付役は、清順坊はんの敵ではございまへん。味方やと思わはって、なにもかも目付頭の惣十郎さまや頼助さまに打ち明け、助けを求めはったらどないどす。大きな悩みごとを独りで抱えていはったら、重くてとても持ちつづけられしまへんえ。わしらはここにいてる四人以外、誰にもそれを口外せえしまへんさかい」

　孫市が笑みを浮べ、砕けた口振りでうながした。

　三人の言葉で清順はいくらか緊張をゆるめ、ほっとした気配を顔にただよわせた。

「い、いかにも、その根来の折敷はわたくしが竹之坊からこっそり持ち出し、金に替えるため、さる男に渡した物でございます。それどころかわたくしは、托鉢で得た小銭や竹之坊の賽銭箱に投じられた銭を誤魔化し、男に貢《みつ》いでおりました。もちろんそれが露見した場合、厳しく科められるのは承知でございました。悪行がばれはせぬかと恐れおののきながら、つづけてまいった次第。それがいまお目付さまたちに知られてしもうたわけでございます。どうぞ口外せぬと仰せにならず、竹之坊の道慶さまや祇園社の要職の方々に、はっきりお告げくださりませ。わたくしはもうどのような罰でも、甘受いたすつもりでおりまする」

かれは瞑目して平伏し、そのまま頭を下げつづけた。

頼助たちはその姿を見つめ、互いの顔を見合わせた。

戸惑いが孫市や喜平太の顔に浮んでいた。

「清順坊どの、まあお顔を上げられませい。自分はそれでよくても、それではすまされぬお人が、そなたさまにはおいでございましょうが。ことが露見におよび、どうにでもなれと開き直られては、われらが困りもうす。決して口外せぬともうしておりましょうが――」

「そ、それでは、わたくしの気持が治まりませぬ」

「清順坊はん、おまえさまは自分の欲で什器を盗み出したり、お布施の銭を誤魔化したりしたわけではありまへんやろ。見方を変えれば人助け。しかもその人助けのお相手は、ただのお人ではなく、お袋さまではございまへんか。もとを糺《ただ》せば、誰にも咎められることではありまへん」

孫市は頼助につづいて清順を庇うようにいい、惣十郎たちの顔を眺め渡した。

「清順坊どの、わしは今日の仔細を、これなる頼助どのからすでにきき及んでおりもうす。それでいったいご生母どのには、いつどこでどのようにお会い召されたのじゃ。そこ許の出自や、竹之坊に住された経緯《いきさつ》は、祇園社近仕人・人別帳に目を通し、早くから存じておりました」

惣十郎が優しい声でうながした。

「人別帳、さようなものがあるとは、わたくしもきいておりました。そこからわたくしに、疑いの目をお向けになられたのでございまするか」

「いかにもでござる。清順どのの俗名は清蔵。実母どのはお佐江ともうされ、実母男ト共ニ清蔵六歳ヲ捨テテ出奔。祖母翌年死亡。已《やむ》ナク竹之坊ニ引キ取リノ扱ヒトシテ小僧トナル。人別帳に記されたこの朱文字を、われらは胸にしかと刻み付けておりもうす」

惣十郎がいうにつれ、清順がすすり泣きはじめた。

だがかれの問いには答えた。

「や、約半年ほど前、な、夏の最中でございました。珍皇寺の辺りを托鉢し、あの長屋にも行ったのでございます。般若心経を唱えておりましたところ、背後からうるさい坊主だとの罵声がひびきました。そして中年すぎの女が、早う買うてこんかいと怒鳴られ、徳利を抱えて蹴り出されてきたのでございます。わたくしは思わず粗末な身形《みなり》をした女の顔を見てしまいました。別れたとき六歳だったとはいえ、自分を産んでくれた母親の顔を忘れるものではございませぬ。誰もがその面影を胸に刻み、思いを深くしていくはず。わたくしは一見しただけで、大分歳を取り、面《お》窶《やつ》れしておりましたが、すぐお袋さまだとわかりました」

そのとき清順は、網代笠の縁を指先で持ち上げ、じっとお佐江の顔を見つめた。

自分を見る托鉢僧の態度が異様なため、お佐江も立ちすくみ、かれの顔を注視した。

腹を痛めて産んだ子。男と一緒に逃げたとはいえ、出奔して後悔の日々をすごしてきただけに、幼い清蔵のことは忘れたことがなかった。

青年になった清順には、清蔵と呼んでいた子どもの頃の面影がかすかに残っていた。顔の一部が網代笠に隠されているものの、見違えるはずはなかった。

「お、おまえはせ、清蔵ではありまへんか」

お佐江は徳利を抱えたまま、おずおずとたずねかけた。

「はい、清蔵でございます。おまえさまはわたくしのお母さま——」

「おまえとお婆ちゃんを捨てて男と姿を晦《くら》ませ、すまぬことをしてしもうて。どうぞ堪忍しておくんなはれ」

お佐江は両目からあふれてくる涙を指で拭って詫びた。

こんな零落した姿を、かれの前に晒したくなかった。

「お婆ちゃんはどうしてはります」

「お母さまが出ていかはった翌年、病で亡くなりました。わたくしは見ての通り、祇園社の院坊の一つ竹之坊に引き取られ、僧侶としての修行をいたしております」

清順は網代笠の紐を解き、胸にあふれてくるものをぐっと抑え込み、震え声でお佐江に伝えた。

「おまえとこんな姿で会うとは。いいえ、尾張城下へ逃げたものの、そこにも居られんようになり、また京都に舞い戻ってきました。そやさかい、どこでおまえに出会うやらと、覚悟だけは付けていました。うちはいまやはりあの男と一緒に暮らし、高瀬川筋の居酒屋で働いてます」

ここで清順が改めてたずねるまでもなく、母親の姿には暮らしの荒廃が如実にうかがわれた。

「やいお佐江、おまえ誰と表でぐたぐた話をしているんじゃ。早う酒を買うてこんかい――」

濁った声がまたひびき、長屋の土間からひょいと六蔵の姿が現れた。

「あれっ、これは面白いやないか。おまえは祇園社の社僧。ああっ、小さかったお佐江の息子の清蔵とちゃうか。いや、それに相違あらへん。なんと、魂消《たまげ》たわいな。そやけど考えてみたら、わしら二人玉の輿《こし》に乗ったのかもしれへんでえ。まあおまえ、ちょっと家の中に入りいな――」

かれは急に猫撫で声になり、清順を家に招いた。

「いや、結構でございます」

清順は冷たい声でいい、思わず後退った。

「な、なんやと、おまえはそこに居てるお佐江の息子やないか。そしたらわしの息子も同然。なあそうやろ」

幼い頃に何度か見た六蔵には、ならず者とはいえ、まともなところがいくらか感じられた。だがいまのかれは、世間の垢に染まり切った全くの悪党面であった。

母親のお佐江は、浮き世の柵《しがらみ》から逃れ切れないまま、そんなかれとまだずるずると暮らしている。

清順の心の中で、怒りが次第にふつふつと大きくふくらんできた。

「まあ、今日のところはええわいさ。あんまり突然の出会いで、おまえも度肝を抜かれてんのやろ。祇園社の竹之坊か。おまえはそこで社僧をしてんのやな――」

六蔵は、清順が手にした網代笠の文字を素早く読み取り、うなずいた。

清順はもう蛇に睨まれた蛙も同然だった。

こうして生みの親のお佐江と再会したかれは、まとまった金を拵えるため、竹之坊から蒔絵を施した根来の折敷を、心ならずも持ち出したのである。借店《かりだな》をしてでも一軒の居酒屋をまともに開くという約束であった。

だがこの折敷三枚で得た一両の金も、すぐ賭場の藻屑となって消えてしまった。

生みの母親は六蔵の質に取られている。清順は愛憎相半ばする気持に苛《さいな》まれながら、この半年余り、竹之坊の賽銭や托鉢で得たわずかな小銭を誤魔化し、長屋に運んでいたのであった。

かれにはこうした不埒な行いの結果が、近頃では目に見えていた。

二人を殺し、自分も死ぬことになるのだ。

今日もその覚悟で清順は、托鉢を途中で止め、長屋を訪れた。だがその決意を付けかねたのであった。

「その六蔵ともうすならず者、まるで田圃の蛭《ひる》みたいな奴じゃ。一度食らい付いたら、相手の生き血をとことん吸い取り、離れぬつもりらしいわい」

孫市が目を怒らせてつぶやいた。

「清順坊どの、よくわれらになにもかも打ち明けてくだされた。これですべてが判明いたしましてござる。御坊に食らい付いている悪党は、祇園社を餌食にしているのも同じ。われらの手で取り除かねばなりませぬ。後の始末はわれらにお委せくださり、ご安心のうえ、何卒、ご修行に専念いたされませい」

黙っている惣十郎の顔をうかがい、頼助がかれにいい諭した。

もはや六蔵をどう始末するかだけが残された。

清順が肩を落して辞していった後、頼助たちはただちに相談に入った。

「今夜、わたくしが長屋から六蔵の奴をうまく誘い出しまする。それをどこぞに導き、斬ればよいだけのこと。なんの造作もございませぬ」

「孫市はわしに斬れともうすのじゃな」

「はい、わたくしがいたしましたら、頼助さまのお気がすみますまい」

「いかにもじゃ。田圃の蛭ごとき奴――」

「頼助さま、世の中にはそんな手合いが多くいるものでございます」

「しかしながら、祇園廻りで働いていた奴。祇園社に神灯目付役がいるぐらい知っておろうし、こちらの策にすんなり乗ってまいるかな」

「そんな芸当なら、わたくしにお委せくだされ。六蔵の奴も、まさか目付役が動き出したとは思いもいたしますまい。轆轤町の長屋にまいり、とにかくどこかに誘い出せばよいのでございましょう」

その夜、再び雪がちらつき出した。

五つ（午後八時）をすぎた頃、六蔵の住む長屋の腰板戸を、ごめんやすと叩く者がいた。

お佐江はすでに高瀬川筋の居酒屋へ働きに出かけていた。

「こんな夜中に誰やいな――」

「へえ、五条新地の安五郎親分の使いどす」

「な、なにっ、五条新地の安五郎親分の使いやと――」

五条新地は鴨川の西、五条の鴨川畔から南に広がっている。

寛政二年（一七九〇）、七条新地に遊女屋渡世が許された後、最寄りのここにも遊女屋が公許されてできた遊廓だった。

ここを仕切るのは、平居町に住居を構える杉屋の安五郎。ならず者なら誰でも知っていた。

「さようどすわ。なんや六蔵はんの手を借りたいことがあるそうなんどす」

「そうかあ。わしは数度お目にかかっただけやけど、わしの名前をよう思い出してくれはったもんや。わしは親分のためやったら、なんでもさせてもらうで――」

なんの調度もない侘しい部屋で、六蔵は小さな行灯《あんどん》の火に照らされ、酒を飲んでいた。この声でにわかに元気付いて立ち上がった。

「六蔵の兄貴、ほなご案内させていただきます」

五条新地の安五郎の使いに化けたのは、もちろん孫市だった。

「五条橋ではなく、松原の勧進橋から行かせてもらいます」

孫市は提灯をかかげ、轆轤町の長屋を出た。

松原の勧進橋は往古の五条橋。牛若丸と弁慶の出会いが本当なら、こちらの五条橋になる。

この五条橋は平安時代の旧六条坊門小路の東に位置し、別名を清水橋、または勧進橋といわれた。洪水で破損するたび、清水寺の僧たちが勧進して集めた浄財で架け直されたため、この名で呼ばれたのである。

天正十七年（一五八九）、豊臣秀吉の方広寺大仏殿の造営にともない、現在の地に移されたのであった。

「五条新地の安五郎親分が、こんな夜中、わしみたいな者になんのご用やろなあ」

孫市に案内された六蔵が、勧進橋の中ほどまできたとき、孫市が提灯を橋の上にぱっと投げ捨てた。

提灯がめらめらと燃え上がり、辺りを明るく照らし出した。

その火の向こうから、黒い姿がぬっと立ち上がってきた。

「な、なんやいな、おまえは——」

六蔵の声は明らかに脅えていた。

案内役の男の姿は、いつの間にか消えていた。

「わしか、わしなら祇園社・竹之坊の清順の代理、植松頼助ともうす。祇園社の神灯目付役じゃ。祇園社を甘く見るではない」

頼助は腰の刀の柄《つか》に手をのばした。

提灯の火が燃えつきようとしている。

辺りがまたもとの闇に戻りかけたとき、頼助の身体が少し動き、怪鳥に似た悲鳴が、暗い鴨川の水面にひびいた。

ついで大きな水音がきこえ、首のない六蔵の身体が、どさっと橋の上に倒れ込んだ。

「竹之坊の清順坊どのが、慈雲さまとともに比叡のお山にお籠りになられたそうな」

「南門前の中村屋で、店の賄《まかな》いを手伝うている中年すぎの新しい女子衆は、清順坊どのの母御やときいたが、それはほんまやろか」

中村屋の古い屋号は柏屋。いまは中村楼と名を変えているが、祇園豆腐と呼ばれる田楽豆腐で有名な茶屋だった。

一人娘のうず女《め》は、頼助に好意を寄せている。

彼女の父親中村屋重郎兵衛が、惣十郎や頼助たちの頼みをきき入れ、お佐江を雇ってくれたのであった。

この年、比叡山の雪は春になってもなかなか消えなかった。

神書板刻

一

若葉が匂い立っている。

祇園社の杜《もり》や東山の連領が闇に包まれはじめても、それは変らなかった。

先月は桜の季節。花見の人々で夜遅くまで騒《ざわ》めいていた同社の界隈や東山のどこもが、ようやく前の静寂に戻り、特に夜はひっそり静まっていた。

「花見の時分は、大和内蔵亮《やまとくらのすけ》どのたちが唱えられる祝詞《のりと》の声も、騒がしい音曲や猥《みだ》りがましい唄声に妨げられ、ろくに耳に届かしまへんどした。けど近頃ではやっとそれがよくひびき、荘厳にありがたくきこえるようになりましたなあ」

祇園社・神灯目付役の孫市が、主筋に当る相役《あいやく》の植松頼助に愚痴っていった。

頼助は、境内のあちこちに建つ疫《えき》神社（蘇民将来社）など二十二社や灯籠に火を点しに出かけるため、草鞋《わらじ》の紐を結び、身仕度を終えていた。

「孫市、それはいかにもじゃが、わしはそうとは思うておらぬぞ。そなたは音曲なら謡ぐらいが、この社にはふさわしいと考えているかもしれぬ。されどご祭神の素戔嗚尊《すさのおのみこと》は天照大神《あまてらすおおみかみ》の弟君。荒ぶる神で、天の岩屋戸の事件を起こされた結果、高天原《たかまのはら》から追放されたと伝えられている。さようなお人なれば、酒を好んでお飲みになり、猥雑《わいざつ》な歌も好かれたに相違ないわい。辛気臭い祝詞ばかりを唱えられているより、そなたが猥りがましいともうす戯歌《ざれうた》を賑やかにきき、御前に供えられる御神酒《おみき》を飲みたいと、思うておられたに違いなかろう」

「はい、これはまたなんと――」

「そなた、なんという答え方じゃ」

「頼助さまも粋なことをいわはるようになられたもんやと、感心したのでございます。ほんまをいえば、わしかてそのように思うてましたわ。騒がしく猥りがましいというたのは、ほんの建前でございます」

「ならばお互いに重畳《ちょうじょう》じゃな」

頼助は背筋をしゃんとのばしていった。

「わしや頼助さまはそないに思うてますけど、村国惣十郎さまはどうでございましょう」

村国惣十郎は、もと篠山藩士で頼助の後見人。馬庭念流の奥儀《おうぎ》を極めた人物だが、盲《めし》いていた。いまは祇園社の南楼門に近い寄人《よりうど》長屋に、妻女の於稲と嫡男喜平太とともに住んでいる。

喜平太は元服をすませ、同社から神灯目付役の見習いにつかされていた。

「惣十郎に敢えてきいたことはないが、惣十郎とておそらくわしらと同じように思うているであろう。人間、堅苦しいだけでは生きていけぬのでなあ。ましてや盲いていれば、音曲や歌は好ましかろうよ」

馬庭念流は居合《いあい》。片膝を立て、素速く刀を抜き放って敵を斬り倒す技をいい、元亀・天正の頃、林崎重信にはじまると伝えられている。

剣術では、多くの流派の発祥に異説があり、この馬庭念流も上州の樋口家の流儀だといわれている。

だが花道の「未生流」のように、この流派や他の流儀も、他流を取り入れて成立し、それぞれ枝葉のごとく分れ、一派をなしてきたのが実情なのである。

しかし別名、居合抜きとも呼ばれる技を重視するこの馬庭念流には、「教外別伝」といわれる奥儀があった。

その凄まじさは、実際に人を殺傷する場面を見るか、もしくは豊かな想像力で、そのさまを脳裏に描くことでしかわからないだろう。

教外別伝は多数の敵に囲まれたとき、どのように人を斬るかについて、その奥儀を説いている。

腰の鞘から素速く刀を抜いて人を斬るのは同じだが、その刀はすぐさま鞘に収められる。

当人の手は、正確に刀を鞘に収めているかに見えるのだが、実はかれの目は、つぎに斬り伏せる相手を鋭く詮索《せんさく》しているのである。

刀を鞘に収めるのは、つぎに相手を斬るため弾みを付けるのと、敵に油断という隙をあたえる目的からだった。

一人の人物を取り囲んだ大勢は、敵が自分たちの誰を斬ろうかと獣の目で物色しているとも気付かずに、相手が刀を収めたと見て、意気込んで斬りかかってくる。

そこをまた素速く斬り伏せ、さらにつぎを物色する。

武士たちが真剣で斬り合うとき、どんな武芸の練達者でも生死を賭してだけに、ほとんどが頭に血をのぼらせ、思慮を失っている。

死ぬ覚悟をもって落ち着いている者だけが、相手の動きを冷静にうかがい、敵を斬れるのだ。相手が刀を鞘に収めるのを見て、ここぞとばかりに襲いかかってくる敵を斬るのは、造作がなかった。

こんな光景を胸裡で描いてみれば、馬庭念流の教外別伝がいかに凄まじいものかが、幾分なりともわかってくるだろう。

なお念のためにのべるが、世に知られた「柳生新陰流」は、正確には「柳生真陰流」と書く。この真陰がいつ新陰になってしまったのかは不明だが、江戸時代、大方の柳生道場では、真陰流の看板を揚げていた。

その物的証拠は、某所に蔵される古蒼を帯びた当時の看板。それにはっきりこう刻まれている。当時、柳生流は道場の看板を記すに当り、「真」を「新」と書いてもいいと考えていたのであろうか。尤もこれには、蓋然性がないといえよう。

ともあれ頼助が孫市に笑顔でいったとき、かれらが暮らす長屋の表で、頼助さまと呼ぶ声がわいた。

神灯目付役見習いの喜平太の声だった。

「おお、喜平太じゃな――」

「はい。今宵、わたくしはお役目のお供を勤めさせていただきまする」

声とともに、表の腰高障子戸が開かれた。

喜平太が塗り笠に筒袖、伊賀袴姿で立っていた。

その手に携えた松根の付け木の火明かりが、面垂れで顔を隠したかれの初々しい目の微笑を、薄闇の中に浮び上がらせていた。

「おおきたのじゃな。それにしては、ろうそくを持っておらぬではないか」

「いえ、ここに携えておりまする」

喜平太は左手で、右肩から後ろ腰に帯びた木箱をぐいと前に廻し、頼助に見せた。

腰には黒塗りの刀を落し差しにしている。

背丈も頼助と並んでも、甲乙付け難いほどにのびていた。

「ではひと廻りしてこようぞよ。孫市は留守居役じゃ」

頼助はかれが差し出した塗り笠をかぶり、その鉢伏せの端に面垂れを引っかけた。

神灯目付役のかれらがこんな恰好をすると、異様な姿と化する。

諸芸能者が笠をかぶり面垂れを付けていても、身形《みなり》が派手だけにそう感じないが、全身黒一色の神灯目付役となれば、別だった。

「さればお出かけになられませ――」

頼助と喜平太に向かい、孫市が一礼した。

喜平太が右手に持った付け木から、黒い煙がさかんに立ち昇っていた。

「ぎゃ、ぎゃおう」

薄闇の空で、大梟《おおふくろう》のタケルの叫び声と激しい羽音がひびいた。

「頼助さま、ご本殿前の灯籠のろうそくを取り代え、つぎに大塔に向かい、それから摂社末社にまいろうと存じまする」

喜平太は付け木の火を遠ざけ、頼助に告げた。

「そなたの好きにいたすがよかろう。それにしても陽が長くなったものじゃ。西の空がまだ幽かに明るいわい」

拝殿の前から西の空を眺め、頼助がつぶやいた。

「いかにもでございまする」

かれは面垂れの中から小さく答えた。

祇園社の本殿は、祇園造と称する特殊な形式をそなえた入母屋《いりもや》造。屋根は檜皮葺《ひわだぶき》で、仏堂を思わせる建物であった。

この本殿を囲み、多くの摂社や末社が建ち並んでいる。

同社の広さは東西百七間余、南北六十間余あった。境内には薬師堂のほか仏寺も構えられ、喜平太が大塔といったのは、天正十八年（一五九〇）九月に寄進造営された祇園大塔。境内の東に建っていた。

「いまわしはそなたに、好きにいたすがよいともうしたが、ご本殿前の灯籠のろうそくを取り代えたあと、忠盛《ただもり》灯籠に火を点じようぞ。あれにはわしらと関わりのないではない話が、伝えられているのでなあ。境内で目に付くのは、いずれも深い謂《いわ》れのあるものばかり。わしも孫市に一つひとつ教えられ、覚えるのに難儀したわい。そなたもこれから苦労じゃぞ」

頼助は喜平太に苦笑気味にいった。

「はい、それは覚悟しておりまする。見習いとはもうせ、これまでは役儀で精いっぱい。境内のそれぞれの由来にも通じておかねばなりませぬゆえ、どうぞお教え願わしゅう存じまする。その忠盛灯籠はご本殿の東、大神宮社（伊勢神宮の内・外宮）の前にあるのは存じておりまするが、あれにはどんな謂れがあるのでございます」

ご本殿前の百匁《ひゃくめ》ろうそくは、常に点されている。風に吹かれても大きな火の穂はゆれるだけで、不思議に消えなかった。

火袋の扉を開け、新しいろうそくに取り代えたあと、大神宮社に向かいながら喜平太がたずねた。

「それはいかなる意味でございまする――」

「油坊主じゃ――」

「平安時代の末期、平清盛の父忠盛は、白河・鳥羽両上皇に信頼され、山陽・南海二道の海賊を追捕《ついぶ》して昇殿を許された。そのかれが祇園社の境内に夜毎、狐火が飛ぶとか、夜目遠目に人影が見え隠れするとの噂をきいたともうす。白河法皇が祇園女御の許に通われるゆえもあり、忠盛は正体を見届けんとして雨の夜、それを生け捕りにしたのじゃ。するとそれは蓑《みの》をかぶり、境内の常夜灯を点火して廻っていた社僧、即ち油坊主とわかったのよ。そのため忠盛は後になり、祇園社へ一基の灯籠を寄進したともうす。それが忠盛灯籠の由緒じゃ。わしらは油坊主でこそないが、それと同じ役目をうけたまわっているのよ」

「当時、境内の摂社や末社、灯籠に油を注いでいた社僧を、油坊主と呼んでいたのでございまするな」

「いかにも。いまでこそろうそくが主となったが、源平の昔は、灯油をもって明かりとしていたのじゃ」

「油坊主とは、わかりやすいもうしようでございまする」

「それもそうじゃが、京の町衆の一部では、わしら神灯目付役をお火役のほか、鴉目付とも呼んでいるそうじゃぞ」

「鴉目付とは悪口にしても異様、恐ろしげでございますなあ」

喜平太は後見として頼助に見守られながら、灯籠や摂社のろうそくを代えたり、点火したりしていった。

かれら二人がたどった跡には、火明かりが点々とつづいていた。

「わしらの身形は、頭から足許まですべてが真っ黒。そこから付けられた異名であろう。わしは神灯目付役との畏《かしこ》まった名前より、鴉目付のほうが胸にすっと落ちてくる。油坊主とてしかるべき職名があったであろうが、油坊主と簡単にいわれていたところがまことに好ましい。わしは鴉目付と呼ばれるほうが心地よいわい」

「鴉目付でございまするか。頼助さまからさようにきかされまするど、わたくしも同様に思われてまいりました。祇園社の鴉目付。そのほうがなにやら人を怖れさせるようにひびいてようございますなあ」

「いっそこのほど西楼門の西南に落成した執行所にもうし出て、神灯目付役の名を、正式に鴉目付と改めてもらおうかな。鴉は不吉な鳥と思われているが、決してそうではない。熊野の神の使いは鴉。神武天皇東征のとき、天皇の軍勢が熊野から大和に入る険路を導いたのは、足を三本そなえるという八咫烏《やたがらす》であった。かつてこの祇園社には、ご神宝の一つとして、神武天皇の画像が蔵されていた。寛永十八年、江戸幕府が小堀遠州どのを総奉行とし、御所の各殿を造営した折、一門を率いて上洛した狩野探幽が、所司代牧野親成《ちかしげ》さまに命じられ、古調に基づいて描いたものだともうす。天皇の髪は鬟《みずら》。甲冑姿で右手に摑まれた梓弓の末弭《うらはず》に、八咫烏が止まる画像であった。だがこの画像、虫食いのため補修に出したところ、表具屋の不心得な身内にかすめ盗られてしもうた。そのため表具屋の夫婦はそれを詫び、鳥辺山で心中して果てた無残な顚末を招いたわい」

頼助はしみじみとした声をもらした。

「さような事件がございましたなあ。狩野探幽さまが描かれたあの神武天皇の東征図、わたくしも一度、拝見した覚えがございまするが、荘重きわまりない絵でございました。いまもって胸に甦ってまいりまする」

「それを合わせて考えれば、祇園社の神灯目付役より鴉目付のほうが、われらには似合わしいかもしれまいわなあ」

「はい、神灯目付役とは、いかにも偉ぶってよそよそしい感じ。鴉目付の名がふさわしゅうございまする」

「ならば惣十郎にも相談をかけ、権宮司の宮内式部さまに、神灯目付役の名を鴉目付と改めてもらうとするか。氏子の中には格式にこだわり、うるさいお人もおられる。鴉目付とは滅相もない、神灯目付役の名のどこが悪うございますと、文句を付けてくる者もいるであろうがのう」

「さような氏子など、わけなく黙らせることができましょう。われらが自らを祇園社の鴉目付と称しつづければ、氏子の人々とていつしかさよう呼ぶようになりまする」

「喜平太、そなたは惣十郎に似て、なかなかの知恵者じゃな。祇園社の鴉目付か。口に出してみれば、いかにもわが身にふさわしく思われてくるのが不思議じゃ。われら神灯目付役には、京の氏子たちは誰もが怖れをなし、目を伏せて通りすぎる。それが鴉目付と名を改められたと知ったら、いっそう気味悪がり、効は増すであろう」

頼助は喜平太と肩を並べて歩みながらつづけた。

「格式を重んじる祇園社の神官たちが反対いたしたとて、そなたがもうす通り、われらが自らをそのように呼べばよいのじゃ。油坊主に鴉目付、どちらの呼び名もわしは気に入ってじゃ。それを権宮司が許さぬとなったら、いっそこの役職を辞し、浪々の身になるのもよいのう。世間はかぎりなく広いものよ。われらの生きる隙間ぐらい、どこにでもあるであろう。わしの出自など、今となれば取るに足らぬ。近頃、わしはもっと気儘《きまま》に生きてみたいと思うているのじゃ。尤もいまの勤めに、やり甲斐がないと考えているわけではないのじゃが――」

二人がつぎの摂社や末社に火を点して移動するたび、かれらの頭上で、いつもタケルの大きな羽音とくぐっと鳴く音がひびいていた。

「タケルの奴、機嫌がよいようでございますなあ」

「梟は木菟《みみずく》の仲間じゃが、鳥の中でも鴉に似て賢い鳥だときいている。あれはわしを慕うているというより、勝手にわしの守護神の気でいるのかもしれぬ。この間もなにのつもりか、わしが寝ている部屋の濡れ縁に、どこで捕ってきたのやら、大きな鯉を一匹置いていきおった。わしと孫市は、焼いたら煙が立って憚られるゆえ、それを煮て食うてしもうたが――」

頼助はすっかり暗くなった夜空を仰いでつぶやいた。

かれの父親は従三位《じゅさんみ》左中将植松雅久《まさひさ》。植松家は村上源氏久我家の庶流。権大納言千種《ちぐさ》有能の末男雅永《まさなが》を祖としていた。

家禄は百三十石。三代賞雅《たかまさ》は華道「松月堂古流《しょうげつどう》」の家元として名を興した。四代雅久は朝権の回復を念願し、宝暦八年（一七五八）七月、竹内式部《たけのうちしきぶ》らの宝暦事件（尊王論弾圧事件）に連座し、朝廷内部から遠慮の処分を受けたすえ落飾した。

徳川幕府は「禁中並公家諸法度」で、公家には平安朝以来の伝統と格式を守るべしと無理強いに押し付け、有職《ゆうそく》の道を伝えることを公家の職責とさせた。

歌道は冷泉《れいぜい》、包丁道は四条、挿花道は園、竹屋、植松――というようにである。

宝暦事件のあと、頼助の父雅久はその傷心もあってか、父が興した「松月堂古流」の挿花を黙々と行っていた。宗家として免許状を発給したり、ときおり裕福な商家へ出稽古におもむいたりしていた。

こんな暮らしのなかで、商家の一つに奉公していた女子衆を見初めた結果、頼助が生まれたのだ。

頼助は雅久の正妻の目を憚り、洛北・鞍馬の奥の百井村《ももい》、そこの百姓九兵衛の許で育てられた。この地で村童たちと交わって育った頼助は、雅久の正妻に雇われ自分を殺害にきた村国惣十郎を、奇襲をもって盲いにさせた。奇縁からかれとともに若狭の神宮寺に逃れ、その惣十郎から馬庭念流の奥儀を授けられていた。

やがて病床について前非を悔いた雅久正妻の働きかけで、祇園社の神灯目付役につかされたのであった。

頼助は眉目秀麗、平静な態度で恪勤《かっきん》していたが、内心では一面、鬱々としたものを抱いているはずだった。

自分はこのまま祇園社に仕える一介の神灯目付役として、一生を終えていいものだろうか。それともほかに成すべきことがあるのではないかとの葛藤であった。

父雅久を落飾させた宝暦事件は、あからさまには表面化しなかった。だがいわば、徳川幕府が朝廷勢力を牽制している中で起こった朝廷内の事件。桃園天皇に「神書」（『日本書紀』）を進講するかしないかに端を発していた。

神書を進講する近臣が、熱烈な尊王思想を持つ竹内式部の弟子たちだったことが、問題とされたのである。

朝廷内部でも、徳川幕府に与《くみ》する側と、尊王の志を持つ二者が対立していたのだ。

『日本書紀』の進講は、桃園天皇嫡母の青綺門院の反対で、一旦、中止されたが、宝暦八年三月、天皇の強い要求に従い、再びはじめられた。

だがこれに前関白一条道香、右大臣九条尚実、内大臣鷹司輔平らの摂家が猛反対し、再度中止になった。それればかりか、天皇近臣の処分にまで発展し、正親町《おおぎまち》三条公積をはじめ十二人の公卿が、遠慮の処分を受けたのだった。

朝廷内部には、幕府と穏便にことを運ぼうとする上級公家と、天皇親政を唱える中・下級公家の二つが、はっきり存在していた。

上級公家の姫たちは、朝幕関係の緊張緩和のため、歴代将軍の御台所などに納まり、幕府もこうした融和策を歓迎していた。

こうした中、自らに得策になるようにと図る公家も現れてくる。

宝暦二年（一七五二）十一月、参議清水谷季家が、廷臣の動静をひそかに京都所司代に告げていたことが発覚した。

朝廷は季家を厳しく咎め、参内を禁じた。同時に廷臣たちに、禁中のことを洩らすなと堅く戒めている。

朝政復古は朝廷公家の悲願だった。

これを強く望まれ、徳川幕府とことごとく対立した後水尾《ごみずのお》天皇から、桃園天皇の時代まで九代にわたる天皇の近臣たちは、倒幕に対しての刃をひそかに磨いていたのだ。

頼助の父は、不遇のうちに安永六年（一七七七）九月に没している。頼助が祇園社の神灯目付役につき、自分の新しい生き方として、数々の事件を解決している最中だった。

翌年、桃園天皇の法会に当り、雅久はその罪を許され、従五位を贈られている。

それもこれも、いまの頼助には俗世の埒外のことだった。

だが東山・高台寺近くに隠棲していた清水谷季家が、数年後、何者かの手によって扼殺《やくさつ》されたのを知ったのは衝撃だった。

倒幕のため、朝廷勢力の中でなにかが蠕動《ぜんどう》していることが、確実に思われたからである。

頼助はその後、自分が何者かにそっと監視されているように、ときどき感じたりしていた。

それは頻繁ではなく年に二、三回。時刻にすればほんのわずかな間だが、明らかに奇怪な窺いの目であった。

――あの気配はなんであろう。殺気ではないが、それに似たものをふくんでいる。並みの奴ではなかろう。惣十郎に話すのも善しや悪しや。案じさせるのでなあ。

かれはこう思案し、惣十郎には黙っていた。

自分を監視している目が、いよいよ用があれば、遠慮なくその姿を現わすはずだというぐらいにしか考えていなかった。

「タケルが捕えてきた鯉を、孫市どのと煮て食われましたのか。おそらくその折のことでございましょう。父が鼻をうごめかせ、中村屋の調理場からの匂いとすれば、いささか味が落ちようがと、ひとりごちておりました」

喜平太は西楼門近くの摂社の灯籠にろうそくを立てながら、笑って答えた。

「惣十郎には、わしらが鯉を煮て食うたのがわかっていたのじゃな。中村屋からの匂いとすれば、いささか味が落ちようがとは、正確で皮肉ないい方じゃわい」

「母上さまがそれをきき、小さく笑うておられました」

寄人長屋は棟つづきだが、食事の仕度は別々にしている。村国家で拵えられた総菜が、頼助と孫市の許に届けられることが多かった。

「それで喜平太、そなたは両親の話をきき、わしらの許にこっそり酒を届ける気にはならなんだのか――」

「酒を届ける――」

喜平太は思いがけないことをいわれ、驚きの表情を浮べた。

「ほんの冗談じゃ。惣十郎は晩酌をひかえておる。そなたが持ってくる酒など、あろうはずがあるまい。ところで、ときおり手裏剣の音がかすかにひびいてくるが、そなたもあのような親父どのの子なれば、苦労いたすであろう。若狭の神宮寺で惣十郎と暮らしていたときには、明けても暮れても剣の稽古ばかりをさせられ、わしは往生したわい。尤もいまになって考えれば、あれが幸いして生きてまいる目途が付いたともうせよう」

頼助は往時をしのぶ口調でいった。

「まことに父の稽古には手加減がございませぬ。いまのわたくしは、馬庭念流の奥儀を頼助さまに、手裏剣を父に懸命に学んでいるありさまでございまする。それについて父が、手裏剣では敵を倒し難い、いっそ切れ味のよい出刃包丁にいたしたらどうだろうと、もうしております」

「出刃包丁なあ。あの重さなら遠くにも飛ばせ、相手に深傷《ふかで》を負わせることもできる。五、六本とのえてつかわすゆえ、二人で東山の奥に入り、修練してみようぞ」

「頼助さま、是非ともお願いいいたしまする」

「手裏剣でも出刃包丁でも、飛び道具は重宝だからのう」

かれがいったとき、かたわらの松の枝に止まっていたタケルが、やかましく鳴き叫び、闇の空に飛び上がった。

「喜平太、町でなにかあったようじゃぞ」

「ひと通り灯明も点しました。行ってみましょうぞよ」

夜空に飛び立ったタケルが、怪鳥さながらの声で鳴き、激しく羽ばたいていた。

二人が祇園社の西楼門に向かって走ると、タケルも羽根をばたつかせ、夜空をかすめ飛んでいった。

二

「喜平太、あれはなんじゃ——」

京の町を一望にできる祇園社の西楼門までくると、頼助はかれに怒鳴ってたずねた。

頼助の目は、同社執行所の斜め西、町の人々が〈切通《きりどおし》〉と呼ぶ裏小路辺りから上がる煙を捉えていた。

宝暦十二年（一七六二）刊の『京町鑑』には、石橋町の項に「此西の辻、南へ行所を切通と云。

又中ばしりとも云。新門前通へ出る」と記されている。

石橋町は知恩院総門の門前町。切通は要するに祇園社の参詣道（四条通り）から、北に向かって切り拓かれた狭い路地。辺りには竹藪が茂ったりしていたが、待合茶屋や色茶屋が点在し、粗末な長屋が混在していた。

「あの煙、まだ火の手は上がっておりませぬが、火事でございましょう」

「やはり火事か。祇園社のお膝許となれば、駆け付けねばなるまいな」

頼助はこういうより早く、西楼門の石段を下り、参詣道を西に走り出した。

その疾走は、塗り笠に垂らした面垂れを、顔にべたりと貼り付かせて息苦しくさせたが、それくらいかれにはなんでもなかった。

そんな頼助に並び、喜平太も疾駆《しっく》した。

どこかで鐘が打たれはじめた。

「わあっ火事や。切通から火の手が上がっているがな」

「どこの色茶屋からやな――」

「いちゃいちゃいちゃ付いていて、燭台でも蹴飛ばしたんとちゃうか」

まだ暮れ六つ半（午後七時）にもなっていない頃だけに、参詣道に軒を連ねる商家の人々がすぐに気付いた。

表に立ち口々に騒いでいたが、目前を疾風《はやて》のように駆け抜けていく二つの黒い姿を見て、ぐっと口を噤《つぐ》んだ。

「さすがに祇園社の神灯目付役さまや。駆け付けられるのが早いわい」

「あの早駆けは急ぎ飛脚並みやなあ」

かれらの声がもう後ろに遠ざかっていた。

物の爆ぜる音がひびき、火の手が夜空に大きく立ち上がった。

切通近くまで疾駆してきた頼助は、ここでどうしたことか、はたっと足を止めた。

「頼助さま、いかがいたされました」

「そなたのすぐそばに、人が蹲《うずくま》っておる。血の匂いがいたし、どうやら傷を負うている工合じゃ。人目から逃れているように見受けられぬでもない」

「火事の怪我人でございましょうか——」

「怪我人には相違ないが、火事との関わりかどうかは、たずねてみねばわからぬわい」

「いかがいたしましょう」

「何者かに追われているようすじゃ。喜平太、そなたはその者を守ってとらせよ」

頼助は、切通から抜き身を下げたまま走り出してきた数人の虚無僧《こむそう》姿の男たちを早くも見咎め、身構えに入っていた。

かれらは三人。いずれも筒形の深編笠を脱ぎ捨て、白い手甲と脚絆が闇の中に際立っていた。

虚無僧は鎌倉時代、宋へ渡った心地覚心が、唐代の風狂僧・普化《ふけ》の法流をくむ張参《ちょうさん》に、尺八の一曲を授けられたのが起源。その弟子の金先《きんせん》が、鎌倉幕府執権・北条経時《つねとき》の帰依を受け、下総国・小金に一月寺を創建したことにはじまった。

江戸幕府はこれを普化禅宗の一派として公認し、かれらを諸国探索に利用した。宗徒を畿内では京都・大仏の妙安寺、関東では一月寺と武蔵青梅の鈴法寺に取り締まらせ、寺社奉行の統制下に置いた。

かれらは別名を普化僧ともいわれ、いずれも茶筅《ちゃせん》総髪、絹の小袖に丸ぐけの帯をしめ、首に袈裟をかけていた。刀を帯びて尺八を吹き、銭を乞うて全国を行脚《あんぎゃ》していた。

そのかれらに幕府は、大名や宮門跡などいかなる身分を有する人物の行列に出会っても、深編笠を脱がなくてもいいとの特権を与えた。

そのため仇討《あだうち》や仕官を求める旅、さらには無頼の徒《と》の隠れ蓑にも利用され、かれらは世間からなにかと疎まれる存在だった。

「あ奴、ひと太刀浴びせたが、どこに逃げおったのじゃ」

若い虚無僧が、血刀を下げたまま、辺りを見廻した。

「そう遠くには行っておるまい。おそらくその辺りに身をひそめておろう。早く探し出すのじゃ」

三人の虚無僧につぎ、旅袴姿の武士が切通から現われ、強い口調でかれらに指図した。

その四人の中で、年嵩の虚無僧が頼助の姿に気付き、油断ならぬ目付きでかれを睨んだ。

塗り笠に面垂れ、筒袖に伊賀袴をはいた頼助の後ろでは、もう一人が小腰をかがめて誰かを介抱している。

自分たちが追う相手に相違なかった。

「おのれたちは何者じゃ」

頼助の口から鋭い誰何《すいか》の声が発せられた。

「いわずとも知れた虚無僧じゃ」

「そなたたちは祇園社の神灯目付役じゃな」

あとから現われた旅袴姿の武士が、頼助に咎めるようにいった。

「いかにもそうじゃが、京の町衆の間では、祇園社の鴉目付とも呼ばれている」

「祇園社の鴉目付だと――」

火事場のほうから、消火に躍起になる物音や騒ぎ声がひびいてくる。

「ああそうよ。ところでそこの火事、まさかおぬしたちの仕業ではあるまいな」

頼助は武士姿の男に、厳しい声でただした。

「そうだともうせばなんといたす」

「なんじゃと――」

すでに互いが殺気を放っていた。

虚無僧たちが、頼助に行く手を阻《はば》まれた格好で立ち、喜平太に抱えられる男を、苛立たし気な気配でうかがっていた。

「ぼろ長屋の四軒ぐらい焼き尽したとて、文句はあるまい。近くの色茶屋の主に、過分に損料の銭を預けてきたわい。住人たちも無事に逃げ出したようじゃ。後ろは藪。両隣もなく、いまのところ延焼の恐れもなかろう。それで悪いか――」

憫笑《びんしょう》を浮べ、かれはいった。

「さすれば長屋に火を放ったのは、おぬしたちなのじゃな――」

「いかにも、わしらじゃ」

対峙《たいじ》するかれらの間を、何人もの人々があわただしく駆け抜けていった。

だが火事騒ぎに気を取られ、誰も注目しないどころか、血刀を下げる虚無僧にも気付かなかった。

火はいまがさかりとばかりに燃え上がり、半町ほど離れた切通の入口にまで、その熱さが伝わってくるほどだった。

「あの男を火であぶり出して斬るためか、それとも焼き殺す目的からか――」

頼助は憤怒の形相で詰問した。

「そのいずれもじゃ」

旅袴姿の武士は、不逞な笑みを浮べて答えた。

「おのれ不埒な。この界隈は祇園社領も同然。なんのための仕業じゃ」

「そなたの問いに、一つひとつ答える必要はなかろう。われらに都合の悪い奴は、斬り捨ててくれる」

「するとこのわしもじゃな」

「ああ、祇園社の神灯目付役といえども、容赦いたさぬわい」

かれは一声をかけて抜刀し、ほかの虚無僧たちも刀を構えた。

四人とも相当の手錬《てだれ》のようだった。

虚無僧は仮の姿、武士に決っていた。

「ならばわしも容赦いたすまい。存分に斬ってくれる」

「猪口才《ちょこざい》な、存分にじゃと。若造が生意気に――」

旅袴姿の武士にいわれ、頼助は刀の鞘に手を添え、二つの目を四人にぎょろりと這わせた。

最初に誰が斬りかかってくるか、物色する目付きであった。

「こ奴、われらの邪魔をいたすな――」

頼助を若輩者と侮り、血刀を下げた男が裂帛《れっぱく》の気合をかけ、真っ向から斬りかかってきた。

それに対して頼助は、目にも止まらぬ速さで腰の刀を鞘走らせ、相手の胴を横に薙《な》いだ。

「ぎゃあおう――」

刀を大上段に構えた虚無僧は、刀を半ばまで振り上げたまま、獣じみた悲鳴を迸《ほとばし》らせ、路上にばったり倒れ込んだ。

鮮血が周りにぱっと飛び散った。

このとき、頼助の血刀は鞘にすっと収まりかけていた。

あたかもその鞘の中に、虚無僧の命が吸い込まれていったように見えないでもなかった。

血刀を鞘に収める頼助の目は、つぎの相手をもう探っていた。

相手が刀を鞘に収めるのを隙だと見た敵が、頼助のつぎの餌食になる。

刀を鞘に戻すのは、敵に油断させるのと、つぎを討つ勢いを付けるための馬庭念流の教外別伝の奥儀、そのものであった。

初めの一人を無残に倒された敵は、狼狽してかっと頭に血をのぼらせている。またもやなんの思慮もなく、頼助に斬りかかってきた。

気合を発してだが、再び当人の命が頼助の刀の鞘の中に、すっと吸い込まれていくような感じであった。

つぎの男も血煙を上げ、前と同様にばたっと倒れ込んだ。

瞬時に二人を斬り倒された後の二人の顔に、驚きの色が浮んでいた。

「そ、そ奴の流儀は馬庭念流じゃ。迂闊に斬りかかってはならぬぞ――」

旅袴姿の武士が、虚無僧たちの頭領とみえ、残った一人に指図を与えた。

だがその言葉をきく瞬時の隙を突き、頼助は最後の虚無僧にすっと迫り、かれに一撃を加えた。

またもや悲鳴が上がり、鮮血が飛び散った。

「わしを若造と侮ったのが間違いなのよ。わしらは二人なれども、祇園社の鴉目付じゃぞ。おぬし、あれを見るがよかろう」

頼助は自分の後ろで、追っ手から逃れた男を労《いたわ》る喜平太の姿に、あごをしゃくった。

旅袴姿の武士の目が、ちらっとそれに這わされたとき、頼助はまた鋭く刀を鞘走らせた。

真剣での斬り合いには、度胸と寸時の隙を見逃さない素速い動きが必要であった。

それらをふくめて智力、洞察力といえた。

相手の武士は頼助に左肩から胸をざっくり斬り割られ、尊大な口を利いていたにも拘らず、あえなく倒れ込んでいった。

「そ、そなたの名は――」

それでもかれは、胸から血をあふれさせながらたずねた。

「わしは植松頼助、この名をあの世に唱えてまいれ。いいたくもないが、おぬしたちは四人、当方は二人。そのうち一人が、怪我人の手当てをしているのを見て、迂闊にかかってはならぬ相手だと、見抜けなんだのか。わしとて斬られるのは嫌。それゆえかかってこられれば斬る。互いに殺しあうほど憎む相手ではなかろうが、これもわしの役目。どうぞ許して成仏していただきたい」

頼助はかれのそばで片膝をつき、瀕死の顔色をうかがいながらいった。

「う、植松、頼助どの、かたじけない。そ、それにつけても見事な腕前。冥途への土産にできもうす。つまらぬ主たちに仕えているがため、こ、こんな死《し》に様《ざま》もいたさねばなりませぬわい。もともと、そ、それがしは浮世絵師になりたいと思うておりましたのじゃ。お、お手を煩《わずら》わせまするが、止《とど》めを刺してくだされ。こ、広言の数々はご堪忍じゃ」

かれに頼まれ、頼助は脇差を抜き、その喉許を一気に掻き斬った。

いまかれが主たちといったのは誰だろう。

瀕死の相手に手当てを施し、それをきき出そうとも考えていたが、喜平太に抱えられる男からただすのも可能だった。

もの悲しい気持が、胸にわき上がってきた。

「祇園社のお火役さまが、虚無僧やお侍さまと斬り合うてはるがな」

「この火事騒ぎの中やというのになあ」

さすがに武士たちの斬り合いに気付き、こんな声が四人を討ち果す最中、頼助の耳にも届いていた。

「お火役さまが止めを刺さはった。祇園社の神灯目付役さまは凄いわ。相手の四人を、まるで大根みたいに造作なく斬らはった。わしら、あんな場面を見てしまい、目が潰れへんやろか」

「胸の中で念仏でも唱えておくこっちゃ」

「わしはお火役さまが人を斬らはるのを、初めて見たわいな」

「そんなん、滅多に起きることやないさかいやろ」

こんな声をききながら、頼助はその場から立ち上がると、遠巻きにしていたかれらに向き直った。

「わしは見ての通り祇園社のお火役じゃが、そなたたち、ここに横たわっている死骸を並べてくれまいか。そして町役か、やがて出張ってまいる所司代や町奉行所の役人衆に、いま見たままを告げてもらいたい。わしはあの怪我人を、運ばねばならぬのでなあ。火事もどうやらすべてを焼き尽し、鎮まってきた工合じゃ」

頼助は自分たちを取り囲む群衆に頼んだ。

「お火役さま、承知いたしました。委せておいておくんなはれ」

「かたじけない。懇《ねんご》ろに扱うてくれよ。莚を敷いて横たえ、その上に莚をかけ、無残な姿を隠しておいてくれたらありがたい。これはわしからの駄賃じゃ」

懐に手を入れ、小さな銭袋から小粒銀を数枚取り出すと、かれは近くにいた髭面の男にそれを握らせた。

「もったいない――」

「遠慮いたさずともよい。皆で酒など飲んでくれい」

かれは面垂れの中から静かにいい、喜平太の許に取って返した。

「どうじゃ、喜平太――」

「はい、深傷ではございませぬが、肩と脇腹を斬られております。されど出血はさほどではございませぬ」

喜平太が頼助の顔を仰いで答えた。

「それはよかった。わしが背負うて社に戻るゆえ、そなたは周りの警戒に当ってもらいたい。よもやとは思うが、つぎの襲撃があるかもしれぬのでなあ」

「お見事な腕前、拝見つかまつりました」

「なに、あれは惣十郎に仕込まれた通りの技で、さしたるものではない。つぎにはそなたの腕前を披露してもらいたいわい」

かれは喜平太の手を借り、怪我人を背中に負いながら軽く笑った。

旅袴姿の武士が最期にいったつまらぬ主たちとは、誰を指しているのだろう。再び頼助の胸に懐疑がわいてきた。

自分がいま背負っているのは、中年をすぎた職人風の男だった。

「この男、かようなものを握っておりました」

喜平太が見せてくれたのは、小さな鑿《のみ》だった。

「それは鑿ではないのか――」

「はい、さようでございます」

「虚無僧姿の武士三人に旅袴姿の男が一人。武士四人が、鑿を持つような職人風情の男に危害を加えるとは、並みでは考えられず、尋常なことではあるまい。傷の手当てをいたし、背中の男から事情をはっきりただささねばなるまいな」

「いかにもでございます」

「そなたは一旦、社に戻ってから、再びあの火事の現場に行ってはくれまいか。あの切通の町筋に、四軒長屋があったのは覚えており、この男はどうやらその一軒に住んでいたらしい。なにかの手掛りが見付かるやもしれぬからじゃ」

「なぜそう思われるのでございます」

「この男、あの界隈の色茶屋で女子を抱いていた雰囲気でも、酒を飲んでいたようすでもないからじゃ。住んでいた長屋に、虚無僧たちにいきなり踏み込まれたか、あるいは焼き殺されそうになったのであろう。わしが斬った武士が、近くの色茶屋の主に、過分に損料の銭を預けてきたともうしていた」

「長屋を焼き人を殺《あや》めるにしても、一面、律義な奴らでございますなあ」

「その律義なところが気にかかるのよ」

こんな言葉を交しながら、二人が祇園社の西楼門まで戻ってくると、そこには孫市が見廻り姿で立っていた。

「頼助さまに喜平太どの、どういたされたのでございまする。背中のご仁は、火事の怪我人ではございませぬな」

かれは石段を下り、頼助に寄り添いながらたずねた。

「どうしてそれがわかるのじゃ」

「荒々しい血の匂いがいたすからでございます。さては何人か、人を斬ってこられましたな」

孫市はなんでもない声できいた。

「いかにもじゃ。背中の男を討とうとしていた虚無僧に化けた男三人と、侍姿の一人を斬ってきたわい」

「すると四人――」

「すると四人とは、たった四人だけなのかと、そなたはいいたいのか」

「いいえ、決してさようには思うておりませぬ。人を斬るのは辛いこと。斬らぬがよいに決っておりまする」

ともかく無事でよかったといいたげな顔で、孫市はつぶやいた。

「そなたはよいことをもうしてくれる。わしとて斬りたくて斬ったわけではない。成り行きから止むを得なかったのじゃ。最後に斬り伏せた武士は、わしに止めを頼んだ。つまらぬ主たちに仕えているがため、こんな死に様もいたさねばなりませぬ、もともと自分は浮世絵師になりたいと思うておりましたと、もうしていたわい。あるいは人として優れたご仁ではなかったかと、わしは自分のなした殺生をいま悔んでいる」

頼助は苦々しい表情で、西楼門の石段を登りつめた。

「されば頼助さま、わたくしはこの足で火事の現場に取って返しまする。孫市どの、あとを頼みましたぞよ」

ここで喜平太は頼助と孫市に断った。

「喜平太どの、なにをもうされるのじゃ」

孫市が驚いた声をもらした。

「はい孫市どの、頼助さまは火事の現場に戻り、この不可解な一件の手掛りになることはないか探れと、わたくしに命じられたのでございます。やがて駆け付けてくるはずの町奉行所のお人たちにも、四人がどうして斬られたのか、説明いたさねばなりませぬ」

「なるほど、怪我人の手当てが先で、その後、大事を探れと、頼助さまは仰せられているわけか。さればわしも後ほど覗きますゆえ、先にまいっていてくだされ」

孫市の言葉をきき、喜平太はさっと身体を翻《ひるがえ》した。

闇が深くなっていた。

火事場の騒ぎも収まり、祇園社の参詣道も次第に静かになりつつあった。

切通の長屋の火事が、あっけないほど早く鎮火したのは、長屋がよほど粗末で小さかったからに決っている。

それに近所の人々が総出で、近くを流れる白川から手桶で水を汲み、順送りで消火に努めたからに違いなかろう。

こうして祇園社の寄人長屋に担ぎ込まれた中年すぎの男は、すぐさま頼助と孫市、それに喜平太の母親於稲の手当てを受けた。

肩と脇腹の疵口《きずぐち》をきれいに拭われ、油薬を塗られて晒を巻かれ、布団に横たえられた。

「そなた、名はなんともうすのじゃ」

頼助や孫市が何度もたずねたが、男は当初、口を噤んで容易に答えなかった。

かれらのそばには、惣十郎が静かに坐っていた。

「この男、どことなく木屑の匂いがいたす。どうも妙じゃな。しかもこれは黄楊《つげ》の木の匂いじゃ」

惣十郎は布団の中から男の左手をいきなり摑み出し、その指先を嗅いだ。

「これはまさしく黄楊の木の匂い。そなた、鑿を摑んでいたといい、板木の彫り師ではないのか——」

惣十郎の鋭い詰問に、かれは目を閉じてうなずいた。

「それで名はなんというのじゃ」

孫市が畳みかけてたずねた。

「へえっ、与作ともうします」

「板木彫り師の与作か。その彫り師が、なにゆえ虚無僧に化けた武士たちに家を焼かれ、殺されかけていたのであろう」

自分の名前を告げただけで、与作は布団の中に顔を埋めてしまった。

そんなかれを見下ろし、頼助が憮然とした声でつぶやいた。

江戸時代、金属による活字はなかった。

桜や黄楊の厚板に文字を彫り付け、その板木を用い、すべての書物が、板摺《す》り職人の手によって刷（摺）り上げられていた。

現在は活字印刷。用いられる字型を活字というが、繰り返し使用するため、活《い》きている字の意からこう呼ぶのである。

黄楊はツゲ科の常緑小高木、伊豆七島が産地として有名である。材質はきわめて緻密で、印材・板木としてのほか、将棋の駒や櫛などに用いられる。

「頼助どの、この男の名をきき出されたからには、あとはもうなにもおたずねになりますまい。この与作、四人に襲われた理由は、おそらく決して明かしませぬぞよ。こ奴はそんな男。そうでなければ、板木を彫り、人から狙われたりいたしませぬわい」

惣十郎が見えぬ目をかっと見開いていった。

「惣十郎、その板木彫り師が人から狙われるとは、どういう意味じゃ」

頼助は惣十郎のもの言いにいささかむっとし、むきになってただした。

「頼助どのともあろうお人が、わかり切ったことをたずねられる。幕府がご禁裏さまに対してひそかになにを禁じているか、ご存知ではございませぬか」

「それについてなら、わしもあれこれきいておる。天皇の近習衆が武芸の稽古に励んでいるのを幕府が知り、堅く禁じたのもその一つであろう」

「いかにも、それもそうでござるが、ほかにもっと肝心なことがございまする」

「肝心なことだと――」

「はい、この京では何十年も前から板元の本屋が、何軒も焼け失せておりまする。これらの板元は、禁裏で神書といわれている『日本書紀』や『神皇正統記』、また歴代天皇の御名《おんな》などを、摺っていた店ばかりでございました。幕府にとってそれらは不都合な刊行物。ゆえにそれがしは、幕府の手がひそかにのばされ、板木ともども焼かれたのだと思うておりまする」

　惣十郎は静かな口調でつづけた。

「さりながらきくところによりますれば、それらの書物はいまもって諸国の各地に、一枚の紙切れとなっても出廻り、幕府を困惑させているとか。領民が直接まず敬《うやま》うのは領主。つぎに領主の主ともいえる江戸の将軍さま。別に遠い京都に、天皇《みかど》さまと呼ばれるお人がおいでになるそうだときいております。中でも最も尊いのは天皇さま。されどそのままの状態では、人々に尊崇の念をわかせられませぬ。偉いのはやはり領主や将軍さまとなりまする。そのように諸国の民から忘れられてしまっては、尊王の考えを吹聴することもかないませぬ。そのため朝廷の一部公家たちは、幕府が禁書にしたい『日本書紀』や『神皇正統記』などを、その一部、または紙切れとしてでも摺り、各地に撒いておりまする。それが一番の大事――」

惣十郎は見開いていた目を閉じ、低い声で頼助にいいきかせた。

「なるほどそれか。わしとしたことが迂闊、自分に愛想が尽るわい」

伊賀袴の膝を摑み、頼助はうめいた。

竹内式部の「宝暦事件」が起こったのは宝暦八年（一七五八）十二月。この頃から幕府は、禁書目録の作成に取りかかり、それでも禁裏に遠慮してか、内々、書物屋仲間にお達しを出していた。

それを書籍禁制に関する条文として、板行と販売を書物屋仲間にはっきり禁じたのは、十三年後の明和八年（一七七一）であった。

その一にキリシタン宗、其の他の御法度書籍類、二に重板、類板の書、三に朝廷御規式に関する書――の順になっている。

朝廷で「神書」とされ、桃園天皇がたびたび近習に進講を望まれた『日本書紀』は、この最たるものだった。

幕府はこれに先立ち元禄五年（一六九二）頃、書物屋仲間からの声だと装わせ、「定」を出させている。

その第一に、「御公儀様より仰出され候御法度の趣、堅く相守り申すべく候事」の一項を触れさせていた。だがそれが一向に果たされなかったのだ。

天皇の近習たちが武芸の稽古に励んでいた一件は、武家伝奏の広橋兼胤が宝暦六年四月二十七日付の日記で、「近習の衆、近来武術稽古なされ、これあるかのように、関白殿聞き及ばれ候

——」と記している。

その夜、頼助は行くといっていた孫市を制して留守を頼み、真夜中、火事の現場に出かけた。

切通の長屋では、完全に鎮火させるため、火事跡にまだ水が撒かれ、辺りは水浸しになっていた。

「これは頼助さま、どうかいたされたのでございまするか」

「いやなに、ちょっと気になることがあってな——」

かれは驚いたようすで自分を迎える喜平太をなだめた。

「町役が町奉行所に、四人の死を急いで届け出たそうでございますが、いまだ誰も出向いてまいりませぬ」

「いまわしが斬ったお人たちが、莚で覆われているのを見ながらここにきた。四人はいずれ哀れにも、身許不明として無縁墓に葬られるであろう。所司代も町奉行所も、黙《だん》りを決め込むつもりじゃ。野良犬にでも食い荒されたら不憫。そなた、わしの代りにそばに付いていてやってくれぬか——」

「はい、かしこまりました」

喜平太が参詣道のほうに去ると、頼助は水を撒いている人々から、与作の住居をきき出した。

その焼け跡を掘りにかかった。

「祇園社のお火役さま、なにをお探しでございます。与作いう男は、去年の末からこの長屋に住み、女房子どもはおらず、一人でこつこつなにか刻んでおりました。なんならお手伝いいたしまひょか」

「ああ、そうしてくれたらありがたい」

東の空が白みかけた頃、頼助は焼け跡の中から黒く焼け焦げた一枚の板木を掘り出した。それは伏せられていたとみえ、裏は焼けていたが、表は無事だった。

薄い明かりで読んでみた。

一書《あるふみ》に曰《い》はく、天神《あまつかみ》、伊《い》弉《ざ》諾尊《なぎのみこと》・伊《い》弉《ざ》冉尊《なみのみこと》に謂《かた》りて曰《のたま》はく、「豊葦原《とよあしはら》の千《ち》五《い》百《ほ》秋《あき》の瑞穂《みずほ》の地《くに》有《あ》り。汝《いまし》往《ゆ》きて脩《しら》すべし」とのたまひて、廼《すなは》ち天瓊戈《あまのぬほこ》を賜ふ――と、『日本書紀』の天孫降臨の一節が刻まれていた。

与作は手本に書かれたこうした文字を、黄楊の厚板に鑿で一字ずつ丁寧に刻んでいたのだろう。惣十郎がかれの左手指の匂いを嗅いだのは、文字を刻んだ木屑をたびたび左手で払っており、厚板の匂いが指に染みていたのだ。

先ほどから頼助は、自分に注がれる鋭い目を痛いように感じていた。

面垂れの布を邪魔だとばかり、かれはぐいと毟《むし》り取った。

三

面垂れを毟り取ったせいか、焼け跡の焦げ臭さが鼻孔をわっと叩いた。

探し物ならお手伝いいたしまひょかとたずねた男が、頼助の手許を龕灯《がんどう》で照らし付けてくれた。

水に濡れた黄楊《つげ》の板木。雑多な物が黒焦げになる中から、頼助はその幾枚かをずるずると引きずり出した。

与作が神書といわれる『日本書紀』の一節を、こつこつと鑿《のみ》で彫る姿が想像される。鑿を叩く木槌の音が小さくひびき、かれは夢中で作業をつづけていたに相違なかった。

そんな中、旅袴姿の武士に指図された三人の虚無僧《こむそう》が、長屋に忍び寄った。周りや壁、側板に油や火薬などを撒《ま》き散らし、長屋に一度に火を付けたのだ。

焦げ臭い中に、頼助はかすかに硝煙の匂いを嗅いでいた。

火を放つと同時に、与作の家の表と裏、二手に別れた虚無僧たちは、腰からぎらっと刀を引き抜いた。そしてかれが外に飛び出してくるのを、待ち構えていたはずだ。

一方、与作は早くから外の気配を察していた。火が放たれるやいなや、台所に向かい、そっと水甕《みずがめ》を傾けて全身に水をかぶる。

火事だとの叫び声が上げられ、長屋がすぐ騒然となった。

自分の家にも火が激しく燃え回るのを眺め、外のようすをうかがい、与作は脱兎の勢いで表に飛び出した。

かれらの狙いは、自分を斬ることに決っている。自分はある筋から是非にと頼まれ、この京都だけではなく、全国の各地を転々と渡り歩いてきた。そうしながら、幕府から御法度《ごはっと》の書籍とされる『日本書紀』のほか、朝廷御規式《ごきしき》に関する書籍、また神武《じんむ》・綏靖《すいぜい》・安寧《あんねい》・懿徳《いとく》・孝昭・孝安・孝霊——などと、歴代天皇の御名を記した板木などを彫りつづけてきたのだ。

しかもそれはもう十五年余りになるのである。

京はわが国の都、その地に万世一系の天皇《みかど》がおわす。しかしその天皇が徳川将軍家や、いま自分たちがいただくご領主さまより尊いお人だと、ちょっとぐらい説かれても、人々には腑に落ちないだろう。その天皇がいる京都に行くのに十日、二十日、場所によっては一ヵ月もかかれば、多くの庶民に勢い尊崇の気持は薄れてしまう。

自分に禁書の板木を彫らせる依頼主たちが、なんの目的でそれを行っているのか、与作にはもうわかっていた。

「そなたは神書をただ彫ってくれればよいのじゃ。黄楊や桜の木に彫られたそれが、どこで刷り物とされるのかの穿鑿《せんさく》は無用。昔、そなたは東洞院夷川上ルの書肆《しょし》上村次郎右衛門の店で働いていたのう。その店が何者かに火を放たれ、家族、奉公人のすべてが焼死させられた事件があったであろう。あれは店がひそかに神書を板刻販売していたためで、火付けの下手人は幕府の手先じゃ。たまたまそなたは病んだ母御の許へ泊りで見舞いに出かけており、命を奪われなんだのよ。この天下を徳川から天皇の手に取り戻すために、是非とも板木の彫れるそなたの腕を貸してもらいたい」

与作に近づき、そう頼んだのは、一見、人品の卑《いや》しからざる若い儒者髷の男だった。だがその物腰からうかがい、相当な使い手のように感じられた。

尊王とか勤王という言葉も、かれに教えられた。

かれらが作り上げている組織が、全国に網の目のように張りめぐらされ、かなりしっかりした体制になっているのも察しられた。

与作がその気になったのは、恩顧を受けた上村次郎右衛門の一家と奉公人、それに翌年には世帯を持とうと約束していた女子衆《おなごし》のお清が、その火事で焼死させられた怨みからだった。

それに、天下を徳川から天皇の手に取り戻すという途方もない話に加担するのも、男として面白いとの大それた気持もあったのだ。

以来、与作はかれらの一味にくわわった。

各地を人目を避けて移動し、ご禁制の板木を彫りつづけてきた。

かれの許には護衛のため、公家の匂いを放つ人物がいつも一人付き添い、扱いはなににつけても丁重であった。

一ヵ月半ほど前まで、与作は越前の鮎川浦にいたが、急に人手が要るといわれ、高辻修栄《もろひで》と名乗る付き武士とともに、なつかしい京都に戻ってきたのである。

すでに用意されていた祇園社に近い切通《きりとおし》の長屋に住み着き、板木を彫りはじめたのであった。

「わしもこの京に戻ったのは何年かぶりじゃ。なにを見るにつけても、一つひとつがなつかしいわい」

越前の鮎川浦は日本海に面する漁村。東に丹生山地が迫り、いまは福井藩領だが、もとは藤原頼道から近衛家に譲られた公家領であった。

毎日、潮風に吹かれていた修栄の顔は、赤銅色になっていた。

村人は漁業を専らとするかたわら、わずかな田畑を耕して暮らし、戸数は四十数軒。修栄は供を連れた旅の途中だが、ここが気にいった。できればしばらく逗留させてほしいと、村年寄に一両の金を出して頼み込んだ。

身許は近衛家の近習だといい、それらしい旅手形を披露した。村年寄たちは文句なくこれを許したのであった。

結果、村から離れた岩窟のそば、そこに構えられる小さなお堂に住み着いたのだ。

一度、福井藩の郡同心が村廻りにやってきた。そのとき高辻修栄は直垂姿《ひたたれすがた》で郡同心に会ったが、相手は慇懃《いんぎん》に対応し、なんの疑念もいだかなかった。

普段、かれは筒袖に股引き姿となり、お堂近くの磯で釣をしたりしていた。

そのお堂の中で与作は、かれに守られ、板木彫りに専念していたのだ。

こうしていままで移動し、鑿を振るってきた場所は、十五年余りのうちに数十ヵ所に及んでいた。それはいずれも海浜や諸国の大きな湊《みなと》近くの場所。寺院の離れや漁網を納める小屋の片隅などだった。

与作のそばには、いつのときもかれを護衛するため、武士がひっそり付いていた。

今度はそれがなつかしい京都に移ったにすぎなかった。

常にかれの近くにひかえている高辻修栄が、ちょっと用達しにまいると、どこかに出かけて間もなくだった。自分を狙う相手に付け入られ、長屋に火を放たれてしまった。

与作は火の向こうに見え隠れする虚無僧たちの隙をつき、外に飛び出した。

「こ奴、素速く逃げよって。いたぞよ——」

「斬れっ、必ず斬るのじゃ――」

　虚無僧たちが口々に叫び、かれに追いすがった。一人が刀を振るい、与作の肩先に一閃《いっせん》をくらわせた。

　切通を南に走り、祇園社の参詣道間近まで逃れたとき、編み笠に面垂れを下げた祇園社のお火役に、出会《でく》わしたのであった。

　その一人が、与作がもう一人のお火役に刀疵の工合を労《いた》わられているうちに、四人を斬り伏せた。

　瞬く間のことで、凄まじいばかりの殺傷であった。

　そのお火役の頼助から惣十郎と呼ばれる盲《めし》いの人物が、自分が板木彫り師の与作と名乗ったあと、禁裏で神書といわれる『日本書紀』などの書物の名や、自分たちの企みを、ほぼ正確に口にのぼらせた。そのため頼助が、なにを探るため改めて火事の焼け跡に出かけたのか、与作にはもう十分にわかっていた。

　それがはっきり判明したとき、一旦、自分を匿《かくま》ってくれたかれらが、果して匿いつづけてくれるかどうか。それとも煩わしいのを避け、所司代か町奉行所に畏れながらと身柄を引き渡してしまうか。与作にはそれがさし迫った心配だった。

　いま高辻修栄はどこでどうしているのだろう。

　天下を覆す大事に加担してきたのだ。

　たとえそうされ、ひそかに屠《ほふ》られたとて、自分には係累もおらず、なんの悔いもないと、与作は布団に横たわったまま、深く息を吸い込んで思っていた。

切通の火事の焼け跡では、頼助が雑多な黒焦げの中から黄楊の板木を拾い出し、小脇にかかえ込んでいた。

立ち騒ぐ雑踏の中から、何者かが自分の動きをじっとうかがっている。

それでいて、殺気らしいものは全く感じられなかった。

――しばらく前から感じていたあの視線じゃな。

頼助はなに食わぬ顔で、辺りにそっと目を這わせた。中年すぎと覚しい儒者髷の男が、楊枝《ようじ》を口にくわえ、その場から立ち去るところだった。

ちょっと見には公家侍に思える。

男は切通や白川沿いに建ち並ぶ水茶屋か色茶屋に、遊びにきたようにも見えた。

――あの男、何者じゃ。

頼助は男に気付かれぬよう気配をひそめ、その儒者髷の男の跡をつけにかかった。

中年すぎのその男は、切通から祇園社の参詣道に出ると、そこに莚《むしろ》を被《かぶ》せて横たえられている虚無僧たち四人の死体に、軽く頭を下げた。鴨川のほうにふらふら向かっていった。

「来る来る来るとは　枕こそ知れ　なう枕　物言はうには　勝事《しょうじ》の枕――」

男は酒にでも酔っているのか、『閑吟集』の一つに節を付けて小粋にうたい、歩いていた。

来る来ると繰り返して強めているのは、来てほしいとの意であり、来るかこないか知っているのは、正直に物をいったら枕だ。男と女の仲は所詮、笑止なことだ。つまり勝事を笑止と嘲笑しているのである。

——小粋な歌をうたっているこ奴、何者であろう。

男の後ろ姿をうかがうかぎり、男にはなんの用心もなく、隙だらけだった。

頼助は万一を考え、四人の死体のそばにひかえる喜平太に、黄楊の板木を預けていた。

「いずれにまいられまする——」

そのとき、喜平太が小声でたずねた。

「案ずるまい。怪しい男を見付けたゆえ、跡をつけてみるのじゃ」

「十分に気を付けてまいられませい」

「ああ、油断ならぬ相手とわしも見ておる」

「ではご用心のほどを——」

自分を案じてくれた喜平太の声が、耳朶《じだ》の奥で小さくひびいていた。

奇妙な儒者髷の男は、閑吟集の小歌をつづけて口遊《くちずさ》み、鴨川に近い縄手道（伏見街道）まできて、そこで道を左に折れた。

頼助がそのまま跡をつけると、かれはやがて建仁寺の藪道に入っていった。

竹藪を通し、小さな明かりがちらちらと見えている。

頼助がそれに気を取られ、目を元に戻したとき、儒者髷の男の姿は、ふっと掻き消えてしまっていた。

——あの男、いったいどこに失せたのじゃ。

激しい狼狽《ろうばい》が頼助の胸をゆすった。

自分としたことがと、深い悔いがかれの目を虚ろにし、周りに這わさせた。

「おい祇園社の植松頼助どの、わしならここにいるぞよ。なにをあわてておられるのじゃ」

男の澄んだ声が、頼助の耳に痛いようにひびき、近くに生える大きな榎《えのき》の陰から、その姿がひょいと現れた。

「おのれ、わしをからかってのことじゃな――」

頼助は狼狽したまま男に叫んだ。

「わしがそなたをからかったのじゃと。わしはさようなことはしておらぬわい。わしの跡をつけながら、そなたが油断しただけではないのか。そうであろう」

「ともかく胡乱《うろん》な奴――」

「ほう、答えに窮すると、今度はわしを胡乱な奴呼ばわりか。そなたのいまこそ胡乱であろうが。それはまあよいとして、胡乱な奴なら斬ってくれるともうしたいのじゃな」

「ああ、すぐではないまでもなあ。それよりそなたがなぜここ半年ほど前から、わしをそれとなくうかがっていたのか、それをきかねばなるまい」

「おお、さすがに勘付いておられたとみえまするなあ。されどそれは容易に答えられぬともうしたら、なんといたされまする」

激昂の余り、頼助はまだ気付かずにいたが、男の口調が微妙に変っていた。

「答えられぬとあらば、斬るより仕方なかろう」

「さてさて、それがしの言葉に窮したお人が、それがしを斬れますかな。自分でもうすのも憚《はばか》られまするが、頼助どのの腕では、かなう相手ではございませぬぞ。嘘だとお思いなら、試されまするか——」

相手は巧妙な口舌で自分を挑発している。

うかうかとそれに乗って挑んだら、一刀の許に斬り伏せられる。

頼助はようやくそれに気付き、一歩後退した。

それにつれ、相手の男が一歩前進してきた。

腰の刀の鞘に頼助は手をそえた。

「馬庭念流の奥儀《おうぎ》、それがしにご披露いたされまするか——」

「無礼なもうしよう——」

「許せぬとお思いなら、それがしをお斬りになったらいかがじゃ。後で悔まれたとて知りませぬぞ」

「さてはそなたは幕府の廻し者、柳生の者じゃな」

この場合、頼助がこう考えたのは自然だった。

「幕府の廻し者で柳生の者とな。いや、そうではござらぬと否定したとて、もはや頼助どのには通用いたしますまい。いっそ柳生の剣かどうか、お試しになられまするか」

かれは軽く笑い、頼助の怒りを誘った。

「されば斬ってくれる」

頼助はそう叫ぶと、間髪をいれず相手に迫り、刀を鞘走らせた。

だが相手は微妙に身体をひねり、かれの鋭い必殺の剣をかわした。

同時に抜いた刀の刃先を、頼助の首筋でぴたりと止めていた。

「それがしの勝でございまするな。斬るつもりなら、頼助どののお首はそこに転がっておりまするぞ」

男は刀をゆっくり鞘に納めてつぶやいた。

「はあっ――」

大きな溜息をもらす頼助のひたいに、米粒ほどの汗が吹き出していた。

「それがしのは柳生の剣ではなく、いわば山猿の剣。誰にも学んでおらず、自分で編み出したものでござる」

「自分で編み出した山猿の剣――」

「いかにも、それがしの名は猿投《さなげ》十四郎。改めておたずねもうすが、そなたさまは権大納言植松雅久さまの庶子になられる頼助さまでございまするな」

猿投十四郎と名乗った男は、慇懃にたずねた。

かれは決して若くはないが、年齢はよくわからなかった。長身痩軀、若いころにはさぞかし端整な風貌で、華やかさをそなえていたと見受けられる。

「いかにも、それがしは植松雅久の庶子でございまする」

頼助も刀を鞘に納め、ひたいの汗を拭いながら答えた。

惣十郎は別にして、向かう敵に一度として敗れたことのないかれにしては、未曾有の敗北。屈辱きわまりないはずだが、不思議にそれは覚えなかった。

相手は物腰は柔らかいものの、太い鋼鉄の柱に似たものをうかがわせて立っている。

到底、自分のかなう相手ではない。自分は祇園社の神灯目付役として、人々から恐れられていたが、所詮は井の中の蛙《かわず》。広い世の中には、とてつもない武芸練達の士がいるものだと、畏怖すら感じさせられた。

「やはりさようでございましたか――」

猿投十四郎は低頭気味にうなずいた。

「ここしばらくの間、それがしは自分をうかがうなにやら妙な人の目を感じておりましたが、そなたさまでございましたのじゃな」

「いかにも、それがしでございましたわい」

かれは微笑をふくんだ声で答えた。

「なにゆえさような振る舞いに及んでおられたのか、是非ともおきかせ願いとうございます」

頼助は猿投十四郎からやや離れた場所で片膝をつき、恭順の態度でたずねた。

「そなたさまがまことに植松権大納言さまのご庶子なら、われらの話にとくと耳を傾けられ、加担していただきたい大事があってでございまする。お父上の雅久さまは、竹内式部どのの宝暦事件と世にいわれる尊王論弾圧事件に連座いたされ、落飾なされました。朝廷や公家に対する江戸幕府のあれこれ不埒な仕置き、頼助どのにはご不快に思われませぬか」

猿投十四郎の声は、いつしか厳しいものに変っていた。

「それがしは世事にうとく過してまいりましたが、お言葉、まことにその通りでございまする。ましてや今宵のごとき事件を目《ま》の当りにいたしますれば、いささか怒りを覚えぬでもございませぬ」

「頼助どのはさよう仰せだが、いささかではなりませぬのじゃ。畏れ多くも後醍醐天皇をはじめ歴代の天皇が、武士の政権に対して親政の望みを抱かれながら、いつの世もそれが頓挫してまいりました。されどもそれを実現いたすのは、朝臣として当然の志。お父上雅久さまも、尊王の志を堅くお持ちのはずでございました。頼助どのにおかれましても、庶子としてお生まれになったのが幸い。そのご意志を継がれたらいかがでございましょう」

ここで十四郎は、建仁寺の藪道の東西をそっとうかがい、あとをつづけた。

「祇園社の神灯目付役を勤めて一生を終えられるのは、頼助どのにはいささか小胆にすぎましょう。あまりご存知ではございますまいが、お父上さまが落飾されたあと、公家の間から江戸幕府を覆すための動きが澎湃《ほうはい》と起こり、いまやそれは全国の津々浦々に及び、一つの大きなうねりとなろうとしておりまする。幕府はこれを阻止せんがために立ち廻り、われらと世の中の裏で激しく戦っているありさま——」

「切通の火事もその一つでございまするか」

「いかにも、さようでございます。それがしが頼助どのをうかがっていたのは、人品、骨柄ともこのご仁こそ、天下を覆さんとするわれらに加担してくださるお人ではないかとの、思いからでございました。それがしに敗れたとはもうせ、馬庭念流の腕前は並みのものではございませぬ。いまこそ天皇にとって必要な腕前。それがしはそれを存分に振るっていただけぬかと、お願いもうしたいのでございまする」

このときになり、十四郎は片膝をつく頼助の前に土下座し、両手をついて平伏した。

「そなたさまは、な、なにをいたされますのじゃ」

「こうでもせねば、それがしの願いをおきき届けいただけないからでございまする」

「そなたさまのもうされたいご趣旨、それがしにもよくわかりました。されどあまりにいきなりのお頼み。いまは困惑するばかりで、この場では即答いたしかねまする」

「いやいや、すぐにとはもうしませぬ。よくよくお考えのうえ、ご返答いただきましたら結構。決して急いではおりませぬ」

かれは悠揚と身体を起こしていった。

その態度が頼助には、いささか異様に映っていた。

猿投十四郎と名乗ったこの男も、公家の端くれの一人だろうかと考えたのが一つ。それにしてはその名前が奇妙で、偽名ではないかと思ったのである。

「ところでおたずねいたしまするが、そなたさまのさなげとのお名前は、文字では獣の猿を投げると書かれるのでございましょうな」

頼助の声は遠慮気味だった。

「いかにも、さようでござる。これは偽名ではなく本名。十四郎の名も同じでございますわい」

「されど京にある公家はおよそ百二十家。猿投ともうす家名は、平堂上《ひらとうしょう》の中でもきいた覚えはございませぬが――」

これには躊躇が感じられた。

公家の中で摂政・関白になれる家柄は、摂家といわれる近衛・九条・二条・一条・鷹司の五家で、藤原鎌足以来の直系。五家の血は天皇家にも混じっていた。

つぎの清華家は、太政大臣・左大臣・右大臣まで進むことができ、久我や西園寺家など九家。大臣家といわれる中院・正親町三条・三条西の三家は、内大臣になれる家格を持っていた。だが形式的に任命されるだけで、すぐ辞職を勧告され、〈舐大臣《なめ》〉と揶揄《やゆ》されていた。

以上の三家が貴族中の貴族。参内には網代輿《あじろごし》や轅《ながえ》の利用が許されていた。

あとの多くの公家は、ほとんど平堂上といってもよく、先祖の出自によって二十二系統に分けられ、猿投の家名はどこにもなかった。

「もうされる通り、それがしの出自は公家ではございませぬ。三河国の奥に、猿投山ともうす山が聳え、麓に猿投神社との社と、村がございまする。猿投神社は聖徳太子さまの時代、白鳳寺《はくおうじ》ともうす寺までそなえた由緒のある社。村は灰釉を施した瓶や壺の類を焼成し、律令体制下で中央官庁にすぐれた焼物を納めてまいりました。それがしの母親は、その猿投神社の神官の娘。清華家の久我家へ奉公に上がり、大御所《おおごっさん》様のお手が付き、それがしが生まれたのでございまする」

十四郎はここで頼助ににやっと笑いかけた。

「それではそなたさまの出自は、それがしと似たようなものではございませぬか――」

「仰せの通り。京の公家衆は暇をもてあまし、それでも学問や家職に励むお人がたは少数。多くの平堂上は、無聊《ぶりょう》な暮らしを余儀なくされ、それが女子遊びに向かわせまする。女子もまた身分を尊び、当主の手が付くのを望み、地方《じかた》から奉公にまいる者も少なくないとききおよんでおりまする。どちらもどちら、あげく公家衆に多いのは庶子。それがしの知るところでは、大道芸人になった変り種も、声色《こわいろ》使いや猿回しとして過す者もおりまする。頼助どのは祇園社で神灯目付役を勤めておられまするが、それは上の上。ひどい生業《なりわい》の者は切りなくおり、一方、王政復古のため働いている者も、少なくございませぬ」

かれの口調がいつの間にか、ややぞんざいになっていた。

遠くからきこえていた火事騒ぎの物音が、次第に静まり、もうここまで届いてこなかった。

「重ねておたずねいたしまするが、切通の長屋の住人のことは、早くからご存知でございましたか――」

「幕府禁制の板木を、この京で彫っていた彫り師の左助が、しばらく前に老衰で死にもうした。そのため代わりの者が、高辻修栄とともにひそかに京に戻り、仕事をしていたのは存じておりました。されど幕府の手先に居場所を突き止められ、狙われていたとは気付かずにおりもうした。あの折、頼助どのが瞬くうちにその四人を斬って捨てられたのを、確かに拝見いたしましたぞよ。いやはやききしに勝る凄腕。われらの大望に是非とも加担していただきたいと、一層強く思うたのでござる。もうし遅れましたが、板木彫り師の与作をお助けいただき、祇園社で手当てを賜ったこと、厚くお礼をもうし上げまする」

十四郎はそれまで見ていたようだった。

公家の菅家六家の中に高辻小納言がいる。

かれがいま口にした高辻修栄は、その高辻家となにかの関わりがあるのではないかと、頼助は思った。

いま頼助の胸では、なにか大きなものが動きかけていた。自分はどう身を処すべきかと、かれは鋭く自問自答していたのだ。

「それで猿投十四郎どの、そこ許に連絡を取る場合、どういたしたらよいか、お教え願いたい」

頼助の声がわずかに掠《かす》れていた。

「居所を秘匿《ひとく》するつもりはござらぬが、それはいまはもうし上げられませぬ。頼助どのは板木彫り師の与作を、よもや所司代か町奉行所に引き渡すお考えではございますまいな」

かれにいわれ、頼助はぐっと言葉に詰った。

天下を転覆させるほど大きな謀《はかりごと》を企む人物の一人が、居場所を明らかにする迂闊をするはずがない。自分でも己《おのれ》の稚気が笑えてきた。

「切通でご配下の村国喜平太どのが、お戻りはまだかと案じておられましょう。早くまいられませい」

十四郎は微笑してうながした。

「喜平太の名までご存知とは――」

「それくらい知らいでどうなりもうす」

かれの言葉は、頼助を叱咤しているようだった。

風が出たのか、藪が大きく騒いだ。

四

「さあ与作、食うがよい――」

頼助は孫市が四脚膳《しきゃくぜん》にのせて運んできた粥を、与作に勧めた。

昨夜、虚無僧姿の武士たちに斬られた右肩から背中にかけての疵は、さほど深手ではなかった。

かれの寝床のそばには、惣十郎や喜平太たちが昨夜の姿のままひかえていた。

「喜平太、手を貸してやるがよい」

惣十郎が、右肩を上にして横たわっているはずの与作に対して、わが子の喜平太をうながした。

「はい、かしこまりました」

喜平太は膝で与作に近づき、その身体に手を添え、布団の上に起き上がらせた。

「与作、心配することはなにもないのじゃぞ。わしらは疵が幾分なりとも治るまで、そなたをここに匿うと決めておる。町奉行所や所司代の手先が、そなたを捕えにきたとて、決して引き渡さぬ。いずれかに姿を晦《くら》ませましたともうしてやるわい。安心して一日も早く疵を治すのじゃ」

「ありがたいことでございます」

「ここは祇園社の中の寄人《よりうど》長屋。いくら所司代の命令でも、断りもなく踏み込んでくることはあるまい。寺社奉行の指図があってもだと、思うがよかろう」

「わしたちは、そなたがなんの目的であの板木を彫っていたのかを、すでに知っているわい。わしは植松頼助ともうすが、猿投十四郎と名乗られたお人から、とっくりきかされた。味方をいたしてなんの不都合があろう」

惣十郎の言葉のあとに頼助がつづけた。

「猿投十四郎さま――」

「そなた、途方もない剣の腕をそなえておられる猿投十四郎どのを、存じているのじゃな」

「へえっ、伯耆国《ほうき》（鳥取県）の大山《だいせん》で一度、若狭の小浜で二度、お目にかかりました」

「ほう、あのご仁は畿内ばかりではなく、はるか遠くまで足をのばしておられるのじゃな」

「わしみたいな者がもうすのもなんでございますが、猿投さまは出羽の酒田にも肥前の唐津にもまいっておられましょう」

「すると全国の津々浦々にまで、足を運ばれているわけか」

頼助は昨夜の邂逅《かいこう》を思い浮べ、小さく驚いてつぶやいた。

全国の諸藩を股にかけ、風に吹かれ雨に打たれ歩いている長身痩軀のかれの姿が、胸裡をかすめた。

猿投十四郎はなんのために全国を巡っているのか、自分の想像を絶する謀《はかりごと》の計画があるに違いなかった。

「与作、まあ粥を食うがよかろう。その粥はわしらも先ほど相伴させてもろうた。そなたが懸命に彫った神書の板木を鉈《なた》で割り、炊いたものじゃ。証拠の湮滅を図る処置、悪くは思うまい。粥は心を込めて炊いたわい」

「さ、さようでございますか。それではありがたく頂戴いたします」

四脚膳から与作は湯気の立つお椀を両手で取り上げ、うやうやしく頭を下げてから箸に手をのばした。

与作は手に染み付いた黄楊の木屑の匂いを惣十郎に嗅がれたあと、名前だけを明かして布団にもぐり込んだ。そうしながら神灯目付役たちの会話をきき、以後、すっかりかれらに従順になっていた。

惣十郎といわれる盲いた初老の男。また頼助さまと呼ばれる若い男も、かれに臣従する体《てい》の喜平太や孫市などすべての人々が、自分の敵ではないと感じたからだった。

わけても惣十郎という人物は、指先を嗅いだだけで、自分が朝廷公家につながる人々に負託され、捨て身で行っていることを、すべて正確にいい当てた。

そんな相手を、とても欺《あざむ》き通せるものではなかった。

そのため、たずねられたら答える気になっていたが、相手はそのあと一向に、なにもきき出そうとはしなかった。自分の疵の工合などについて話していた。

自分が彫ったものだとはいえ、神書の板木を鉈で割り粥を炊き、わしらもその粥を相伴させてもろうたといっている。

それは考えようによっては、自分たちも心を合わせ、一味同心にくわわったと解してもよかろう。

その一言で与作の緊張はぐっと解けてきた。

それに植松頼助という若い神灯目付役が、全国に網の目のように張りめぐらされた大きな企みの中で、重要な役割を担っている猿投十四郎に出会ったときいたのが、なにより与作を安心させていた。

この一年余り、高辻修栄は自分に付き切りでいた。その修栄があの災難を見て救いの手を差しのべようとしたとき、祇園社から神灯目付役たちが駆けつけ、幕府の手先を成敗してくれたと考えてもいい。そこに猿投十四郎も居合わせたに決っている。

「与作とやら、そなたにもかような苦労をかけてすまぬなあ。そなたは京生まれの板木彫り師。この国に天皇と仰せられる尊いお方がいらせられ、本来ならその天皇が、この国を一つに統《す》べられるべきじゃ。なれど武士ども、わけても徳川家によってそれがなされ、多くの民は貧困に喘いでいる。天皇の御手《みて》に天下を取り戻し、新しい天下を造るため、われらは私心を捨て、かよう世の闇の中で動いておるのじゃ。命の心配もあるが、われらが斬り死したとて、そなたたち板木彫り師の命は、必ず守ってとらせる。天皇のため天下のためと思うて、どうぞ辛抱してもらいたい。何分、堅い黄楊や桜の木で板木を彫ったとて、何百枚何千枚と刷れるものではない。板木はすぐに損われてしまう。彫り師はどれだけでも必要なのじゃ」

修栄からこう説かれたのは、伯耆国の西部に聳《そび》える大山の山中で、樵《きこり》に扮して神書を彫っているときだった。

かれの口振りから推察すると、板木彫り師は全国各地に何十人となく配されているようだった。しかもかれらは不思議に海辺の山中、もしくは海に容易に通じる山中で仕事をしている。そう察しられたのは、付き武士の一人から木曾の地名をきいたからである。

木曾の山中なら、木曾川を一路下れば伊勢の海に出られる。

湊の名も幾度も耳にしていた。

だがそれがなぜなのか、与作にはわからなかった。

かれら板木彫り師の身辺には、不穏な動きを示す人物の徘徊が、絶えず感じられた。

身形《みなり》は虚無僧、猟師などと千差万別だが、いずれも変装した武士だと推察された。危険を感じると、与作たちはすぐさま必要な物だけを携え、緊迫した中を移動させられた。

編み笠をかぶった数人の武士。激しい斬り合いを、岩陰に身をひそめて見ていたこともあった。

「こ奴らは、わしやそなたを殺そうとした者たちじゃ。その報いとして、懐《ふところ》の物はいただいておこう」

斬り伏せた武士の懐を探り、金嚢《きんのう》（財布）をいくつも奪い取ったのは、半年余り与作の護衛に付いていた茶谷三郎助というやはり儒者髷の武士だった。

「わしらはこ奴らに狙われているばかりではないのじゃ。わしらのほうでもこ奴らの動きをうかがい、災いを断つため討って出ているのよ。誰も知るまいが、いずれも世間の裏の戦い。いつ果てるやらしれぬ戦いじゃわい」

かれは自嘲気味にいい、三人の死体を谷底に蹴り落した。

与作はそんなことをあれこれ胸裡に甦らせ、お椀の粥を口に運んでいた。

その姿を頼助はじっと見つめていた。

昨夜、かれが猿投十四郎と別れ、参詣道まで戻ると、そこでは喜平太が莚で覆われた四人の死体を守り、案じ顔で待っていた。

「いかがでございました」

「なにがじゃ——」

頼助は感情をたかぶらせた声できき返した。

この頃になり、猿投十四郎という人物に、手もなくあしらわれたことへの屈辱感が、頼助の胸裡に新たにふつふつとわいていたからであった。

「頼助さまは怪しい男を見付けた、その跡をつけてみると、仰せではございませなんだか」

「ああ、そうだったのう」

「それゆえいかがでございましたと、おたずねしたのでございまする」

喜平太は不満をあらわにし、頼助の顔を仰いだ。

「我ながら無様《ぶざま》に負かされたうえ、途方もない話を吹き込まれてきたわい。あ奴は化け物に似ている。これについては後ほど、惣十郎と膝を突き合わせ、相談いたさねばなるまい」

「頼助さまが無様に負かされたとは、わたくしには信じられませぬ。嘘でございましょう」

「わしは嘘などもうしておらぬ。まことの始末じゃ。わしの剣などまだまだ。広い世の中には、怖ろしい達者が何食わぬ顔でいるものじゃ。ああでなければ、大望もかなえられまい——」

そう言葉に出したとき、かれは先ほど新たにわいた屈辱感が、なぜか潮の退《ひ》くように遠ざかるのを感じた。

このとき、「京都所司代」と書かれた提灯をかかげ、十人ほどの一行が、西から荒々しく近づいてきた。

先頭の一人が、頼助と喜平太を目敏《めざと》く認めた。

「そなたたち、火事と関わりがあるのか」

居丈高なたずねようだった。

「われらは祇園社の神灯目付役でござる」

「火事場近くで斬り合いがあったときいたが、そなたたちが相手だったのじゃな」

「長屋に火を付け、住人の一人を襲おうとした四人の痴《し》れ者を、それがしが斬り捨てましてござる」

「なにっ、四人の痴れ者だと――」

相手はいくらか困惑した声できき返した。

「三人は虚無僧姿、一人は旅袴姿でございました」

頼助が説明している最中、かれはそばに被《き》せかけられている莚に気付き、手をのばしてそれをさっとめくった。

「なんと、見事にやられておるわい」

「いかがいたされまする――」

頼助は胸に疑いが大きくわき上がってくるのを感じながら、詰問するようにたずねた。

ただの火事場の泥棒騒ぎなら、京都所司代の与力や同心が、わざわざ駆け付けてくることはあるまい。町奉行所の処置ですまされるはずだ。

京都所司代は幕府の老中に直結している。

その枢要は、今夜の襲撃を事前に知っていたのではなかろうか。ために町奉行所を差し置き、ここに駆け付けてきたに違いなかった。

「この男たち、怨恨かなにかの理由《わけ》があって、長屋の住人を襲うたのであろう。身許を穿鑿したとて、おそらくわかりはいたすまい。そなたたち、一応、丁重に葬ってつかわせ。これは少ないが、その駄賃じゃ」

かれは懐をさぐって一両を取り出すと、四人を覆った莚の上にそれをぽんと投げ捨てた。

頼助の胸に、非情な扱いに対する憤りが、わあっとわき上がってきた。

「その投げ銭、死者に無礼ではございませぬか。またこの四人が襲うた相手がどうしたのか、おたずねになりませせぬのか——」

「な、なんじゃと——」

虚を突かれた相手は、顔にはっきり狼狽の色をにじませた。

「襲われた男は、われらの手当てを受けたあと、いずれかに素速く逃げもうした。それにしても、そこに横たえられた四人にさような横着、それがしが承知いたしませせぬぞよ。この火事ならびに襲撃が、なんのためであったか、それがしは薄々察しておりまする」

頼助は喜平太が横で危ぶむのを知りながら、所司代の与力らしい相手を恫喝《どうかつ》した。

「祇園社のお火役ずれがなにをもうす」

「祇園社のお火役なればこそ、大人しく物をもうしている。そなたたちに幕府老中の息がかかっているゆえ遠慮しているが、やるならやるで、容赦いたしませぬぞ」

かれの憤りは沸点に達しかけていた。

「そなたはわれらを相手に、斬り死するともうすのじゃな」

「斬り死するのはそなたたち。それがしには掠り傷一つ負わせられませぬわい」

猿投十四郎には手もなくあしらわれた。だがいま緊迫した気配で頼助を取り囲みかけている京都所司代の与力・同心の十数人ぐらい、かれは十数拍のうちに斬り伏せられると自負していた。

荒莚を囲んで緊張が奔《はし》った。

「祇園社のお火役どの、われらがご無礼をつかまつりました。まあ、ここのところはそれがしに免じ、お許しいただけませせぬか」

頼助がかれらを睥睨《へいげい》して刀の柄に手をそえたとき、十数人の中から、初老の与力が前に進み出てきた。

「そこもとさまは――」

「同心組頭を勤める五十嵐左兵衛ともうす」

「それがしは神灯目付役の植松頼助、植松頼助じゃ。この名、しかと覚えておいてもらいたい――」

頼助は二度にわたり重ねて名前を名乗ったとき、祇園社から離れ野に伏しても、天皇のために働いてくれるとの強い意志が、はっきり己の中にわいてくるのを感じた。

自分が祇園社から去り、首領は誰か不明だが、猿投十四郎の一味に身を投じたとしても、同社では喜平太が神灯目付役として立派に育っている。

そこの心配は全くなかった。

「植松頼助どのでございまするな」

「いかにも植松頼助、それがしの父はすぐる宝暦八年（一七五八）、竹内式部どのの宝暦事件に関わり、朝廷の席から退いた権大納言植松雅久。それがしは庶子じゃわい」

「なんと、あの華道松月堂古流の植松さまの。さればこの場を、どう処置いたせばよろしゅうございましょう」

五十嵐左兵衛は、片膝をついて頼助を仰いだ。

「斬るも斬られるも、ともにお役目柄ゆえの騒擾《そうじょう》。せめて手を合わせるなり、念仏の一つでもつぶやかれたらいかがでござる」

頼助はすべてを見通しているといわんばかりにうながした。

「手を合わせるなり念仏の一つでも。いかにも、仰せられる通りでございまする」

左兵衛の一言で、緊迫の気配がすっと解けてきた。

頼助が睥睨する中で、京都所司代の与力同心たちが、荒莚に覆われた四人に手を合わせ、低い声で念仏を唱える者もいた。

「この一両の金子、確かにお預かりもうした。鳥辺野の墓地にでも、懇《ねんご》ろに葬らせていただきまする」

緊張の場は頼助のこの言葉ですっかり治まった。

因《ちな》みに神書講読の是非から端を発した宝暦事件の中心人物竹内式部には、東町奉行所において、小林伊予守・松前筑前守の両奉行立会いの許で、宝暦八年六月二十八日から十一月まで、取り調べが断続的につづけられた。

式部の尊王思想は、朝廷復古の執念を抱く天皇や中小公家の中に広まり、かれはその火付け役といえないでもなかった。

結果、かれは京都追放の処分を受け、伊勢・宇治の御師《おし》宅に閉居させられた。

九年後の明和四年（一七六七）一月、式部の門人として学び、皇学所の講師を勤めていた藤井右門が、江戸に下って身を寄せていた山県大弐《やまがただいに》とともに捕えられ、大弐は死罪、右門は獄門に処せられた。

山県大弐は甲州出身の武士。江戸に出たあと大岡忠光の家臣となっていたが、その後、致仕して江戸・八丁堀に塾を構え、儒書・兵書を講義していた。朱子学的な大義名分論から尊王斥覇《せきは》を唱え、その門人の訴人によって捕えられたのである。

世に「明和事件」といわれるこれは、式部にも及び、かれは三月、伊勢から江戸に拘引され、八丈島へ遠島に処せられた。だが途中、寄港した三宅島で哀れにも病に罹《かか》り、十二月五日に卒している。

宝暦事件以来、堂上方謀反の噂は各地に広まり、容易に鎮まらなかった。

粥を三杯も口にした与作は、つぎをようやく断り、箸を置いた。

粥の添え物は梅干しに煮昆布、よほど腹が空いていたとみえ、それらもすべて食べられていた。

「もうよいのか――」

「もっと食べはったらどないどす」

頼助のあと、孫市が勧めた。

「いや、十分に頂戴いたしました。結構でございます」

「肩の痛みはいかがじゃ」

惣十郎が盲いた目を向け、それを案じた。

「へえ、お陰さまで少し痛むだけで、たいしたことはございまへん。みなさまのお助けをいただき、どうやら救われました。重ねがさねお礼をもうし上げます」

「それはようございましたわい。肩から背中の疵は縫うまでもないもの。二、三日じっとしてはったら治りまっしゃろ」

孫市が四脚膳を引きながら、与作にいいかけた。

粥の椀が空になるたび、喜平太が台所に行き、盛り付けをしてくれていた。

昨夜、かれら四人は交替で仮眠を取っただけだった。だが普段からいざというときにそなえ、身体を鍛えているせいか、平生と変りなく、一見、何事もなかったようであった。

しかし頼助は自分が斬り捨てた四人の襲撃者の弔いを、切通の町年寄に頼んで寄人長屋に引き上げてきたあと、切通に再度出かけてからの一切を、惣十郎に緊張した顔付きで打ち明けていた。

惣十郎はこれを黙ったままききつづけた。

「それで町年寄たちには、後ほど参上して鳥辺野の墓地に案内してもらい、供養させていただくと伝えてこられたのじゃな」

「いかにもじゃ」

「その扱い、まことに天晴《あっぱ》れだが、頼助どのの剣を手もなくあしらう男がいたとはなあ。まこと天下は広いものでござる。猿投十四郎なる人物、猿投神社の神官の娘の子ともうすが、同社には棒をもって身を守り敵を制する棒術が、古くから伝えられているときいておりまする。飯篠長威《いいざさちょうい》入道による香取《かとり》神道流や、雑賀《さいか》源八郎の無二流などの棒術は、同社の古式棒術を取り入れたものだといいますわい。猿投村の村人たちは、幼いときから巧みに棒を用い、敵に対する訓練をするそうな。頼助どのを朝廷復古の企みに誘った猿投十四郎は、おそらくこの棒術を学んだうえ、自ら一つの流儀を編み出したのでござろう。恐るべきご仁ともうさねばなりますまい」

惣十郎は頼助から一切をきいても、かれが正体不明の一味にくわわるべきかどうかなど、自分の感想を一言ももらさなかった。

もはや制止しても無益。頼助が尊王のために祇園社から去ると、見て取っていたからである。

神書板刻の作業は、全国で行われている。

これを刷るには、まだ多くの職人も、厖大《ぼうだい》な量の紙も必要となろう。

しかも紙は相当に重く、持ち運びは容易ではない。その上なによりこの大きな企みには、莫大な軍資金といえるものが要るに決っていた。

その資金はどう調達されているのだ、との疑問もわいてくる。

惣十郎には不可解なことが多かった。

だがなにより頼助の祇園社からの退去を惣十郎に認めさせたのは、朝廷復古の大義が、世の中に澎湃と起こりはじめている兆しであった。

「急いだ話のようでありながら、そうまで急がれることでもござるまい。細かな話は追い追いおききするとして、一旦決意したかぎり、頼助どのにいま必要なのは、身辺の整理をすませておかれることじゃ。頼助どのがこの祇園社から離れるについて、執行や権禰宜《ねぎ》の大和内蔵亮《くらのすけ》どのたちには、回国して見聞を広めるためとでも、もうしておかれればよろしかろう」

惣十郎は明るい表情でいってのけた。

だがその胸には、頼助とともに過してきた茫々《ぼうぼう》二十年に近い歳月が、さまざまに明滅していた。

数日後、与作は床から起きた。

「それで疵はどうもございまへんか——」

孫市が案じ顔でたずねた。

「へえ、もう大丈夫どす。右手を大きく動かさなんだら、ようございまっしゃろ」

「与作はんを襲うた四人は、四人の僧によって鳥辺野の墓地に、丁重に葬られたそうどす。町年寄に案内され、わしも頼助さまと線香を上げさせてもらいに行ってきました。そやさかい、心安うしておいやす」

相手が板木彫り師だけに、孫市は町言葉になっていた。

「わしを助けてお匿いくださいましたうえ、いろいろご配慮いただき、ありがとうございます」

「与作はん、なにをいうといやすのや。おまえさまは天下にとって大切なお人。なんとしてでもお助けせないけまへん。ありがたい板木で炊いたお粥を、わしも食べさせていただきましたさかいなあ」

孫市は与作に気さくに応じていた。

その日、昼すぎになり、祇園社南楼門前の中村屋（中村楼）から、うず女《め》が寄人長屋へやってきた。

「儒者髷姿のお客さまが二人、惣十郎さまと頼助さまにお会いしたいとおいでになってはりますけど——」

彼女は怪訝な顔で伝えた。

今朝、頼助を慕う大梟《おおふくろう》のタケルが、本殿の内陣で死んでいるのが発見されていた。死因は不明。だが喜平太も孫市も、鳥にそんなことがあるのかどうかはともかく、頼助に去られるのを哀しんだ自死ではないかと思っていた。

「あのタケルなら、頼助さまがどこにまいられようが、どのようにでもお供できますのになあ」

タケルの遺骸は蘇民将来社のかたわらにそっと葬られた。

「それがしが村国惣十郎、こちらが植松頼助さまでござる」

儒者髷の二人とときき、惣十郎は自分たちを招いたのは誰か、すでに察しているようであった。

両手をついて顔を上げ、頼助はあっと小さな声を迸《ほとばし》らせた。

横に庭を望む中村屋の奥座敷で二人を待ち構えていたのは、数日前の夜、建仁寺の竹藪道で対した猿投十四郎。それと見知らぬ人物だったからである。

「それがしは猿投十四郎ともうしまする」

「身どもは高辻修栄。先ごろには与作をお救いくださり、感謝いたしております」

二人は座布団をのけ、惣十郎と頼助に両手をついた。

「猿投十四郎どのに高辻修栄どの、お二人は頼助さまと与作を、受け取りにまいられましたのじゃな」

「村国さまにさようずばりといい当てられたら、返す言葉もございませぬ。それがしはかねてより人品、骨柄、その行動をうかがい、頼助どのに目を付けておりました。お身さまの薫陶を受けてこられた頼助どのを、是非とも朝廷復古のため、役立たせていただきとうございます」

十四郎が両手をついたまま顔を上げ、真摯《しんし》な態度で頼んでいる姿が、惣十郎の心の鏡に映っていた。

王政復古は幕末、幕藩体制のゆらぎや諸外国からの開国干渉などを受けて実現したのだと、多くの人々が思い込んでいる。

正確さを欠いた小説や稗史《はいし》の類が、そう思わせてきた。

ところが朝幕二つの争いは、鎌倉時代からのもので、江戸時代、神書の頒布《はんぷ》とその浸透がこれを容易にさせたのであった。

歴史の裏側で行われていた無名の戦士による戦いは、苦難に満ち、実に壮絶であった。

「猿投十四郎どのにおたずねいたしたいが、神書の板刻には莫大な資金が要されるはず。京都の書肆がいずれも焼き打ちされたあと、板刻と刷りは地下に潜らねばなりませぬわなあ。それらをどうしておられるのか、打ち明けていただけませぬか――」

惣十郎は低いが厳しい声でたずねた。

「どうしてもおきかせいたさねばなりませぬか――」

「いかにも、頼助さまをおてまえがたに差し出すかぎり、後見人として当然の問いでございましょう」

「ならばおきかせもうすが、他言はご無用にいたしてくだされ」

猿投十四郎は両手を上げてするすると惣十郎に近づき、かれの耳許でなにかささやいた。

「なるほど、そんな手もございましたのか。すでに全国に配されている土御門家配下・陰陽師の地頭《じがしら》からの金と、つぎには北前船を用いての神書の刷りと頒布。紙は重く、持ち運びが難儀でございますからなあ。それならば容易。世の中には知恵者がいるものでござる」

惣十郎はにやりと笑い、小声でつぶやいた。

十四郎の声は、惣十郎の後ろにひかえる頼助にもきこえなかった。

「頼助どの、今日の日のために芍薬《しゃくやく》の花を持参いたしましてござる。天皇に献上するおつもりで、堺町御門に献じてまいられませぬか」

十四郎が自分の席に戻って後ろを振り向いた。

気付かずにいたが、そこには丹波の壺が置かれ、芍薬の束が投げ入れられていた。

華道松月堂古流は現在、十四代目になるが、江戸時代から毎春、宮中に芍薬の花を献上し、いまもなおそれがつづけられている。

「いやはや、念を入れたなされよう。それがしは感服つかまつりました。芍薬の花が持つ意味、禁裏の御付武士とておそらく気付きますまい。頼助どのの門出には、まことにふさわしゅうござる」

惣十郎が膝を叩いていった。

禁裏御付武士とは、朝廷の動きを監視するため、江戸幕府が禁裏に配している武士をいう。かれらは日常、禁裏の各門に御門番として貼り付いていた。

しかし長廊の向こうでは、中村屋のうず女がこれらの話をきき、きものの袖で顔を覆ってすすり泣いていた。

遠くから神鈴を鳴らす音がかすかにひびいてきた。

初出＝『Ｗｅｂ小説中公』
「醜の絵馬」〇六年五、六月号
「奈落の鍵」〇六年九、十月号
「精舎の僧」〇七年一、二月号
「神書板刻」〇七年五、六月号

あとがき

今年の夏は暑かった。

連日、猛暑に見舞われ、最高温度四十度を超える土地も珍しくなかった。

わたしの知人の住む岐阜県・多治見市もその高温によって全国に知られ、八十八歳のご高齢に達しられるその知人に、お見舞いの電話を差し上げたところ、これくらいの暑さはなんでもない、平気だと、かえってお叱りを受けてしまった。

同氏には茶人大名・古田織部研究の著作が七冊ほどおありで、わたしは日本における織部研究の第一人者だと思っている。

ところが学歴に欠けるのと、高潔で世渡りの巧者でないため、世に埋もれているが、ご当人はそれをさして気にも止めておられない人柄のいいお人だ。

だが高名な陶芸研究者各氏の著作を読んだりすると、ああこの部分は同氏の研究の成果をそのまま自分のものの如く記述されているなと思い当り、その厚顔無恥《こうがんむち》に腹立たしさを覚えたりしている。

学問の世界は厳密を要するはずだが、悪質な人物の手にかかると、曖昧模糊《あいまいもこ》とされ、極めて〈いかがわしい〉ものとなってしまう。

いかがわしいのは政治や経済、宗教や文芸の世界も同じで、そこから派生する権力も権威もそうだといえる。透徹した目でそれらを見られる人は稀《まれ》なのである。

しかし多くの人々はこうした実体に気付かず、美名にただ幻惑されている。

経済的に豊かになりたい、あるいは有名になりたいとなどと思うのは人間の弱みで、これほど危ういものはあるまい。

仏陀（釈尊）は「賤民経」でこう説かれている。

――人は、生れによって賤民たるにあらず、生れによって婆羅門《バラモン》たるのではない。人は、行為によって賤民となり、行為によって婆羅門となるのである。

仏陀のこの言葉は深い叡智に富んでいる。

賤民とはインド四姓中の最下位の身分の人々、即ち貧しい人々といってもよかろう。一方、婆羅門はその最高位たる僧侶や祭司階級、裕福な人々を指している。

この祇園社神灯事件簿も五冊になった。いまはこれで一応の終りとし、「Ｗｅｂ小説中公」では長い間、書きたいと思いつづけていた長編小説「深重の橋」の連載をはじめさせていただいている。これが完結したら、植松頼助に代わり、盲目の剣士村国惣十郎の嫡男、成人に達した村国喜平太を主人公としたシリーズを考えたりしている。

五冊目の刊行に際し、編集長法輪光生氏や書籍編集局長の大和正隆氏の労を煩わせ、また浅学のわたしのため校閲者の各氏やその他多くの人々のお世話になった。深甚の謝意を表します。

平成十九年初秋

澤田ふじ子

澤田ふじ子（さわだ ふじこ）

昭和二一年（一九四六）、愛知県生まれ。愛知県立女子大学卒業後、教師、西陣綴織工を経て作家に。『陸奥甲冑記』『寂野』で吉川英治文学新人賞を受賞。〈公事宿事件書留帳〉〈足引き寺閻魔帳〉〈高瀬川女船歌〉〈土御門家・陰陽事件簿〉などベストセラー・シリーズをもつ。庶民の目から人間の命の連鎖を描いた大河歴史小説〈天の鎖〉として『延暦少年記』『応天門炎上』『けものみち』が、〈祇園社神灯事件簿〉シリーズとして『奇妙な刺客』『夜の腕』『真葛ヶ原の決闘』『お火役凶状』がある。平成一六年度京都府文化賞功労賞を受賞。一九年には著作百冊を記念し自選短編集『これからの橋』を上梓した。

神書板刻《しんしょはんこく》
——祇園社神灯事件簿《ぎおんしゃしんとうじけんぼ》五

二〇〇七年一一月二五日　初版発行

著者　澤田《さわだ》ふじ子《こ》
発行者　早川準一
発行所　中央公論新社
〒一〇四-八三二〇
東京都中央区京橋二-八-七
電話　販売　〇三-三五六三-一四三一
編集　〇三-三五六三-三六九二
URL http://www.chuko.co.jp/

印刷　三晃印刷（本文）
大熊整美堂（カバー・表紙）
製本　小泉製本

Published by CHUOKORON-SHINSHA, INC.
Printed in Japan　ISBN978-4-12-003890-7 C0093
定価はカバーに表示してあります。
落丁本・乱丁本はお手数ですが小社販売部宛お送り下さい。
送料小社負担にてお取り替えいたします。

澤田ふじ子の本　中公文庫

討たれざるもの

前藩主の寵愛する女に描き与えた絵をめぐり微禄藩士に襲いかかる非情の罠——時代の桎梏に生きる男女の哀歓を描く表題作ほか五篇。〈解説〉清原康正

葉菊の露（上下）

佐幕か勤王か、藩論の揺れるなか徳川家への恩義と葉菊紋青山家の存続のため会津鶴ヶ城へ奔った郡上藩凌霜隊の悲劇を辿る長篇。〈解説〉清原康正

花　僧　池坊専応の生涯

野に生まれながら立花を志し、恋しい人の面影を秘めて精進し、その奥義をきわめた華道池坊中興の祖法院専応の波瀾の生涯を描く。〈解説〉武蔵野次郎

天涯の花　小説・未生庵一甫

生花〝未生流〟を興した山村山碩。武士への執着を捨て愛への未練を断ち、一筋の道をたどる辛苦にみちた生涯を描破した渾身の長篇。〈解説〉清原康正

空蝉の花　池坊の異端児・大住院以信

江戸初期、二代専好に学び池坊立花の逸材と評されながらも「異端」のレッテルを貼られ、血脈継承争いと権力介入の波に翻弄、破門された以信の生涯。

虹の橋

世間の荒波にもまれながら明日を信じてひたむきに生きる若者たちの姿を、人情と非人情が交錯する京を舞台に描いた青春時代長篇。〈解説〉縄田一男

もどり橋

早朝の錦への買出し、修業中の大店の息子の陰険さ、下働きの娘のほのかな恋心…。京の料理茶屋に働く若い男女の哀歓を描く時代長編。〈解説〉清原康正

遍照の海

道ならぬ恋に走ったがために、不義密通の罪科を負い、生涯、四国巡礼をつづけなければならない、京の紙商の娘以茶の哀しい運命。〈解説〉清原康正

流離の海　私本平家物語

鹿ヶ谷の変、南都焼討ち、平家都落ち…。盛者必衰の乱世に翻弄される貴族、出家、絵師、庶民の姿を圧倒的な筆致で描いた一大傑作。〈解説〉縄田一男

奇妙な刺客　祇園社神灯事件簿

灯籠の火の見回りと社の警護を勤めとする、神灯目付役・植松頼助。京の町を騒がす奇妙で不思議な事件の数々を解決する第一弾。〈解説〉大野由美子

澤田ふじ子の本　中公文庫

夜の腕　祇園社神灯事件簿二

祇園社の楼門に二度にわたり矢を射った者の正体は？　賽銭箱に二十二両もの大枚を投げ入れたのは誰？——洛中の難事件を解決する、植松頼助の情けある裁き。

真葛ヶ原の決闘　祇園社神灯事件簿三

病身の父に代わり仇討ちを実行する少年に助太刀する植松頼助。六十人もの加勢がある敵に勝ち目はあるのか？　市井の人々に降りかかる苦難に祇園社のお火役が立ち上がる。

狐火の町

京都で質屋を営む寺田屋宗信は、〝狐火の孫〟と異名をとった盗賊であった。過去を知る者が宗信を強請り、一人娘を誘拐した時、京の町に異変が……。

七福盗奇伝

応仁・文明の乱後、盗賊が跋扈する不安定な世相。南朝唯一の皇胤・千手姫は、忠臣たちと共に七福神のお面で顔を覆い、悪徳商人、金貸しや北朝の役人どもに天誅を下す。

陸奥《みちのく》甲冑記

桓武王朝期、統一国家への道を急ぐ天皇は、蝦夷征伐の勅を坂上田村麻呂に下す。部族独立のため迎え撃つのは陸奥国の盟主・阿弖流為。壮大な古代歴史ロマン。

澤田ふじ子の本　単行本

中公文庫

京都　知恵に生きる

江戸時代の哲人に学ぶ、21世紀を軽やかに生きる知性と生活感覚とは。日本人が大きく失ってしまったものを回復するために――京都から贈る50のエッセー。

お火役凶状

祇園社神灯事件簿四

奉公先で盗っ人の濡れ衣を着せられ、自殺した長兄。父は幼い兄妹を置いて復讐に向かうが、敵には岡っ引きと腕の立つ侍が警戒にあたっていた……。お火役・植松頼助が下す鋭利な天誅とは。

これからの橋

澤田ふじ子自選短編集

人が人として生きることの気高さ、尊さを謳う珠玉の三十二編を収録（書き下ろし一編を含む）。三十年にわたり良質の歴史・時代小説を書き続け著作百冊を超えたことを記念し刊行した一冊。